ZDRADZONA

KIERA CASS

ZDRADZONA

Przełożyła Małgorzata Kaczarowska

Jaguar

Tytuł oryginału: *The Betrayed*
Redakcja: Justyna Techmańska
Korekta: Katarzyna Malinowska, Renata Kuk
Skład i łamanie: Robert Majcher

ISBN 978-83-7686-973-5

Wydanie pierwsze, Wydawnictwo Jaguar, Warszawa 2021

Adres do korespondencji:
Wydawnictwo Jaguar Sp. z o.o.
ul. Ludwika Mierosławskiego 11a
01-527 Warszawa

www.wydawnictwo-jaguar.pl
instagram.com/wydawnictwojaguar
facebook.com/wydawnictwojaguar

Druk i oprawa: Abedik
Wydrukowano na papierze Creamy 80,
dostarczonym przez ZiNG Sp. z o.o.

Dla Tary, która słucha moich opowieści dla młodych dorosłych od czasów, kiedy same byłyśmy młodymi dorosłymi. Moje Słońce, mamy za dużo hermetycznych żartów, których można by użyć, więc po prostu wpisz tutaj swój ulubiony:

....

....

Ha, ha! Też tak myślę!

KRONIKI KOROANII, KSIĘGA I

~~*Dlatego przestrzegajmy naszych praw, Koroanie,*~~

~~*Bo jeśli złamiemy jedno, złamiemy je wszystkie.*~~

AULANDIA
MORLANDIA
HONOWIA
FRALIA
LEIDOLF
MONTOCJA
COROANIA
TOBBAR
RZEKA COLVARD
Morze Sabieńskie
SABINO

KABERIA
N
TEMIN
CATALIA
WIELKI PERIN
Morze
Mareńskie
BANIRIA
IZOLTA
LAMBORDA

Rozdział 1

Powóz jechał przed siebie, a ja oglądałam się przez ramię, żeby wyjrzeć przez małe okienko z tyłu, jakby ktoś mógł mnie ścigać. Napominałam siebie, że to absurdalny pomysł. W Koroanii nie został nikt, kto mógłby za mną jechać. Już nikt.

Silas – mój mąż – nie żył, podobnie jak moi rodzice. Nadal miałam przyjaciół na dworze, ale oni byli zdecydowanie bardziej lojalni wobec króla Jamesona, szczególnie w sytuacji, gdy porzuciłam go w dniu, w którym zamierzał mi się oświadczyć. Jeśli chodziło zaś o samego Jamesona… Wydawało się, że przebaczył mi przynajmniej ucieczkę z człowiekiem niskiego stanu – do tego cudzoziemcem. Tak czy inaczej, moje miejsce u boku króla zajęła Delia Grace, a ja nie chciałam do niego wracać.

To byli już wszyscy. Pozostałe bliskie mi osoby jechały ze mną tym powozem. Mimo to się oglądałam.

– Przez większość dorosłego życia robiłam dokładnie to samo – powiedziała moja teściowa, lady Eastoffe, kładąc mi dłoń na kolanach.

Naprzeciwko nas drzemała moja szwagierka, Scarlet. Nawet we śnie wyglądała, jakby mogła się za chwilę całkowicie przebudzić. To było coś, co zostało w niej po tamtym ataku.

Za oknem Etan, dumnie wyprostowany na swoim koniu i irytujący, rozglądał się uważnie. Wpatrywał się w lekką mgłę, a jego przechylona głowa podpowiadała mi, że także nasłuchiwał w obawie przed niebezpieczeństwem.

– Mam nadzieję, że na końcu tej podróży będziemy mogły przestać oglądać się za siebie – odpowiedziałam.

Lady Eastoffe – nie, teraz to była moja matka – skinęła głową i spojrzała ze smutkiem na Scarlet.

– Liczę na to, że kiedy dotrzemy do posiadłości Northcottów, znajdziemy jakiś sposób, żeby zmierzyć się z królem Quintenem. Potem wszystko się zakończy… w ten lub inny sposób.

Przełknęłam ślinę, ponieważ w tych słowach dźwięczała nieuchronna pewność. Pewnego dnia wyjdziemy z pałacu króla Quintena zwycięsko lub nie wyjdziemy wcale.

Kiedy przyglądałam się mojej nowej matce, zdumiewała mnie myśl, że z własnej woli zgodziła się na małżeństwo, które powiązało ją tak blisko z tym okrutnym władcą. Ale przecież ja zrobiłam to samo.

Eastoffe'owie byli potomkami Jedrecka Wielkiego, pierwszego władcy z wielowiekowej dynastii zasiadającej na tronie Izolty. Obecny król Quinten był potomkiem najstarszego syna Jedrecka, ale nie jego najstarszego dziecka. Eastoffe'owie pochodzili od trzeciego syna Jedrecka. Tylko nasz drogi Etan – z rodu Northcottów – mógł się pochwalić rodowodem sięgającym do pierworodnego potomka Jedrecka, jego córki, którą pominięto w dziedziczeniu na rzecz jej brata.

W świetle tej historii Quinten postrzegał wszystkich Eastoffe'ów i Northcottów jako zagrożenie dla swojego rodu, który miał niebawem wygasnąć, o ile jego syn nie odzyska nieoczekiwanie zdrowia.

Nie rozumiałam tego.

Nie rozumiałam, dlaczego tak mu zależy na tym, żeby się pozbyć – wymordować – wszystkich ludzi, w których żyłach płynęła królewska krew. Książę Hadrian nie grzeszył siłą i zdrowiem, a kiedy król Quinten umrze, jak wszyscy śmiertelnicy, ktoś będzie musiał zająć jego tron. Nie widziałam żadnego sensu w zabijaniu wszystkich, którzy mieliby do tego jakieś prawa.

W tym Silasa.

Dlatego właśnie jechałyśmy przed siebie, za wszelką cenę próbując dowieść, że śmierć naszych bliskich nie pójdzie na marne, i boleśnie zdawałyśmy sobie sprawę z tego, jak bardzo prawdopodobna jest nasza porażka.

– Kto jedzie?! – Przez skrzypienie kół powozu przedarł się ostry okrzyk.

Powóz natychmiast się zatrzymał. Scarlet od razu usiadła, wyciągając z fałd spódnicy niewielki nóż, o którym do tej pory nie wiedziałam.

– To izoltańscy żołnierze – powiedział półgłosem Etan. A głośniej zawołał: – Dzień dobry! Jestem Etan Northcott, żołnierz w służbie Jego Wysokości…

– Northcott, to ty?

Zobaczyłam, że twarz Etana złagodniała. Przymrużył oczy i wyraźnie się uspokoił.

– Colvin?! – zawołał. Nikt mu nie odpowiedział, co uznałam za potwierdzenie. – Eskortuję moją rodzinę wracającą z Koroanii. Na pewno już słyszałeś, co się stało z moim wujem. Wiozę wdowę po nim i jej córki do domu.

Nastąpiła chwila ciszy wskazująca, że ta informacja wywołała zaskoczenie. Potem żołnierz znowu się odezwał:

– Wdowę? Nie chcesz chyba powiedzieć, że lord Eastoffe nie żyje?

Koń Etana szarpnął się pod nim, ale został natychmiast opanowany.

– Tak właśnie. Podobnie jak jego synowie. Mój ojciec polecił mi przywieźć resztę rodziny w bezpieczne miejsce.

Zapadła nieprzyjemna cisza.

– Najgłębsze wyrazy współczucia dla twojej rodziny. Przepuścimy was, ale musimy sprawdzić powóz. Taki jest protokół.

– Oczywiście – zgodził się Etan. – Rozumiem to.

Żołnierz zbliżył się, aby rzucić okiem do środka, podczas gdy jeden z jego towarzyszy obszedł powóz, zaglądając pod spód. Po głosie poznałam, że ten, który na nas patrzył, był tym samym, który rozmawiał z Etanem.

– Milady Eastoffe – powiedział, kłaniając się przed matką. – Tak mi przykro z powodu pani straty.

– Dziękujemy za wasze życzliwe słowa, a także za waszą służbę – odparła.

– Mają panie szczęście, że spotkały najlepszy regiment w całej Izolcie – zapewnił żołnierz, wypinając pierś. – Na tej drodze zazwyczaj roi się od Koroanów. Niecałe dwa tygodnie temu spalili przygraniczną wioskę. Nie wiem, co by się stało, gdybyście na nich natrafili.

Przełknęłam ślinę, spuściłam głowę, a potem znowu spojrzałam na żołnierza. Natychmiast zauważył, że rodzinie Eastoffe'ów towarzyszy nieznajoma dama, i zrozumiał, skąd jedziemy. Przyjrzał mi się, a potem popatrzył na Etana w oczekiwaniu potwierdzenia.

– To wdowa po moim kuzynie Silasie – wyjaśnił Etan.

Żołnierz potrząsnął głową.

– Nie mogę uwierzyć, że Silas nie żyje... ani że zdążył się ożenić – dodał, spoglądając na mnie.

Jak przypuszczałam, w myślach uzupełnił to zdanie o stwierdzenie, że nie może uwierzyć, że Silas poślubił Koroankę.

Niewielu ludzi by w to uwierzyło.

Lekką naganę w jego oczach zastąpiło rozbawienie.

– Nie dziwię się, że woli pani stąd wyjechać – zwrócił się do mnie, ruchem głowy wskazując drogę za nami. – Nie jestem na bieżąco z koroańskimi sprawami, ale trudno było nie usłyszeć, że wasz król jest praktycznie szalony.

– Naprawdę? – zapytał Etan. – Cóż, nigdy nie był w pełni normalny.

Żołnierz się roześmiał.

– Zgadzam się, ale podobno odrzuciła go jakaś dziewczyna i od tamtej pory stał się całkiem nieprzewidywalny. Krążą plotki, że na oczach wszystkich porąbał siekierą jedną ze swoich najwspanialszych łodzi zacumowaną na rzece. Słyszeliśmy, że ma kogoś nowego, ale nie jest jej wierny pod żadnym względem. Poza tym podobno kilka tygodni temu podpalił swój zamek.

– Byłem tam – oznajmił obojętnie Etan. – Pożar mógł tylko poprawić jego wygląd.

Potrzebowałam całej siły woli, żeby ugryźć się w język. Nawet w najgorszym humorze Jameson nigdy nie zniszczyłby cudu koroańskiej architektury, jakim był zamek Keresken.

Jedyną plotką, która naprawdę by mnie zabolała, gdyby okazała się prawdziwa, było to, że Jameson mógł się spotykać z innymi dziewczętami za plecami Delii Grace. Pewnie sądziła, że zdobyła wszystko, czego pragnęła. Wolałam nie myśleć o tym, jak bardzo się myliła.

Żołnierz roześmiał się krótko z żartu Etana, ale zaraz spoważniał.

– Ponieważ król zachowuje się w taki sposób, mówi się o możliwym najeździe. Dlatego właśnie sprawdzamy powozy nawet w przypadku ludzi, którym ufamy. Wydaje się, że teraz szalony król Jameson jest zdolny do wszystkiego.

Czułam, że się rumienię, i byłam na siebie za to wściekła. To jasne, że to wszystko nie mogło być prawdą. Jameson nie był szalony, nie planował najazdu ani niczego podobnego... Ale podejrzliwy wyraz twarzy żołnierza powiedział mi, że powinnam zatrzymać te myśli dla siebie.

Matka położyła mi pocieszająco rękę na kolanie i odezwała się przez okno do żołnierza:

– Cóż, oczywiście rozumiemy to i jeszcze raz dziękujemy za wasze współczucie. Zmówię za was wszystkich dodatkową modlitwę, kiedy tylko znajdziemy się bezpiecznie w domu.

– Wszystko w porządku! – zawołał drugi żołnierz z przeciwnej strony powozu.

– To chyba jasne – odparł głośno jego towarzysz. – To przecież Eastoffe'owie, ty półgłówku. – Potrząsnął głową i nieco oddalił się od powozu. – Otworzyć przejście w barykadzie! – krzyknął do pozostałych. – Przepuszczamy ich. Bezpiecznej drogi, Northcott.

Etan skinął mu głową, ale tym razem nic nie odpowiedział.

Kiedy przekraczaliśmy granicę, widziałam przez okno tuziny żołnierzy. Niektórzy salutowali nam z szacunkiem, podczas gdy inni tylko się gapili. Obawiałam się, że któryś z nich może skojarzyć mnie z dziewczyną, która podobno doprowadziła króla do szaleństwa, i zażądają, żebym wysiadła z powozu i wracała do niego.

Nikt nic nie powiedział.

Udałam się w tę podróż z własnej woli. Więcej – nalegałam, by w niej uczestniczyć. Jednakże ten incydent dał mi do myślenia. Zrozumiałam, że nie przekraczam po prostu granicy, ale wchodzę do innego świata.

– Powinniśmy teraz dojechać spokojnie do naszej posiadłości – oznajmił Etan, kiedy minęliśmy posterunek.

Scarlet schowała nóż, który do tej pory trzymała ukryty w dłoniach, z powrotem w fałdach spódnicy. Potrząsnęłam głową. Co właściwie zamierzała z nim zrobić? Matka objęła mnie ramieniem.

– Jedna przeszkoda za nami, przed nami nieskończenie wiele dalszych – zażartowała.

A chociaż trudno w to uwierzyć, roześmiałam się.

Rozdział 2

Dotarcie do posiadłości Northcottów zajęło nam prawie cały dzień jazdy w tempie znacznie szybszym niż wcześniej. Wiedziałam, że jesteśmy blisko, kiedy Scarlet zaczęła wyglądać przez okno powozu i prawie się uśmiechać, jakby te miejsca przypominały jej szczęśliwe chwile.

Klimat i ukształtowanie terenu zmieniły się szybko, niczym w odpowiedzi na jakiś niedostrzegalny impuls. Otaczały nas pofalowane pola, a podmuch wiatru pochylał wysokie trawy. Minęliśmy kilka rzędów wiatraków wykorzystujących to niekończące się źródło energii. Wiatr wiał w poprzek drogi i wciskał się w szczeliny powozu. Widziałam też interesujące kępy drzew stłoczonych gęsto, jakby tuliły się do siebie, żeby się ogrzać.

W końcu powóz skręcił i potoczył się pomiędzy dwoma rzędami wysokich drzew rosnących wzdłuż alei prowadzącej do frontowych drzwi posiadłości. Promienie słońca przedzierały się przez gałęzie i sprawiały, że nawet najbardziej pospolite rzeczy zaczynały lśnić. Zniszczony bruk na podjeździe i bluszcz oplatający ściany domu na całej wysokości podpowiadały mi to, co już wiedziałam: ta rodzina mieszkała tutaj od wieków.

Matka, która przez większość drogi była zatopiona w swoich myślach, pozwoliła sobie teraz na cień uśmiechu. Kiedy zbliżyliśmy się do domu, wysunęła głowę przez okno w sposób zdecydowanie niestosowny dla damy i pomachała z zupełnie nową energią.

– Jovana! – zawołała i wyskoczyła z powozu, kiedy tylko się zatrzymał.

– Och, Whitley, tak się o was martwiłam! Jak minęła droga? Była bardzo uciążliwa? Scarlet, tak się cieszę, że cię widzę! – Jovana uśmiechnęła się do siostrzenicy, nie czekając na odpowiedź na swoje pytanie.

– Mamy niezapowiedzianego gościa – poinformował swoich rodziców Etan tonem zdradzającym jego stałą dezaprobatę.

Ponieważ wychowano go na dżentelmena, wyciągnął rękę, żeby pomóc mi wysiąść z powozu. Ponieważ wychowano mnie na damę, przyjęłam ją.

– Lady Hollis? – zapytał zaskoczony lord Northcott.

– Och, lady Hollis, moje biedactwo! – Lady Northcott podbiegła, żeby mnie przytulić. – Nie mogę uwierzyć, że przyjechałaś aż tutaj. Nie miałaś innego miejsca dla siebie?

– Jest teraz panią na własnych włościach – oznajmił Etan. – Ma bardzo piękną posiadłość. Widziałem na własne oczy.

– Ale nie mam tam rodziny – dodałam cicho. – Chciałam być razem z rodziną.

– To niezwykle odważne – stwierdziła lady Northcott, gładząc mnie po policzku. – Oczywiście zawsze znajdzie się dla ciebie miejsce w Pearfield. Teraz musicie koniecznie odpocząć. Jesteście tu wszyscy mile widziani i całkowicie bezpieczni.

Etan przewrócił oczami, zdradzając tym prawdę: nigdzie nie byliśmy bezpieczni.

Lord Northcott podszedł i wziął Scarlet za rękę.

– Przygotowaliśmy dla ciebie pokój z widokiem na las. A dla lady Hollis…

– Wystarczy po prostu Hollis. Bardzo proszę.

Uśmiechnął się.

– Oczywiście. Każemy powlec świeżą pościel w pokoju po drugiej stronie korytarza. Twój przyjazd to cudowna niespodzianka.

Etan prychnął.

Jego matka szturchnęła go łokciem.

Zignorowałam to zachowanie.

– Rozgośćcie się w pokojach – nalegała lady Northcott. – Jestem pewna, że podróż bardzo was zmęczyła.

Zaprowadzono nas na górę, do skrzydła domu, w którym po dwóch stronach korytarza znajdowały się po dwa pokoje. Matka poszła do innego skrzydła zapewne po to, żeby mieć więcej spokoju, a Scarlet i ja zostałyśmy z Etanem, którego frustracja była widoczna jeszcze wyraźniej niż do tej pory. Nie dość, że miałam mieszkać z nim pod jednym dachem, to jeszcze ulokowano mnie w pokoju sąsiadującym z jego pokojem. Spojrzał na mnie gniewnie, wszedł do środka i zatrzasnął drzwi z taką siłą, że poczułam to w kościach.

Mój pokój miał okna od frontu posiadłości, z widokiem na pofalowane równiny, które witały gości rodziny Northcottów. Nie dało się zaprzeczyć, że posiadłość robiła imponujące wrażenie. Gdybym nie znajdowała się w miejscu w tak oczywisty sposób obcym, czułabym się prawie jak w domu.

Zajrzałam do pokoju Scarlet i zobaczyłam, że jej okno wychodzi na tyły majątku. Zainteresował mnie gęsty szpaler drzew po jednej stronie, w którym widać było wyraźną lukę i wydeptaną ścieżkę prowadzącą od strony lasu do tylnego wejścia do domu.

Zostawiłam otwarte drzwi swojego pokoju, a Scarlet po drugiej stronie korytarza także miała otwarte drzwi, więc słyszałam, jak rozpakowuje swoje rzeczy i przesuwa meble.

Scarlet miała własny zestaw dźwięków. Znałam odgłos jej kroków i oddech lepiej niż kogokolwiek innego. Być może nawet w tłumie potrafiłabym odróżnić zdecydowane kroki Delii Grace, ale to było niczym w porównaniu z tym, jak dobrze znałam teraz Scarlet. Być może to z powodu kilku tygodni, kiedy dzieliłyśmy łóżko, jednak kojarzyła mi się teraz z domem, bezpiecznym miejscem. Gdybym nie była pewna, że potrzebuje trochę czasu dla siebie, poprosiłabym, żeby zakwaterowano nas w jednym pokoju.

W drzwiach pojawiła się lady Northcott z naręczem sukien.

– Mam nadzieję, że nie przeszkadzam – powiedziała, pokazując mi je. – Nie mogłam nie zauważyć, że nie przywiozłaś zbyt wielu ubrań. Pomyślałam, że może dałoby się przerobić coś z tego. Obawiam się, że prędzej czy później będziemy musieli odwiedzić dwór królewski, i pomyślałam, że poczujesz się pewniej, jeśli będziesz miała... Chociaż oczywiście twoje suknie są całkowicie w porządku! Po prostu... Ojej.

Podeszłam i położyłam jej dłoń na ramieniu.

– To niezwykle wspaniałomyślne. Dziękuję bardzo. Tak się składa, że umiem się posługiwać igłą i dobrze mi zrobi, jeśli będę miała się czym zająć.

Lady Northcott westchnęła w sposób zdradzający wieloletnie smutki.

– Przez te lata straciliśmy tak wielu bliskich, a ja wciąż nie wiem, jak rozmawiać z tymi, którzy pozostali.

Potrząsnęłam głową.

– Ja nigdy nie przechodziłam przez nic podobnego… Czy z czasem robi się łatwiej?

Lady Northcott zacisnęła wargi w lekkim i smutnym uśmiechu.

– Chciałabym móc ci powiedzieć, że tak. – Poprawiła trzymane suknie. – W bawialni jest lepsze światło. Może pójdziesz tam ze mną?

Skinęłam głową.

– Doskonale. Zawołam jeszcze tylko Scarlet i Etana. Tak wiele czasu minęło, od kiedy byliśmy ostatnio w jednym pokoju.

Niezadowolona wyszłam za nią na korytarz.

Atmosfera w pokoju była wyraźnie gęsta. Etan spacerował ze skrzywioną miną, rzucając spojrzenia na drzwi, jakby wyczekiwał odpowiedniej chwili, żeby uciec. Także Scarlet wyraźnie liczyła minuty do chwili, gdy będzie mogła stąd wyjść, a matka rozmawiała półgłosem z lordem Northcottem, układając plany, którymi na razie nie chcieli się dzielić z innymi.

– Oni zawsze spiskują – powiedziała lady Northcott, zauważając moje spojrzenie.

– Spiskują? Nad czym? – Przenosiłam spojrzenie z jednego na drugie. Lady Northcott miała wyraźne trudności z nawleczeniem igły. Zauważyłam, że kiedy się koncentrowała, uroczo wysuwała koniuszek języka. – Może pomogę? – zaproponowałam. – Ja nawlekę igłę, a pani może powpinać szpilki.

Podniosłam głowę i zobaczyłam za jej plecami Etana obserwującego mnie gniewnie. Moje dłonie nie były szczególnie pewne, gdy tak na mnie patrzył. Jego wzrok przesunął się na pierścień na mojej prawej ręce, który dostałam od matki. Należał kiedyś do Jedrecka i był przekazywany w rodzinie Eastoffe'ów z pokolenia na pokolenie.

Uważał, że nie powinnam go nosić, i jeśli o to chodzi, właściwie się z nim zgadzałam. Ale nosiłam ten pierścień z miłością. To, że go dostałam, ocaliło życie moje i matki.

– Dziękuję, moja droga. Och, zajmują się tym samym, co zawsze. Oni…

– Matko… – Etan przerwał jej i popatrzył z wahaniem, najpierw na nią, a po chwili na mnie. – Jesteś pewna, że powinnaś jej o tym mówić?

Lady Northcott westchnęła.

– Najdroższy chłopcze, ona tkwi w tym teraz po uszy. Nie wydaje mi się, że powinniśmy trzymać ją w niewiedzy.

Niezadowolony Etan wyprostował się i nadal krążył po pokoju jak sęp.

– Od samego początku swoich rządów Quinten był… dziwny, chociaż dopiero przez ostatnich dziesięć lat zaczęły się zdarzać bezpośrednie ataki na Izoltan, którzy ośmielili się mu sprzeciwić. On nie powinien być królem, a nasza rodzina szuka odpowiedniego sposobu, aby pozbawić go władzy.

Zmrużyłam oczy i zacieśniłam szew.

– Jeśli król jest naprawdę zły, czy to nie kończy się zazwyczaj buntem? Czy nie wystarczy, że ludzie będą dość rozgniewani, żeby zdobyć zamek?

Lady Northcott westchnęła.

– Można by tak pomyśleć, jednak jako Koroanka na pewno zrozumiesz, kiedy powiem, że Izolta to kraj prawa. Zachowanie Quintena podpowiada, że to on stoi za wszystkimi tymi złymi rzeczami, które wydarzyły się w Izolcie, a on z pewnością nie robi nic, co oddaliłoby od niego te podejrzenia. Ale... Co, jeśli się mylimy? A jeśli to jakiś samotny mściciel? A jeśli to Hadrian, niezdolny obronić się przed nikim fizycznie, wykorzystuje innych, żeby pozbyć się ewentualnych przeciwników? A jeśli to banda złoczyńców działająca na własną rękę? Próba obalenia monarchy bez uzasadnionego powodu jest sprzeczna z prawem, ale jeśli taki powód się znajdzie, może stać się z nim zgodna. Gdybyśmy tylko zdołali przyłapać go na gorącym uczynku, mielibyśmy dowód, którego potrzebujemy. Wtedy moglibyśmy się odwołać do tysięcy edyktów i zapisów prawnych, a gdy prawda zostałaby ujawniona, ludzie stanęliby za nami. Bez tego pozostaniemy tylko bezprawnymi uzurpatorami... Wszystko, co osiągniemy, zostanie natychmiast zburzone.

– Na czym więc polega problem? Nikt nigdy nie widział na własne oczy, żeby Quinten wydawał rozkaz albo dobył miecza? – zapytałam.

Kroki Etana rozległy się za moimi plecami i stały się cichsze, kiedy zbliżał się do ściany. Odetchnęłam, ponieważ czułam się znacznie spokojniejsza, jeśli nie stał za mną.

Lady Northcott skinęła głową.

– Jeśli ktoś ma znaleźć sposób, żeby to osiągnąć, to właśnie ci dwoje. W kwestii układania planów są najbardziej przenikliwi z nas wszystkich.

– Cóż, w takim razie jestem przynajmniej w dobrych rękach. Cieszę się, że na mnie nie spoczywa podobna odpowiedzialność! Zupełnie się do tego nie nadaję.

Lady Northcott się uśmiechnęła.

– Masz wiele talentów, Hollis. Widziałam to na własne oczy. Tylko to się liczy. Musimy wszyscy wykorzystać wszelkie nasze zdolności, aby coś osiągnąć.

– Rozumiem. – Popatrzyłam na Etana na drugim końcu pokoju.

Silas zaręczał, że Etan jest niezwykle utalentowany. Wiedziałam, że jest żołnierzem, i wydawało się, że potrafi zachować zimną krew nawet pod presją. Brakowało mu wielu innych cennych zalet – dobre serce znalazłoby się na szczycie ich listy – ale nie potrafiłam zaprzeczyć, że umie szybko myśleć. To oczywiście nie sprawiało, że zamierzałam go podziwiać.

Opróżnił filiżankę i odstawił ją tak energicznie, że brzęknięcie rozległo się w całym pokoju i przyciągnęło mimowolnie moją uwagę. Przyglądał mi się, a w jego spojrzeniu było coś, co przejmowało mnie chłodem aż do kości. Jednym spojrzeniem Etan Northcott dawał całkowicie jasno do zrozumienia, że mnie nienawidzi i że dałby wszystko, żebym zniknęła.

Jednak to nie on był głową rodziny, a w oczach jego rodziców byłam najwyraźniej mile widzianym gościem. Lord Northcott, zupełnie jakby czytał mi w myślach i chciał pokazać, jak bardzo jestem częścią rodziny, wstał i podszedł do nas.

– Czy moja żona opowiedziała ci o trudnościach, z jakimi się zmagamy, i o planach, w których będziesz teraz uczestniczyć? – zapytał.

Jego syn ponownie zaczął krążyć po pokoju.

Uśmiechnęłam się do niego.

– Mniej więcej. Nie miałam jednak pojęcia o tym, ile tutaj robicie, starając się wszystko naprawić. Najwyraźniej w tym obszarze kryje się przede mną jeszcze wiele tajemnic.

Lord Northcott usiadł w głębokim fotelu, a matka podeszła i położyła dłonie na oparciu mebla.

– Nie znajdziemy chyba lepszej sposobności, żeby opowiedzieć ci, co wiemy, co podejrzewamy i nad czym pracujemy.

– Jesteś pewien, że to rozsądne? – zapytał szeptem Etan, chociaż mogłam go doskonale usłyszeć.

Już po raz drugi publicznie dał wyraz swojemu przekonaniu, że nie można mi ufać.

Lord Northcott uśmiechnął się do syna. W jego głosie nie było karcącego tonu, nie próbował go nawet przekonywać – po prostu stwierdził to, co uznawał za oczywiste.

– Tak, uważam, że moja nowa siostrzenica powinna znać nasze plany, jakkolwiek wątłe by one były.

Etan znowu przeniósł na mnie spojrzenie, a w jego oczach malowała się podejrzliwość.

– Lady Northcott już mi część rzeczy wyjaśniła – odezwałam się. – Rozumiem, że potrzebujemy dowodów na to, że to król Quinten stoi za działaniami Mrocznych Rycerzy, zanim będzie można odsunąć go od władzy?

– Tak, mówiąc w skrócie. Dlatego na razie nasza strategia koncentruje się na poszukiwaniu dowodów. – Lord Northcott westchnął. – Oczywiście próbowaliśmy tego już wcześniej – dodał, zwracając się przede wszystkim do mnie. – Przekupywaliśmy strażników. Mamy przyjaciół na dworze, którzy zawsze mają otwarte oczy. Mamy… cóż, większe wsparcie, niż można by podejrzewać. Jednak do tej pory niewiele udało nam się osiągnąć. – Spojrzał po kolei na każdego. – Biorąc pod uwagę, jak brutalne i częste stały się te ataki, obawiam się, że cokolwiek teraz zrobimy, może być naszą ostatnią szansą na zdemaskowanie Quintena. Wszyscy musimy nad tym pracować. Co już wiemy? Kto mógłby nam pomóc? To mi coś przypomina. Etanie? – Odwrócił się, żeby spojrzeć na swojego syna. – Czy usłyszałeś cokolwiek, kiedy przekraczałeś w jedną lub drugą stronę granicę Koroanii? Spodziewam się, że twoi towarzysze broni są skłonni rozmawiać z tobą bardziej szczerze.

Etan powoli skinął głową, jakby zwlekał z odpowiedzią.

– Usłyszałem. Podobno królowa straciła dziecko i stara się o następne.

Popatrzyłam na niego, wściekła na siebie za to, że tak bardzo pragnę się dowiedzieć czegoś od niego.

– Jak się czuje Valentina?

Spojrzał na mnie zmrużonymi oczami i wzruszył ramionami.

– Zazwyczaj nie dopytuję o stan zdrowia moich wrogów.

Nie wątpiłam, że tym samym słowem określiłby także mnie.

– To tylko młoda kobieta – sprzeciwiłam się. – Nic złego nie zrobiła.

– Jest żoną mojego wroga. Stara się przedłużyć linię najbardziej bezwzględnej rodziny królewskiej w historii. Z pewnością nie uznałbym jej za przyjaciółkę.

– To moja przyjaciółka – wyszeptałam.

Etan nie raczył mi odpowiedzieć i kontynuował swoją relację.

– Quinten stara się podtrzymywać wersję, że Valentina spodziewa się dziecka, ale damy dworu mówią, że nie ma żadnych zachcianek i nie ograniczyła aktywności, więc nie sądzę, żeby to było prawdopodobne.

Przełknęłam ślinę, wyobrażając sobie Valentinę samotną w swoim zamku, zapewne jednocześnie wdzięczną losowi, że dostała kolejną szansę, i przerażoną tym, co się stanie, jeśli zawiedzie. Jak sądzę, presja otoczenia tylko pogarszała sprawę.

– Książę Hadrian ostatnio choruje bardziej niż zwykle. Nie uczestniczył przez kilka dni w życiu dworu, a kiedy się pojawił, ledwie był w stanie chodzić. Nie wiem, co król Quinten chce osiągnąć, zmuszając Hadriana, żeby pokazywał się publicznie, gdy jest tak słaby.

– Biedny chłopak. – Lady Northcott westchnęła. – Nie wiem, jak udało mu się przeżyć aż tak długo. Stanie się cud, jeśli dożyje do dnia ślubu.

– Kiedy to właściwie ma nastąpić? – zapytała matka.

– Księżniczka ma przyjechać na początku przyszłego roku – odparła lady Northcott.

– Nadal jestem zaskoczony tym, że znaleźli dla niego narzeczoną za granicą – stwierdził lord Northcott.

– Czy to takie niezwykłe, że książę Hadrian poślubi członkinię innej rodziny królewskiej? – zapytałam.

– Tak – odparli pozostali niemal jednocześnie.

Uniosłam brwi, kiedy to usłyszałam.

– Hm. Zanim wyjechałam z pałacu, zostałam nieoficjalnie włączona w pewną umowę. Moja najstarsza córka, o ile miałabym pierworodnego syna, który odziedziczyłby tron, miała poślubić najstarszego syna Hadriana. Jameson powiedział, że to nietypowe, aby król Quinten coś takiego zaaranżował, ponieważ izoltańscy władcy nie szukali żon za granicami kraju. Najwyraźniej wiedział, o czym mówi.

Lord Northcott popatrzył na mnie.

– Czy to prawda?

Rozejrzałam się szybko po pokoju i zobaczyłam, że wszyscy wpatrują się we mnie ze zdumieniem.

– Tak. Jameson i Quinten podpisali umowę, ale obecni byli przy tym Hadrian, Valentina, no i ja. Jak sądzę, jest już nieważna, ponieważ moje imię nie znalazło się na papierze. Albo też jej ciężar spoczywa teraz na Delii Grace. Dlaczego pytacie? Jakie to ma znaczenie?

– O co tu może chodzić? – zastanawiał się lord Northcott.

– O utwierdzenie władzy – odparł szybko Etan. – Chcą zmieszać swoją krew z krwią innego rodu królewskiego, żeby nikt już nie mógł kwestionować praw ich potomków do tronu. W zamian za to Quinten zaproponował Koroanom przymierze z Izoltą, największym królestwem na kontynencie. – Etan potrząsnął głową. – To genialne posunięcie.

Zapadła długa cisza, w trakcie której wszyscy zastanawiali się nad tymi słowami. Król Quinten wprowadzał w życie plany mające ochronić jego i jego potomków, a my nadal tkwiliśmy tutaj, nie mając pojęcia, jak w ogóle można by go powstrzymać.

– Czy możemy coś zrobić w tej sprawie? – zapytałam cicho.

Lord Northcott ze zmarszczonymi brwiami bębnił palcami.

– Nie sądzę, ale to bardzo cenna informacja. Dziękuję ci, Hollis. Czy przypominasz sobie coś więcej, szczególnie dotyczącego jego wizyty, co mogłoby być dla nas przydatne?

Przełknęłam ślinę.

– Nie chciałabym was rozczarować, ale zdecydowanie zalecono mi, żebym nie zbliżała się do króla Quintena, więc rozmawialiśmy bardzo przelotnie.

Jedna króciutka wymiana zdań przypomniała mi się w tym momencie. Była tak boleśnie oczywista jak uderzenie w pierś.

– Och. – Poczułam, że robi mi się zimno.

To było o wiele za dużo jak na zbieg okoliczności.

– O co chodzi? – zapytał Etan. – Ma jeszcze jakieś plany?

Potrząsnęłam głową, a moje oczy wbrew mojej woli napełniły się łzami.

– On mnie ostrzegał.

– Kto? Quinten? – zapytała matka.

Skinęłam głową. Czułam łzy spływające mi po policzkach, gdy przywołałam w myślach tę scenę w sali tronowej zamku Keresken. Trzymałam koronę wykutą przez Silasa, który stał wtedy obok mnie.

– Zauważył, że zbliżyłam się do waszej rodziny… i wtedy… nie pamiętam, co dokładnie powiedział, ale ostrzegł, że powinnam uważać, bo mogę się sparzyć.

Matka zasłoniła usta dłonią, a na jej twarzy odmalowała się zastygła zgroza.

On wiedział. Już wtedy wiedział, że zamierza ich pozabijać, i domyślił się, że zbliżę się do Eastoffe'ów na tyle, by także znaleźć się w niebezpieczeństwie.

– Ojcze, czy to nie wystarczy? – zapytał Etan.

– Obawiam się, że nie, mój synu. To cegiełka, ale my potrzebujemy całego muru.

Siedziałam nieruchomo, nadal oszołomiona słowami Quintena, i próbowałam sobie przypomnieć, czy powiedział coś więcej.

– Wszystko w porządku, Hollis? – zapytała cicho Scarlet.

W ogóle się nie odzywała, więc prawie zapomniałam o jej obecności. Ale ona wiedziała. Ją także dręczyły koszmary.

Skinęłam głową, chociaż to nie była prawda. Czasem miałam wrażenie, że Silas nie żyje od wielu lat, jest rozdziałem w książce, którą skończyłam czytać dawno temu. Ale niekiedy ból po jego stracie wydawał się tak świeży, jakby otwierał na nowo ranę i powiększał ją, pozostawiając moje serce krwawiące z powodu miłości tak młodziutkiej, że ledwie zdążyła się nauczyć chodzić.

Otarłam łzy. Mogłam płakać, gdy zostanę sama. Nie tutaj.

– Skoro mowa o ataku, jest jeszcze coś, co zwróciło moją uwagę.

Popatrzyłam na Etana bawiącego się mankietami koszuli, jakby potrzebował czegoś, co pozwoliłoby mu zająć ręce.

– Co takiego? – zapytała go matka.

– Wieści o nim nie dotarły na granicę.

– Nie rozumiem – powiedziała matka.

– Król zdołał niemalże wyciąć w pień cały ród. Wydaje się, że to coś, o czym wszyscy powinni się dowiedzieć. Jeśli sam by się tym nie przechwalał, inni opowiadaliby o tym pełni strachu. Ale nikt niczego nie powiedział, kiedy jechałem do Koroanii, a kiedy dzisiaj wracaliśmy do Izolty, okazało się, że żołnierze o niczym nie wiedzą. – Potrząsnął głową. – Sądzę, że powinniśmy mieć się na baczności.

Lord Northcott popatrzył na niego z powagą i spokojem.

– Zawsze mamy się na baczności.

– Tak, ale to jest naprawdę zaskakujące – upierał się Etan, wskazując matkę. – Powinno już huczeć od plotek na ten temat. Nikt nie mówi ani słowa. Jeśli król każe ludziom zachowywać milczenie, równie dobrze możemy być jego następnym celem.

– Ponosi cię wyobraźnia, synu. Zawsze jesteśmy ostrożni, kiedy w grę wchodzi król, ale nie mamy powodów do paniki. Mimo wszystko jesteśmy potomkami księżniczki, a nie księcia. Królowa Valentina jest jeszcze młoda, a książę Hadrian nadal żyje. Myślę, że w najbliższej przyszłości król będzie się koncentrował na nich, a nie na nas. Na razie będziemy nadal poszukiwać niezbitych dowodów. Nie będziemy się chować i nie będziemy uciekać.

Etan prychnął, ale nie powiedział nic więcej. Najwidoczniej szanował swojego ojca na tyle, żeby mu się nie sprzeciwiać. O ile byłam w stanie stwierdzić, mało kogo poza tym szanował.

Jednak jakaś cząstka mnie doskonale rozumiała niepokój Etana. Jeśli Mroczni Rycerze do tej pory nonszalancko porzucali ciała swoich ofiar pod bramą pałacu Quintena, żeby chełpić się swoimi czynami, dlaczego nikt o tym nie wiedział?

Z naszą obecną sytuacją wiązało się za wiele pytań, a nikt z nas nie wiedział, jak się zabrać do szukania odpowiedzi.

Rozdział 3

Była już północ, a ja nadal nie mogłam zasnąć. Jedną z rzeczy, za którymi tęskniłam – choć pod koniec nawet to mnie irytowało – był nieustający strumień dźwięków w zamku Keresken. Szepty pokojówek, szuranie stóp, a nawet turkot powozów w oddali stanowiły dla mnie kołysankę, i chociaż wyjechałam stamtąd wiele tygodni temu, nadal nie przywykłam do jej braku. Mimowolnie wytężałam słuch, z nadzieją że znajdę coś, co stanie się melodią w nocnej ciszy. Nic takiego nie było.

Czasem, kiedy było zbyt cicho, moją głowę wypełniały inne dźwięki – zrodzone z mojej wyobraźni. Słyszałam krzyk Silasa. Słyszałam jego błagania, a czasem zamiast tego płacz mojej matki. Mój umysł starał się wypełnić luki w tym, czego nie wiedziałam, wymyślając najgorsze scenariusze. Próbowałam się zmuszać do wiary w te najlepsze. Powtarzałam sobie, że moja matka zemdlała z przerażenia, a mój ojciec, zrozpaczony, przykląkł przy niej i ściskał jej dłoń. Dzięki temu on nie zobaczył zbliżającej się śmierci, a ona nawet jej nie poczuła.

Jeśli chodziło o Silasa, nie wyobrażałam sobie, żeby nie miał patrzeć na tego, kto się do niego zbliżał, niezależnie od wszystkiego. Jeśli krzyczał, to nie z przerażenia i nie po to, by prosić o litość. Krzyknąłby dopiero w chwili śmierci, walcząc do końca.

Przewracałam się w łóżku. Wiedziałam, że mój umysł będzie poszukiwać dalszych wskazówek z czasu wizyty króla Quintena, ale nie było już nic więcej do znalezienia. Przynajmniej tak mi się wydawało. To nie powstrzymywało mnie przed wytężaniem pamięci, błaganiem snu o nadejście, a potem zrozumieniem, że za wiele myśli w mojej głowie w tym przeszkadza. Także i ta, że w sąsiednim pokoju mieszka ktoś, kto mnie nienawidzi.

W końcu wstałam i odważyłam się przejść przez korytarz do pokoju Scarlet. Ona także ostatnio źle sypiała.

– Kto tam? – zapytała, siadając gwałtownie w świetle księżyca, kiedy tylko skrzypnęły drzwi.

Nie wątpiłam, że już ściska nóż w ręku.

– To tylko ja.

– Ach. Przepraszam.

– Nie, nie mam do ciebie pretensji. Ja także nie czuję się teraz zbyt spokojna.

Usiadłam na łóżku koło niej. Dobrze znałam to uczucie. Kiedy opuściłam dwór i ukrywałam się u Eastoffe'ów, to właśnie ze Scarlet dzieliłam pokój. To były wspaniałe dni –

tłoczyłyśmy się w łóżku, które potrzebowało naprawy podobnie jak reszta domu, a kiedy budziłyśmy się, spokojny senny oddech obok mówił nam, że nie jesteśmy same.

Śpiewałyśmy szeptem piosenki i śmiałyśmy się ze starych historyjek i plotek z dworu. Przez całe życie byłam jedynaczką, więc włączenie do rodziny, w której miałam starsze i młodsze rodzeństwo, a przede wszystkim siostrę, stanowiło dla mnie spełnienie marzeń.

Teraz nasz nastrój był zupełnie inny.

– Cały czas myślę o wizycie Quintena w zamku Keresken i próbuję sobie przypomnieć, czy nie powiedział albo nie zrobił czegokolwiek, co mogłoby stanowić dla nas dowód… Nic mi nie przychodzi do głowy i mam wrażenie, że oszaleję od tego.

– Cóż, wtedy będziesz doskonale do nas pasować – oznajmiła Scarlet, kiedy wsunęłam się pod kołdrę. – Powinnyśmy pewnie poprosić o wspólny pokój. Po mieszkaniu w tamtym malutkim apartamencie w zamku zdałam sobie sprawę, jak bardzo lubię mieć rodzinę blisko siebie. To prawdziwe szczęście, że mogłyśmy mieszkać razem w Abicrest.

– To samo sobie myślałam, ale nie chciałam być niegrzeczna. Twoja ciotka i wuj są niezwykle szczodrzy.

– Naprawdę cię polubili – zapewniła mnie. – Ciocia Jovana powtarza, że masz budującą osobowość.

Roześmiałam się bez rozbawienia.

– Moi rodzice inaczej to nazywali, ale miło mi, że mnie docenia. Gdyby tylko Etan przestał piorunować mnie wzrokiem.

– Po prostu go ignoruj.

– Staram się, przysięgam. – Westchnęłam i wyraziłam na głos dręczące mnie pytanie. – Czy mamy szanse, Scarlet? Ty mieszkałaś tutaj od urodzenia, więc powinnaś wiedzieć lepiej ode mnie.

Scarlet przełknęła ślinę.

– Mamy bardzo silne poparcie. Przez te wszystkie lata zgromadziliśmy praktycznie armię gotową do czynu. Wiem, że ciocia Jovana powiedziała ci o prawach...

– Tak. Nie mogę wyznać, że to rozumiem, ale wydaje mi się, że w tej sytuacji byłyby okoliczności usprawiedliwiające działanie.

Scarlet odezwała się przyciszonym i poważnym tonem:

– Gdybyśmy się mylili, to oznaczałoby śmierć dla wszystkich, którzy w tym uczestniczyli. A jeśli nie będziemy działać dostatecznie szybko, Mroczni Rycerze mogą tu przyjechać i nas wymordować, zanim w ogóle zaczniemy. Chcę, żeby zapłacił za to, co zrobił... Ale musimy to zrobić jak należy, albo wszystko pójdzie na marne.

Znowu westchnęłam. Moim zdaniem trudno było sobie wyobrazić właściwy sposób naprawienia tak wielu niesprawiedliwości, jednak skoro tak chciała postąpić moja rodzina, zamierzałam się dostosować.

– Czy wiesz, dlaczego wyjechaliśmy z Izolty? – zapytała Scarlet.

– Silas powiedział, że to był jego pomysł, a matka mówiła, że wybito wasze zwierzęta gospodarskie... W takiej sytuacji także bym wyjechała.

Scarlet potrząsnęła głową.

– Pamiętaj, że jeśli mielibyśmy odsunąć Quintena od władzy, to ktoś musiałby zająć jego miejsce na tronie... Ktoś, w czyich żyłach płynie królewska krew Jedrecka.

Usiadłam, łącząc w głowie oczywiste fakty. Trudno było uwierzyć, że do tej pory nie brałam tego pod uwagę.

– Silas?

Scarlet przytaknęła.

– Pierworodny syn pochodzący z linii męskiej... To o nim ludzie szeptali. Cóż, ci na tyle odważni, żeby w ogóle coś powiedzieć.

Pochyliłam głowę i pomyślałam o tym, jak bardzo byłam egocentryczna. Cały kraj stracił coś po śmierci Silasa Eastoffe'a. Zastanawiałam się, czy Etan mówił prawdę – czy ludzie jeszcze nie wiedzieli, że Silasa już nie ma. Zastanawiałam się, czy zaczęli wiązać swoje nadzieje z...

– Scarlet – westchnęłam. – Czy chcesz powiedzieć... że mogłabyś zostać królową?

Ona także westchnęła, bawiąc się kołdrą.

– Modlę się, żeby do tego nie doszło. Wróciłyśmy tutaj po części dlatego, żeby okazać poparcie wujowi Reidowi. To on powinien być królem.

– Ale... ale mogłabyś rządzić. Mogłabyś kształtować otaczający cię świat tak, jak tylko zechcesz.

– Ty także miałaś taką szansę, a sądząc po liście, jaki Jameson przysłał nam przed wyjazdem, niewiele brakowało, żebyś dostała ją po raz drugi. Czy wróciłabyś do tego, gdybyś mogła?

– Nie – odparłam szybko. – Poza tym nie byłabym samodzielną władczynią tak jak ty.

Scarlet wzruszyła ramionami.

– Być może ludzie by mnie poparli, ale to nie byłoby takie oczywiste. Nie tak jak w przypadku Silasa.

Przeszedł mnie zimny dreszcz.

– Czyli o tym on wiedział? Że ludzie popierają Silasa?

Scarlet przełknęła ślinę.

– Zaczęliśmy w swoim czasie układać plan, jakieś cztery miesiące przed wyjazdem do Koroanii. Jak możesz sobie wyobrazić, matka i wujek Reid spiskowali wtedy jeszcze bardziej zawzięcie niż teraz. Nie mieliśmy wprawdzie potrzebnego dowodu, ale wydawało nam się, że moglibyśmy wykonać swój ruch ze względu na ludzi. Byli gotowi do działania... Ale także przerażeni. Potem jednak rozeszły się wszystkie te plotki o tym, że Silas zamierza zająć pałac. Nie mogliśmy ich powstrzymać. Mówiono o tym na dworze, rzucano nam ostrzegawcze spojrzenia... Mieliśmy przeczucie, że chociaż nic się nie wydarzyło, same te plotki były zgubą dla Silasa. Dlatego ubłagał matkę i ojca, żebyśmy uciekli, ocalili naszą rodzinę. Mieli nadzieję, że pewnego dnia powrócimy, i myślę, że Silas bardzo by pragnął, żeby Quintena dosięgła sprawiedliwość, ale chciał tego samego co my wszyscy: szansy na spokojne życie. Przysięgał, że nigdy nie powróci do Izolty. A potem spotkał ciebie i miał dodatkowy powód, żeby pozostać w Koroanii.

Nie byłam pewna, kiedy zaczęłam płakać, ale czułam teraz smak swoich łez.

– A to wszystko okazało się bez znaczenia – powiedziałam. – Mimo wszystko stracił życie. Quintenowi nie wystarczył jego wyjazd.

– Nie wystarczył – przyznała Scarlet. – On tylko zabiera, zabiera i zabiera. Może to powinno nas powstrzymać, ale w moim przypadku tylko sprawia, że chcę, aby za to zapłacił.

Położyłam się z powrotem, drżąc na całym ciele. Myślałam o Silasie, pewnym siebie, zabawnym i inteligentnym. Pomyślałam o tym, jak mnie przyjął, chociaż tak wielu jego rodaków nienawidziło moich rodaków. Pomyślałam, jak zawsze dążył do pokoju na wszystkie możliwe sposoby.

Byłby wspaniałym królem.

Ale on tego nie chciał. Wolał inne tytuły: mąż, ojciec, przyjaciel. A złowroga dłoń Quintena odebrała mu je wszystkie.

– Jak mamy to naprawić, Scarlet? Jak mamy sprawić, że za to zapłaci?

– Przychodzi mi do głowy tylko jeden sposób pozwalający mieć pewność, że nic takiego się nie powtórzy – oznajmiła.

– Zamordować go? – zapytałam, nienawidząc siebie za taką myśl.

Nie wydawało mi się, żeby właściwą odpowiedzią na śmierć było więcej śmierci.

– A także Hadriana. Oraz zapewne Valentinę na wszelki wypadek. Musielibyśmy się pozbyć całej jego rodziny.

Zabrakło mi tchu na samą myśl o tym.

– Nie potrafiłabym podnieść ręki na Valentinę. Nadal uważam ją za przyjaciółkę.

Scarlet wpatrywała się w sufit, jakby starannie zastanawiała się nad doborem słów.

– Nie jestem pewna, czy istnieje sposób, żeby oddzielić ją od reszty rodziny królewskiej. Jest królową.

– Ja... Scarlet, nie mogłabym.

Po chwili Scarlet przewróciła się na bok, żeby na mnie spojrzeć.

– Czy mogłabym cię zapytać o coś na zupełnie inny temat? – zagadnęła.

– Tak, oczywiście.

– Czy myślisz, że jeszcze kiedyś wyjdziesz za mąż?

Uniosłam dłoń i dotknęłam piersi. Pierścień, który dostałam od matki, lśnił dumnie na mojej prawej dłoni jako symbol mojej przynależności do nowej rodziny, ale pierścionki, które dostałam od Silasa, nosiłam na łańcuszku, bliżej serca. To była jedyna biżuteria, na jakiej mi teraz zależało.

Czasem zastanawiałam się, czy nie powinnam była zatrzymać pierścienia mojego ojca, przekazywanego z pokolenia na pokolenie w starym rodzie koroańskiej arystokracji. Ponieważ jednak nie mogłabym być pewna, który z osmalonych pierścieni znalezionych na pogorzelisku należał do niego, prawdopodobnie zawsze miałabym poczucie, że coś jest nie tak.

– Nie wiem. Silas pozostawił we mnie ślad. Nie wiem, czy chciałabym, żeby zrobił to ktokolwiek inny, bez względu na to, ile czasu by upłynęło. Nie sądzę, żebym mogła kiedykolwiek zapomnieć, ile on dla mnie zrobił. Zapewne teraz wydaje się to dziwne, ale od początku miałam wrażenie, że on mnie uratował.

Scarlet milczała przez chwilę.

– Myślę, że byłby szczęśliwy, gdyby wiedział, co czujesz, mimo tego wszystkiego, co się wydarzyło. Myślę także, że byłby szczęśliwy, gdyby wiedział, że nie chcesz nikogo skrzywdzić. On też był taki.

– Wiem o tym. – Uśmiechnęłam się. Myślałam, że przez całe życie będę mogła dowiadywać się nowych rzeczy o Silasie, ale i tak znałam jego charakter i mogłam zachować go w pamięci. Przełknęłam ślinę, niepewna, czy dam radę dłużej o nim rozmawiać. – A ty? Chciałabyś wyjść za mąż?

– Nie wiem, czy to możliwe. Już nie wiem – przyznała Scarlet. – Mam wrażenie, że zawsze będzie mnie otaczać mur.

– Dobrze to ujęłaś. Nadal trudno mi myśleć o tym, że miałabym kogoś dopuścić tak blisko jak Silasa… Zanim odjechaliśmy, odwiedziłam jego grób. Powiedziałam mu, że czuję się, jakbym musiała o nim zapomnieć, żeby żyć dalej.

– Wiesz, tak to właśnie jest – oznajmiła wprost Scarlet.

Popatrzyłam na nią.

– Ile bliskich osób straciłaś?

– Dostatecznie dużo, by się nauczyć, że muszą być dla mnie latarniami wskazującymi drogę, a nie kotwicami.

Ścisnęłam jej dłoń.

– Proszę, nie zostawiaj mnie, Scarlet.

– Nie zostawię. Zamierzam, kiedy to wszystko się skończy, nadal stać prosto. Wolna.

– To dobrze. Chciałabym to zobaczyć.

Poczułam się nagle niezwykle zmęczona. Zmęczona ukrywaniem się, zmęczona uciekaniem, zmęczona próbami stania się tyloma osobami. Położyłam dłoń w miejscu, gdzie Scarlet mogła jej dosięgnąć, gdyby chciała. Ostrożnie splotła palce z moimi palcami, a ja w końcu poczułam się na tyle bezpiecznie, żeby zasnąć.

Rano obudził mnie śpiew ptaków. Leżałyśmy ze Scarlet plecami do siebie, a ciepło jej ciała pozwalało nie myśleć o porannym chłodzie. Dawno już nie czułam się tak zadowolona z życia i nie miałam najmniejszej ochoty wstawać z łóżka.

Scarlet wymamrotała, jakby czytała mi w myślach:

– Musimy wstać i iść na śniadanie, prawda?

– Zabrałam część pieniędzy, które dostałam od Jamesona – odpowiedziałam. – Mogłybyśmy ukraść konie i zostać wędrownymi artystkami.

– Mogłabym udawać, że wróżę z fusów, i przepowiadać przyszłość.

– Skoro umiem zatańczyć allemande, na pewno nauczyłabym się tańczyć tak jak one.

– Na pewno – potwierdziła Scarlet. – Jesteś niezwykle utalentowaną tancerką.

– Podobnie jak ty. Razem byłybyśmy naprawdę zjawiskowe.

– Owszem, byłybyśmy. – Scarlet umilkła na chwilę. – Ale są chyba jakieś prawa zabraniające włóczęgostwa…

– Pewnie są… Czyli mamy do wyboru: więzienie albo śniadanie.

Scarlet westchnęła.

– Myślisz, że w więzieniu będą nas dobrze karmić?

Zastanowiłam się.

– Cóż, jeśli mam do wyboru śniadanie z Etanem albo więzienie, będę jeść, co mi dadzą.

Rozdział 4

Wyginałam ręce w nienaturalny sposób, żeby zasznurować suknię, i przypominałam sobie czasy, kiedy pomaganie mi w ubieraniu się było zaszczytem. Zrobiłam, co w mojej mocy, ale potrzebowałam pomocy Scarlet.

Dawniej budziłam się w zamku Keresken, a później przywykłam do budzenia się w Abicrest. Potem, kiedy przestało istnieć, przyzwyczaiłam się do poranków w Varinger.

Dzisiaj natomiast obudziłam się w nowym miejscu, w Pearfield, z nowymi zasadami i innym rytmem życia. Czułam się z niego wytrącona, zanim jeszcze dzień zaczął się na dobre.

Wyszłam z pokoju z nadzieją, że Scarlet będzie na mnie czekać. Jeszcze jej nie było, więc spacerowałam po krótkim korytarzu i rozglądałam się po ścianach. Nie chciałam krytykować tej architektury, ale wydawała mi się okropnie nijaka. Solidna, ale nijaka. Dlaczego nie wyrzeźbić belek stropowych? Dlaczego nie namalować wzorów na ścianach? Było tutaj tyle miejsca.

Starałam się opanować te myśli. Może jakieś piękno kryło się w pozostawionym tu potencjale jak na kusząco czystej białej karcie.

Etan przerwał moje spokojne rozmyślania, wychodząc i poprawiając mankiety. Zamarł na mój widok i zmierzył mnie spojrzeniem przymrużonych oczu. Te oczy były takie zimne, a ich szaroniebieski kolor kojarzył mi się z niebem przed nadciągającą burzą. Nieogolony jeszcze zarost nadawał mu wygląd odrobinę nieporządny, jakby był gniewny lub szalony... Nie potrafiłam znaleźć właściwego słowa, ale na pewno nie byłby to komplement.

– Masz niezasznurowane rękawy – oznajmił.

– Wiem. Potrzebuję dodatkowej pary rąk, a nie mam pokojówki.

Splótł ramiona.

– Mogłaś którąś wezwać.

Nie zawracałam sobie głowy mówieniem mu, że poprosiłam wczoraj o przyniesienie mi wody do mycia, ale się jej nie doczekałam. Nikt też nie przyszedł, żeby przygotować mój pokój na noc. Zanim się położyłam, sama rozpaliłam w kominku. Kiepsko mi to poszło, jednak się udało.

– Zrobiłam to wcześniej, jednak na razie nikt się nie pojawił.

– Nie dziwię się im. Ja nie zgodziłbym się za żadne pieniądze. – Podszedł bliżej i zatrzymał się przede mną. – Jaki sekret ukrywasz? Tak czy inaczej, domyślę się, ale gdybyś mi teraz powiedziała, oszczędziłabyś nam mnóstwo czasu.

– Przepraszam?

– Wiem, kim jesteś, i wiem, jak zostałaś wychowana. Wiem też, że twoja lojalność wobec Koroanii jest o wiele głębsza niż wobec Izolty. Dlaczego więc tutaj jesteś? Jaki jest prawdziwy powód?

Patrzyłam na niego, zaszokowana.

– Moi rodzice nie żyją. Mój mąż nie żyje. To jedyna rodzina, jaka mi została. Dlatego tutaj jestem.

Etan potrząsnął głową.

– Widziałem, jak patrzył na ciebie Jameson Barclay. Gdybyś wróciła do jego zamku, powitałby cię z otwartymi ramionami.

– Ma już inną dziewczynę w ramionach. Nie ma dla mnie miejsca na dworze Jamesona.

Etan stał bez ruchu, mierząc mnie wzrokiem.

– Wątpię w to.

Uniosłam ręce, poddając się.

– Nie wiem, do czego zmierzasz, Etanie. Jedynym sekretem, jaki miałam, był Silas. Dlatego nie wiem, co sobie wyobrażasz, ale się mylisz.

– Mam na ciebie oko – ostrzegł mnie.

– Zauważyłam – odparowałam.

W tym momencie Scarlet wyszła ze swojego pokoju i uniosła brwi na widok Etana stojącego tak blisko mnie. Z irytacją spiorunował mnie wzrokiem i zszedł po schodach, a ja pokazałam Scarlet moje rękawy. Nie musiałam o nic prosić.

– O co tutaj chodziło? – zapytała, zawiązując malutkie kokardki.

– Etan ma na mnie oko – odpowiedziałam. – A ja go nie znoszę.

Scarlet westchnęła.

– Etan potrafi być… zapalczywy.

– Zapalczywy? To jest słowo, którego zamierzałaś użyć?

– Ale potrafi być także bardzo życzliwy, a nawet zabawny, kiedy już go poznasz.

Opuściłam głowę i się skrzywiłam.

– Życzliwy? Zabawny?

– Wiem, że teraz się taki nie wydaje. Każdy z nas na swój sposób radzi sobie z bólem. Etan wyładowuje się na innych. Nie potrafi zrozumieć, że wybrał sobie niewłaściwy cel.

Zastanowiłam się nad tym.

– Czyli mam po prostu czekać, aż sam do tego dojdzie?

Scarlet skinęła głową.

– Będziesz musiała. On zmieni zdanie, kiedy pozna cię tak, jak my cię znamy, a prawdę mówiąc, wy dwoje jesteście w tym momencie ostatnim z moich zmartwień.

Powróciło jej dawne napięcie. Jej pierś unosiła się i opadała szybko, a dłonie drżały, kiedy wiązała ostatnią kokardkę. Była nieobecna duchem, bo wróciła myślami do Abicrest, do tamtego ataku.

– Chcesz o tym opowiedzieć?

Scarlet potrząsnęła głową.

– Jeszcze nie.

– Cóż, jeśli kiedyś uznasz, że jesteś na to gotowa…

– Powiem tobie jako pierwszej. Pozostali by nie zrozumieli, a matka by tego nie wytrzymała. Ale jeszcze nie teraz.

Ujęłam jej dłonie i ścisnęłam uspokajająco.

– W porządku. Naprawimy to, Scarlet. Jakoś znajdziemy wyjście z tej sytuacji.

Skinęła głową i odetchnęła kilka razy, żeby się opanować. Nie potrafiła wszystkiego ukrywać, lecz nie chciała także pokazywać, jak bardzo cierpi. Czułam się uprzywilejowana, ponieważ przy mnie nie pilnowała się aż tak bardzo.

– Jestem gotowa – oznajmiła. – Chodźmy. – Skierowałyśmy się na dół, trzymając się pod ręce. – Myślałam o tym, że chętnie wyprowadziłabym się na prowincję, na północ, z dala od tego wszystkiego.

– Nie dziwię ci się. Po tym gwarze dworskiego życia przyda się trochę ciszy i spokoju. No wiesz, kiedy już zdobędziemy królestwo, wymierzymy sprawiedliwość i tak dalej – zażartowałam.

Scarlet uśmiechnęła się lekko.

– Znajdę sobie dom i przygotuję pokój specjalnie dla ciebie, na wypadek gdybyś wyszła za mąż i chciała gdzieś się schować, kiedy twój mąż będzie nieznośny.

Roześmiałam się i trochę mocniej ścisnęłam jej ramię.

– Może po prostu zostaniemy starymi pannami.

– I będziemy hodować stado kóz – zaproponowała.

– Bardzo lubię kozy.

– W takim razie postanowione.

Kiedy weszłyśmy do jadalni, matka siedziała już przy stole, podobnie jak lord Northcott. Rozmawiali półgłosem, ale podnieśli głowy i uśmiechnęli się z radością na nasz widok.

– Dzień dobry, dziewczęta – przywitał nas z zadowoleniem lord Northcott. – Wyglądacie na wypoczęte.

– W takim razie dobrze udajemy – zażartowała Scarlet.

Spodziewałam się, że Etan już tu będzie, ale widocznie miał jakieś sprawy do załatwienia, bo wszedł do jadalni tuż po nas.

Przywitał się z ojcem i usiadł naprzeciwko mnie, nie zaszczycając spojrzeniem.

Na stole znajdowały się owsianka, sery i chleb. Kiedy Scarlet nałożyła sobie jedzenie na talerz, zrobiłam to samo. Pokojówka nalała ciemnego piwa do kubków Etana i Scarlet.

Podniosłam swój, żeby także dostać trochę. Nie byłam pewna, czy mnie nie zauważyła, czy też zignorowała.

Odstawiłam kubek na stół. Etan obserwował to wszystko i z jakiegoś powodu to, że był świadkiem tej szykany, było gorsze niż sam incydent. Poczułam, że się czerwienię. Opuściłam wzrok i jadłam w milczeniu.

– Ach, cóż to za radość widzieć tyle osób przy stole! – Lady Northcott weszła do pokoju, wnosząc powiew entuzjazmu.

Patrzyłam, jak obchodzi stół, żeby pocałować męża w policzek, a syna – w czoło. Etan nie odsunął się ani nie spojrzał z irytacją, jak miał w zwyczaju, ale wydawał się wdzięczny za to przelotne dotknięcie. Nie mogłam powstrzymać uśmiechu, chociaż serce bolało mnie na myśl o tym, że moja matka nigdy się tak nie zachowywała.

Żałowałam, że nie miałyśmy dla siebie więcej czasu.

– Hollis, myślę, że powinniśmy cię dzisiaj oprowadzić po posiadłości – oznajmiła lady Northcott, siadając i zwracając się do mnie.

Wyprostowałam się.

– To będzie dla mnie prawdziwa przyjemność, lady Northcott.

– Doskonale. Tak się zastanawiam... – zaczęła i sięgnęła po łyżkę. – Hollis jest teraz częścią rodziny.

– Oczywiście – zgodził się lord Northcott. – Nieodłączną.

– Dlatego powinniśmy chyba zapomnieć o lordach i lady. Hollis, czy moglibyśmy stać się dla ciebie po prostu ciocią Jovaną i wujkiem Reidem? Tak jak dla Scarlet?

Oczy wszystkich spoczęły na mnie, a ja nie mogłam nie zauważyć malującej się w nich nadziei. To była cudowna i wielkoduszna propozycja, której nie mogłam odrzucić, mimo że czułam się odrobinę skrępowana.

– Jeśli tylko chcecie – wykrztusiłam.

Moja nowa ciocia Jovana uśmiechnęła się promiennie, jednak ja nie potrafiłam tego docenić. Widziałam tylko pogardę na twarzy pokojówki oraz nieukrywane rozczarowanie na twarzy Etana. To nie była jego zwykła złość, ale coś bardziej bolesnego. Jakbym wepchnęła się na miejsce, które należało do niego, i je przywłaszczyła.

– Tak się cieszymy, że jesteś z nami, Hollis. – Ciocia Jovana położyła sobie serwetkę na kolanach. – To cudowna odmiana. Tak bardzo przywykliśmy, że ktoś od nas odchodzi... Moi kochani siostrzeńcy, moje dwie dziewczynki... – Kiedy to usłyszałam, poczułam dławienie w gardle, ponieważ zrozumiałam, z czego brał się jej smutek. – Wreszcie możemy powiększyć o kogoś rodzinę!

– Słusznie mówisz – zgodziła się z nią matka.

Wujek Reid uśmiechał się i nawet Scarlet wydawała się spokojniejsza. Nie potrafiłam jednak ignorować chłodu bijącego od Etana ciężkimi, przykrymi falami. Jeśli przedtem wydawało mi się, że pozwalam sobie na zbyt wiele, było to niczym w porównaniu z tym, co działo się teraz.

Rozdział 5

Te drzewa zostały zasadzone przez pierwszych Northcottów, którzy zamieszkali w Pearfield – oznajmiła ciocia Jovana, wskazując szpaler drzew na tyłach posiadłości. – Mamy szczęście, że są takie stare. Chronią dom w czasie silnych wiatrów i dają nam trochę naturalnej prywatności.

– Zauważyłam, że o jednym zapomnieli – zażartowałam, wskazując lukę, przez którą biegła ścieżka.

Ciocia Jovana się roześmiała.

– Sami je wycięliśmy jakieś dwadzieścia lat temu. Ta ścieżka umożliwia łatwy dostęp do domu ludziom pracującym na naszej ziemi, która rozciąga się dalej w tamtą stronę. Jutro się przekonasz, dlaczego to takie ważne. Będzie dzień chlebowy.

Nie wiedziałam, czym jest dzień chlebowy, ale uznałam, że dowiem się o tym rano. Scarlet ścisnęła mnie za rękę, żeby zwrócić moją uwagę. Uśmiechnęła się, a ja widziałam, że stara się mnie w ten sposób uspokoić, ponieważ Etan szedł kilka kroków za nami.

Z całą pewnością nie potrzebował, żeby ktoś oprowadzał go po jego posiadłości, ale najwyraźniej nie wolno było mi zrobić kroku poza jego czujnym okiem. Czy myślał, że zamierzam porąbać ten dom toporem? Podnieść kurtynę i odsłonić armię? Westchnęłam i bez powodzenia starałam się go ignorować.

– Kiedy przejdziemy na drugą stronę domu, będziesz miała wspaniały widok na nasz ogród. Zasadziliśmy wysokie krzewy, aby osłonić go od wiatru, dzięki czemu kwiaty lepiej rosną. W tym roku są naprawdę prześliczne.

Popatrzyłam z tęsknotą na kwiaty. Och, jak bardzo tęskniłam za ogrodami Kereskenu, które były moją kryjówką.

– Może zbierzemy kwiaty i zrobimy bukiet na stół w jadalni? – zaproponowała ciocia Jovana, zauważając wyraz moich oczu.

– Możemy?

– Oczywiście!

Popatrzyłam na jej gęste włosy.

– Mam lepszy pomysł. – Wzięłam ją pod ramię i pociągnęłam na środek ogrodu, rozglądając się za ławką. – Doskonale. Scarlet, wybierz najpiękniejsze kwiaty i przynieś mi je.

– Tak jest, kapitanie – zażartowała Scarlet i skierowała się pomiędzy zielone ściany.

Etan zajął miejsce na obrzeżach ogrodu, oparty o wysoki krzew. Splótł ramiona i przyglądał się wszystkiemu uważnie.

Poprosiłam ciocię Jovanę, żeby usiadła, i zaczęłam wyciągać szpilki z jej włosów.

– Co ty wyprawiasz, na litość boską? – zapytała ze śmiechem.

– Tworzę arcydzieło – zapewniłam ją. – Siedź teraz bez ruchu.

Wyciągałam pasma jej włosów i splatałam je tak jak kiedyś włosy Delii Grace. Zastanawiałam się, kto się nią teraz zajmuje. Zastanawiałam się, czy ona albo Nora w ogóle tęsknią za mną. Ból z powodu utraty rodziny i Silasa sprawił, że na dłuższy czas zapomniałam o przyjaciółkach, ale teraz znowu zaprzątały moje myśli. Żałowałam, że nie mogę ich uściskać, choćby raz.

Scarlet przyniosła kwiaty niebieskie jak flaga Izolty, a ja wplotłam je w zrobioną z warkocza koronę na głowie cioci Jovany, która siedziała i się śmiała. Kiedy skończyłyśmy z jej włosami, wplotłam kwiaty we włosy Scarlet i w swoje, a potem odłożyłam trochę dla matki.

Jeśli mieliśmy stanąć do walki, potrzebowaliśmy czegoś, o co warto walczyć. O wolność wyboru własnego obiadu albo możliwość pojechania tak daleko, jak się zapragnie. O nadzieję jutrzejszego dnia albo o kwiaty we włosach. Rzeczy wielkie i malutkie były tak samo ważne.

Zauważyłam, że Etan już na mnie nie patrzy. Przyglądał się swojej matce, a na jego twarzy malował się cień uśmiechu. Obserwował ją, nadal ze splecionymi ramionami, przechylając głowę na bok.

Wyciągnęłam jeden kwiat z odłożonych na bok i podeszłam do niego. Kiedy byłam w połowie drogi, zauważył mnie i jego zachowanie natychmiast się zmieniło. Pojawiło się niezdecydowanie, ostrożność. Bez słowa wpięłam mu kwiat w dziurkę od guzika na piersi. Skrzywił się, spoglądając na niego, a potem wpatrywał się we mnie tymi stalowymi oczami. Jednakże nie wyrzucił kwiatu ani nie skomentował tego.

Skinęłam głową i wróciłam do pozostałych pań, szczęśliwa, że mogę obejrzeć ogród i resztę posiadłości Northcottów.

Od dłuższego czas stałam w otwartych drzwiach mojego pokoju w koszuli nocnej. Noce w Izolcie były zimne, więc musiałam rozpalić w kominku. Skoro pokojówki tego nie zrobiły, to trudno, musiałam poradzić sobie sama. Jednakże zużyłam całe drewno, jakie miałam, i nie wiedziałam, skąd mogę wziąć więcej.

W końcu splotłam ramiona i podeszłam do drzwi Scarlet. Zapukałam, a kiedy nikt nie odpowiedział, zajrzałam ostrożnie do środka, ale nikogo nie zastałam. Zauważyłam, że u Scarlet paliło się w kominku, jednak pozostało tak niewiele drewna, że nie mogłam jej go zabierać.

Zamknęłam drzwi i przeszłam do pustego pokoju obok z nadzieją, że może przygotowano tam zapas na wszelki wypadek. Niestety, tak nie było. Najwidoczniej dostałam drewno tylko raz, pod czujnym okiem cioci Jovany, kiedy poleciła, żeby przygotować dodatkowy pokój.

Mogłabym poprosić ją albo matkę, ale nie wiedziałam, gdzie znajdują się ich pokoje. Byłam w sytuacji bez wyjścia.

Westchnęłam i popatrzyłam na drzwi Etana po drugiej stronie korytarza. Zadałam sobie pytanie, czy wolę z nim rozmawiać, czy może stracić kilka palców z powodu odmrożeń...

Przełknęłam dumę, podeszłam do jego drzwi i zapukałam. Usłyszałam, że się zrywa, i byłam zaskoczona gwałtownością, z jaką otworzył drzwi.

– Co się stało? – zapytał niecierpliwie.

Na chwilę straciłam wątek z powodu jego koszuli, rozpiętej i częściowo zsuniętej z ramienia. Na jego piersi dostrzegłam co najmniej trzy blizny, zapewne pochodzące z czasów, kiedy służył w armii.

– Wszystko w porządku – powiedziałam, unosząc dłoń. – Nic się nie stało.

Odetchnął głęboko i skinął głową, jakby chciał się w ten sposób uspokoić. Wystarczył ułamek sekundy, żeby doszedł do najgorszych wniosków, więc musiał teraz jakoś rozładować to napięcie. Doskonale rozumiałam takie uczucie.

– Po prostu… – zaczęłam i zawahałam się.

– Wykrztuś to z siebie wreszcie.

– Pokojówki nie przynoszą mi drewna do kominka, a ja nie wiem, gdzie mogę je znaleźć. Czy mogłabym wziąć trochę od ciebie?

Bardzo pragnęłam zetrzeć z jego twarzy ten zarozumiały uśmieszek.

– Czyli wielka dama Hollis potrzebuje przysługi.

– Nie mów tak, Etanie. – Starałam się pozostawać dzielna mimo tego upokorzenia. – Pomyśl, jak muszę być zmarznięta, skoro jestem gotowa zwrócić się do ciebie o pomoc. Proszę, użycz mi trochę swojego drewna.

Nastąpiła długa chwila ciszy. Czekałam, aż zatrzaśnie mi drzwi przed nosem.

– Wejdź – powiedział w końcu, więc wkroczyłam do pokoju, unosząc wysoko głowę.

Wyobrażałam sobie, że Etan jest bałaganiarzem, jednak w środku panował porządek. Na biurku leżały trzy otwarte książki, a na stoliku przy łóżku stało kilka pustych kubków, ale jego rzeczy nie były porozrzucane po podłodze, a w pokoju nie śmierdziało.

– Wyciągnij ręce – polecił, więc zrobiłam to. Zaczął układać mi w ramionach połupane szczapy, a ja obserwowałam je i poprawiałam, starając się unikać drzazg. – Drewno opałowe leży na tyłach domu, między dwoma drzewami. Jutro będziesz mogła sama je sobie przynieść.

– Tak zrobię.

– Jesteś mi teraz coś winna. Powinienem ci powiedzieć, żebyś już zaraz po nie poszła.

Westchnęłam i w końcu podniosłam głowę.

– Etanie, ja nie…

Urwałam w pół słowa, ponieważ zobaczyłam coś jednocześnie nowego i znajomego, co sprawiło, że łzy napłynęły mi do oczu.

Na ścianie, tuż nad kominkiem, wisiał miecz z dużą szczerbą w ostrzu.

– Co takiego? – zapytał Etan.

Nic nie powiedziałam, ale wyminęłam go, żeby podejść bliżej miecza.

– Gdzie ty się wybierasz? – rzucił Etan, idąc za mną.

Zatrzymałam się przed kominkiem i popatrzyłam w górę. Prawie mogłam wyczuć tutaj obecność Silasa.

– Co ty wyprawiasz?! – zapytał Etan podniesionym głosem. – Czy muszę ci przypominać, że jesteś w moim pokoju?

– Czy wiesz, kiedy po raz pierwszy o tobie usłyszałam, Etanie? – zapytałam szeptem. – Silas opowiadał mi, jak zaczął pracować z metalem i jak zrobił miecz dla swojego kuzyna. Powiedział, że chociaż poszło mu okropnie, używałeś tego miecza aż do końca turnieju.

Zdołałam oderwać wzrok od miecza na dość długo, aby popatrzeć na Etana. Przyglądał mi się ostrożnie, ale potem także przeniósł spojrzenie na poszczerbiony kawał metalu na ścianie.

– Praktycznie nie nadaje się do użytku – powiedział cicho. – Gdyby jeszcze raz uderzyć w tę szczerbę, pękłby na pół, a rękojeść jest fatalnie wyważona. Ale nie potrafię go wyrzucić. Nawet zanim stało się to wszystko, nie umiałem się rozstać z tym mieczem. On był z niego taki dumny.

Skinęłam głową.

– Podziwiałam tę jego dumę. – Nadal wpatrywałam się w dzieło Silasa i starałam się oddychać, chociaż czułam ściskanie w piersi. – Moje pierwsze wrażenie o tobie, jakie odniosłam podczas tamtej ukradkowej rozmowy z chłopakiem, którego w ogóle nie powinnam znać, było takie, że jesteś kimś niezwykle prawym i wielkodusznym. – Znowu na niego popatrzyłam. – W niczym nie przypominasz człowieka, o którym opowiadał mi Silas. Ani nawet człowieka, o którym opowiadała mi Scarlet. Jesteś kimś obcym, kto zajął jego miejsce. Dlaczego?

Na dłuższą chwilę zapadła cisza.

– Wynoś się z mojego pokoju.

– Naprawdę chciałabym cię zrozumieć. Co sprawia, że jesteś taki zimny, skoro twoja rodzina mówiła mi, że masz zupełnie inny charakter?

– Powiedziałem: wynoś się. – Etan wskazał drzwi, a ja po chwili go posłuchałam. Na korytarzu odwróciłam się, żeby na niego spojrzeć. W jego oczach były teraz jednocześnie płomienie i lód. – Nie wydaje ci się, że dość mi już odebrałaś? – zapytał. – Wracaj do siebie.

Potrząsnęłam głową.

– Nie wiem, jak miałabym ci to udowodnić, Etanie. Jestem tutaj ze względu na moją rodzinę. Nie zostawię ich.

Trzaśnięcie drzwi, którego się spodziewałam, w końcu się rozległo, a ja byłam na siebie wściekła, ponieważ pragnęłam, żeby znowu otworzył drzwi tylko po to, bym mogła popatrzeć na nieudany miecz Silasa. Wróciłam do swojego pokoju i pomagając sobie świecą, rozpaliłam w kominku.

Siedziałam tak blisko ognia, jak tylko mogłam, obracałam w dłoniach ślubną obrączkę, którą nosiłam na łańcuszku, i płakałam. Ponieważ słyszałam Etana krążącego gniewnie po swoim pokoju, byłam pewna, że on także musiał mnie słyszeć.

Rozdział 6

Wcześnie rano następnego dnia dowiedziałam się, co oznacza dzień chlebowy. Northcottowie dwa razy w tygodniu piekli ogromne ilości chleba dla rodzin, które pracowały na ich ziemiach. To oznaczało, że wszystkie kucharki, część pokojówek oraz sama ciocia Jovana pojawiły się w kuchni zaraz po wschodzie słońca, żeby przez cały dzień wyrabiać ciasto i piec. Dzięki temu nawet jeśli ktoś, kto pracował dla nich, zachorował, jego rodzina miała co jeść. Był to jeden z najprostszych i najbardziej wielkodusznych pomysłów, o jakich słyszałam, więc koniecznie chciałam wziąć w tym udział.

Gdyby tylko dobre chęci przekładały się na umiejętności.

Scarlet trzymała się blisko mnie, kiedy obserwowałyśmy kucharkę wyrabiającą ciasto na chleb tak energicznie, że zastanawiałam się, czy nie zostaną na nim siniaki. Próbowałyśmy ją naśladować, ale żadna z nas nie miała tyle siły co kobiety, które zajmowały się tym od lat. Nawet ciocia Jovana budziła nasz podziw, podnosząc ciasto i uderzając nim o stół z ogromną mocą. Ja za bardzo się bałam, że wyleci mi z rąk, żeby odważyć się na coś podobnego.

Jakby maestria kucharek była niedostatecznie onieśmielająca, czujne spojrzenie Etana patrzącego na moją porażkę sprawiało, że stawała się ona sto razy gorsza.

– Synu, skoro już tu jesteś, to może byś nam pomógł? – zaproponowała ciocia Jovana, spoglądając na Etana, który siedział na blacie z szeroko rozłożonymi nogami i złośliwie głośno chrupał jabłko.

– Nie ma mowy. Jestem tutaj tylko po to, żeby być bliżej Enid – oznajmił, swobodnym gestem odrzucając z czoła pukiel włosów.

– Też mi gadanie! – obruszyła się potężna kobieta obok mnie, ale widziałam, że była rozbawiona jego flirtowaniem.

Mnie jego zachowanie wydawało się całkowicie odpychające.

– Jesteś miłością mojego życia, Enid! Bez ciebie umarłbym! – zawołał, nadal z ustami pełnymi jabłka.

Kobiety w kuchni się roześmiały. Najwyraźniej znajdowałam się wśród sprzymierzeńców Etana. To mnie zdumiewało. Czy tak się właśnie zachowywał, jeśli mnie nie było w pobliżu? Czy z natury był taki czarujący? A zmieniając temat, dlaczego nie mogłam się zorientować, jak należy wyrabiać ciasto?

– Daj mi to – powiedziała Enid, odbierając mi bochenek. – Jeśli go dobrze nie wyrobisz, chleb nie urośnie.

– Przepraszam – wymamrotałam i obejrzałam się przez ramię.

Etan obserwował mnie, potrząsając głową. Skoro to takie proste, dlaczego sam nie spróbował?

– Nasza Enid piecze chleb, odkąd zaczęła sięgać głową nad stół. Możesz się od niej wiele nauczyć – powiedziała lady Northcott, kiwając głową w stronę szefowej kuchni, która wyrabiała teraz mój kawałek ciasta.

Uśmiechnęła się, słysząc pochwałę swojej pani, ale nie tak szeroko jak wtedy, gdy Etan powiedział, że ją kocha.

– Bardzo bym chciała – powiedziałam cicho z nadzieją, że ta kobieta zauważy, że staram się pomagać.

Nie odezwała się, tylko dalej wyrabiała ciasto dłońmi większymi niż dłonie jakiegokolwiek znanego mi mężczyzny. Rozejrzałam się, szukając czegoś, czym mogłabym się zająć. Podeszłam do worka z mąką, żeby odmierzyć nową porcję. Niestety ogromny worek znajdował się obok Etana. Stałam nad nim przez minutę, zastanawiając się, ile mam nabrać.

– Cztery – powiedział.

– Wiem – skłamałam i zanurzyłam w worku kubek używany jako miarka. – Skoro na tym się znasz, to dlaczego mi nie pomożesz?

– Bo zdecydowanie przyjemniej jest patrzeć, jak się męczysz.

Prychnęłam, zabrałam swoją miskę i zaniosłam ją z powrotem na stół. Stałam, patrzyłam na pozostałe składniki i próbowałam sobie przypomnieć, co powinno być następne. Woda? Jajka? Tkwiłam nieruchomo pośrodku kuchni pełnej życia. Nawet Scarlet, której ciasto wyglądało gorzej niż moje, słuchała wskazówek cierpliwie udzielanych jej przez jedną z kucharek.

Słowa Etana potwierdziły to, czego sama mogłam się domyślić z zachowania pozostałych: nie byłam tu mile widziana.

Nie miało znaczenia, że naszym celem było nakarmienie tych, którzy niczego nie mieli – mój wkład nie był potrzebny. Kiedy rozglądałam się, żeby poprosić o pomoc, kucharki patrzyły na mnie przelotnie, a potem wracały do swoich zadań, ignorując mnie.

Odstawiłam miskę i bez słowa wycofałam się na schody. Jedyną osobą, która mogła to zauważyć, był Etan, ale to nie miało znaczenia. Nikt za mną nie wyszedł.

Starałam się nie płakać, zdrapując resztki ciasta z rąk w miednicy w moim pokoju. Byłam gotowa pogodzić się z tym, że mieszkańcy Izolty będą widzieć we mnie „inną". Nie spodziewałam się agresji, która towarzyszyła postrzeganiu tej „inności". Nie mogłam jej wytrzymać.

Łzy popłynęły mi z oczu, a ja miałam wrażenie, że pogarda Izoltan rozbija moje serce na kawałki. Chociaż byłam z moją jedyną pozostałą przy życiu rodziną, czułam się bardziej samotna, niż wydawało mi się możliwe. To było wyjątkowe i niepotrzebne okrucieństwo dodane do tego, o czym wszyscy w tym domu wiedzieli: że straciłam wszystko.

Kolejna fala łez popłynęła z innego powodu.

Owszem, pokochałam mężczyznę z Izolty. Pokochałam jego rodzinę. Pokochałam ich królową. Ale pokochałam ich tylko dlatego, że ich poznałam. Strój Scarlet, gdy pierwszy raz zobaczyłam ją w sali tronowej, wydawał mi się zabawny, a Valentiny nie lubiłam za to, że zadziera nosa w sposób, który uznałam za typowo izoltański. Teraz je kochałam, ale początkowo osądziłam je po pozorach. Wydawało mi się, że jestem bardziej elegancka i mądrzejsza od nich. Wydawało mi się, że jestem lepsza.

Spotykało mnie tylko to, czym sama wcześniej zgrzeszyłam. Może nie wiedzieli o tym, może to nie było tak ostentacyjne jak to, co teraz przeżywałam, ale pozostawało tak samo godne potępienia.

Kiedy myślałam o tym wszystkim, jedna z dwóch rzeczy musiała być prawdą: albo zasługiwałam, żeby mnie tak traktować, albo nie zasługiwał na to nikt. Nigdy.

Żałowałam, że nie mogę porozmawiać z Silasem. Zawsze był rozjemcą i myślicielem, więc wiedziałby, co należy zrobić. Otarłam łzy i zamknęłam oczy.

– Co byś powiedział? – szepnęłam. – Jak byś to posklejał?

Nie usłyszałam odpowiedzi, ale wiedziałam z dziwną pewnością, że on nie chciałby, żebym się ukrywała. Podniosłam podbródek i poszłam długim korytarzem aż do schodów dla służby. Czułam żar bijący z kuchni na długo, zanim do niej weszłam, wdychając przepyszny zapach pieczonego chleba.

Jako pierwszy spojrzał na mnie Etan, a w jego oczach dostrzegłam zaskoczenie.

– Ach, Hollis! Jesteś. Byliśmy… Czy wszystko w porządku? – zapytała ciocia Jovana.

Rzuciłam rozpaczliwe spojrzenie Scarlet, które zwykle znajdowała dla mnie wymówkę.

– Czasem zaczynam płakać bez żadnego ostrzeżenia. Jest mi trudno od czasu… od czasu…

– Rozumiem. Chodź, Hollis, wracaj do stołu. Nic tak nie łagodzi bólu jak pomaganie innym, którzy także cierpią.

Podeszłam bliżej, tak jak proponowała ciocia Jovana, i znowu zajęłam miejsce obok Enid, której potężne dłonie nadal wydawały mi się trochę onieśmielające.

– Myślę, że ma pani rację – powiedziałam, patrząc na kobietę. – Skoro to jest teraz moja rodzina, naprawdę powinnam się nauczyć robić to porządnie. Czy pokaże mi pani wszystko jeszcze raz?

Nie uśmiechnęła się ani nawet nie odpowiedziała. Wzięła kolejną miskę, postawiła ją przede mną i powtórzyła wcześniejsze wskazówki. Delia Grace zawsze mówiła mi szczerze, że jestem okropną uczennicą, i pod tym względem nic się nie zmieniło. Ale obserwowałam dłonie Enid z uporem i determinacją. Jeśli zamierzała, choćby i z niechęcią, pokazać mi, co mam robić, ja chciałam się nauczyć.

Etan stał nad nami przez cały czas, nie trącając palcem o palec, nie odzywając się, tylko obserwując, jakby czekał, aż popełnię błąd. Chyba żadnego nie popełniłam, chociaż nikt mi niczego nie powiedział, więc uznałam, że to już sukces jak na jeden dzień.

Byłam tak zdeterminowana, żeby udowodnić, ile jestem warta, że zostałam w kuchni, dopóki pierwsza porcja chleba nie była gotowa. Kiedy odłożyłyśmy ostatnie bochenki do wyrośnięcia, kilka kobiet pracujących u Northcottów zajrzało do kuchni przez tylne drzwi, żeby zabrać chleb.

Tak jak zapowiadała ciocia Jovana, teraz już rozumiałam, po co jest ta luka w szpalerze drzew. Dzięki temu ci, którzy potrzebowali pomocy, mogli wejść bezpośrednio do domu, omijając wypielęgnowaną część frontową posiadłości, która ze względu na status rodu powinna pozostawać w nieskazitelnym stanie. Był to sposób na obejście tego ograniczenia, świadczący o prawdziwej wrażliwości.

Ciocia Jovana rozmawiała z każdą osobą, która weszła do kuchni. Wręczała chleb i zadawała pytania – znała wszystkie imiona i historie. Dopytywała się o dzieci i obiecywała, że zajmie się każdą sprawą, którą powierzano jej uwadze. Obserwowałam ją z milczącym podziwem.

– Zaskoczona? – zapytał Etan, nie odrywając oczu od matki, która dzieliła się chlebem i dobrymi radami.

– Tak – przyznałam, patrząc, jak ciocia Jovana ściska dłonie kobiety w znoszonym brązowym ubraniu i patrzy na nią, jakby nie istniały jakiekolwiek różnice w ich statusie. – Ale nie powinno mnie to dziwić. Nie wiem, czy spotkałam ludzi tak życzliwych światu jak twoi rodzice. Zdumiewa mnie, jak mogą być rodzicami kogoś tak wściekłego na wszystko jak ty.

– Nie jestem wściekły, tylko ostrożny.

– Jesteś nieznośny – oznajmiłam.

Skinął głową.

– Wiem o tym.

Odważyłam się na niego spojrzeć. Na jego twarzy malowała się cicha rezygnacja, której nie rozumiałam.

– Mógłbyś to z łatwością zmienić – podsunęłam.

– Mógłbym, ale nie dla ciebie – oznajmił z westchnieniem. – Wszyscy musimy być gotowi do poświęceń. Ja muszę uważać na każdy twój krok, matka musi się zapracowywać, a ojciec... Wiesz, że dzisiaj są jego urodziny? Ale nie będziemy ich w ogóle świętować.

Stanęłam przed nim, żeby musiał na mnie popatrzeć.

– To jego urodziny?

– Tak.

– No to dlaczego, na litość boską, nie przygotujecie specjalnej uczty? Albo tańców? Albo czegokolwiek?

– Ponieważ mam na głowie poważniejsze sprawy niż zabawa. – Ton Etana wskazywał, że uważa mnie za idiotkę, bo tego nie rozumiem.

– W przypadku rodziny, której członkowie umierają przedwcześnie, nie potrafię sobie wyobrazić niczego ważniejszego niż świętowanie tego, że jeden z nas przeżył kolejny rok – odparowałam.

Coś w jego oczach, tych zimnych oczach, które obserwowały mnie tak uważnie, się zmieniło. Wyglądał, jakby być może przyznawał mi rację.

– Jakie macie zwyczaje w Izolcie? Silas i ja nie mieliśmy okazji obchodzić wspólnie żadnych urodzin, więc nic o tym nie wiem.

Etan prychnął.

– Słodycze. Pieczemy małe ciastka, żeby życzyć jubilatowi roku pełnego słodyczy.

Skinęłam głową.

– Świetnie się składa, skoro jesteśmy w kuchni. – Rozejrzałam się po wielkim pomieszczeniu i wypatrzyłam szefową kuchni o wielkich dłoniach. – Pani Enid! – zawołałam, żeby zwrócić jej uwagę. – Czy wie pani, że lord Northcott obchodzi dzisiaj urodziny?

– Wiem.

– W takim razie czy pomogłaby mi pani upiec dla niego odpowiednie ciasto? Takie tradycyjne?

Popatrzyła na Etana, a potem uśmiechnęła się do mnie odrobinę krzywo.

– Nie masz dość pracy jak na jeden dzień?

– Nie, jeśli ma mnie to powstrzymać przed świętowaniem z kimś, na kim mi zależy. Dlatego… bardzo panią proszę.

Enid potrząsnęła głową.

– Pięć miarek mąki. Przyniosę cukier.

Rzuciłam się do działania z entuzjazmem. Czy byłam dobrą kucharką? Fatalną. Ale miałam wyjątkowy talent do zabawiania innych i to właśnie zamierzałam teraz zrobić.

Rozdział 7

Zgromadziliśmy się wszyscy w jadalni, żeby zaskoczyć wujka Reida. Przynieśliśmy więcej kwiatów z ogrodu na stół, zapaliliśmy dodatkowe świece, a nawet poprosiliśmy jednego ze służących, który umiał grać na lutni, żeby nam akompaniował. Nastrój był naprawdę świąteczny i brakowało tylko naszego gościa honorowego.

Kiedy usłyszałam jego kroki, niemal podskoczyłam. Etan kręcił głową, ale sprawiał wrażenie, jakby był zadowolony. Może nie był. Nie bardzo potrafiłam odczytywać jego nastroje.

– Niespodzianka! – zawołaliśmy, kiedy wujek Reid wyłonił się zza rogu.

Chwycił się za serce i z uśmiechem rozejrzał po jadalni.

– Mówiłem wam, że nie chcę żadnego zamieszania – powiedział, idąc na swoje miejsce, ale protestował bez szczególnego przekonania.

– Wszystkiego najlepszego, ojcze – odezwał się Etan.

– Dziękuję, synu – odparł wujek Reid, klepiąc go po plecach. – Naprawdę nie trzeba było.

– To pomysł Hollis – oznajmiła ciocia Jovana.

Uśmiechnęłam się.

– Możesz się nie obawiać, te ciastka piekła głównie Enid, więc nie powinny być takie złe – oznajmiłam, wskazując stos ciasteczek na talerzu pośrodku stołu.

Wszyscy zajęliśmy miejsca, a wujek Reid nadal się uśmiechał.

– Chyba rzeczywiście dobrze jest mieć jakiś powód do radości. Dziękuję wam wszystkim.

– Zjedz coś słodkiego, kochanie. Jako słodką wróżbę na kolejny rok – powiedziała ciocia Jovana, zachęcając gestem, żeby się poczęstował.

Wujek Reid westchnął, ale nie było w tym przekonania. Z uśmiechem przyglądał się naszej niewielkiej gromadce zasiadającej przy stole. W końcu wyciągnął rękę i wziął pierwsze ciasteczko. Ugryzł kęs, po czym przewrócił oczami, żeby dać znak, że jest przepyszne.

– Teraz my także weźmiemy po jednym, żeby być częścią tego roku pełnego słodyczy – szepnęła do mnie matka.

Sięgnęłam do półmiska wraz z pozostałymi, niechcący trącając dłonie matki i Etana, kiedy brałam jedno z ciastek. Chociaż pomagałam je zrobić, nie miałam pojęcia, co sprawiało, że były tak wyborne. Smakowały naprawdę niebiańsko.

– Mm – westchnęłam z pełnymi ustami. – Chyba szybko się do nich przyzwyczaję. Czyje urodziny będą następne? Nie mogę się doczekać, żeby znowu ich spróbować.

– Chyba Scarlet – powiedziała matka.

Scarlet, także pożerająca ciastka, skinęła tylko głową.

– Urodziny to najpiękniejsze święto – stwierdziłam, zjadając kolejny kęs. – W Koroanii bierzemy się za ręce i tańczymy wokół jubilata. Kiedy byłam dzieckiem, robili to tylko matka i ojciec, ale w zamku brały w tym udział tuziny osób. Zawsze było mi miło, kiedy otaczało mnie tyle szczęśliwych twarzy.

– Cóż, to jest Izolta – oznajmił stanowczo Etan. – My nie postępujemy w ten sposób.

Przerwałam chwilę krępującej ciszy prostym:

– Wiem.

– W takim razie dostosuj się. Jeśli zamierzasz tutaj zostać, musisz zapomnieć o Koroanii.

Było jasne, że wszyscy obecni woleliby zakończyć temat. Zastanawiałam się jednak, czy jakikolwiek temat da się łatwo zakończyć, jeśli w grę wchodziliśmy my dwoje. Odetchnęłam głęboko i odparowałam:

– Kiedy twoi kuzynowie przeprowadzili się do Koroanii, czy oczekiwałeś, że zrezygnują ze wszystkich swoich zwyczajów i tradycji?

– To zupełnie co innego – odparł szybko. – To była cała rodzina, a poza tym nie zamierzali tam zostawać na zawsze…

– Silas zdecydowanie zamierzał!

– …a ty jesteś sama i musisz tu zostać, chyba że dopisze nam szczęście.

– Etanie – syknęła matka.

– Chyba nie powiecie, że cieszy was kolejna osoba wciągnięta w to wszystko! – krzyknął. – Poza tym połowa naszych problemów rozwiązałaby się, gdyby jej ludzie po prostu…

– Moi ludzie?! – krzyknęłam, wstając tak gwałtownie, że moje krzesło upadło do tyłu.

– Twoi ludzie bez cienia wahania mordują naszych. Czy wiesz, do jakiego stopnia nie do wytrzymania jest dla mnie twoja obecność pod moim dachem?

– Etanie, rozmawialiśmy już o tym – wtrącił stanowczo wujek Reid.

– Zachowujesz się, jakby Izolta nigdy nie zaatakowała jako pierwsza – odparłam zimno. – Jeśli spojrzysz na wojny pomiędzy naszymi krajami, były one bez wyjątku wszczynane przez was. Być może inaczej jest w przypadku tych potyczek na granicy, ale chyba jesteś w dostatecznym stopniu mężczyzną, żeby przyznać, że na Izolcie także spoczywa odpowiedzialność za tę niespokojną sytuację?

Etan także wstał i przeczesał włosy palcami. Na jego twarzy odmalował się szyderczy uśmiech.

– Jesteś naprawdę nieznośna! Czy myślisz, że wojny sprzed ponad stu lat mają cokolwiek wspólnego z teraźniejszością? Czy masz jakieś pojęcie o tym, ile wsi spalił twój król?

– Mój król? Twój król spalił twoją rodzinę, a ty ośmielasz mi coś wytykać?

– Owszem i będę to robić aż do dnia, kiedy wyjedziesz stąd lub staniesz się Izoltanką! Co, tak przy okazji, jest niemożliwe.

– Czy nie zrobiłam jeszcze dość dużo? – zapytałam, rozkładając szeroko ręce. – Poślubiłam Izoltańczyka. Opuściłam Koroanię. Przyjechałam tutaj, żeby być z rodziną, za której część uważam także i ciebie, a ty…

– Ty nie jesteś moją rodziną – upierał się, wskazując mnie palcem. – Jesteś tylko dziewczyną, która omal nie znalazła się w łóżku Jamesona. Czy nie słyszałaś, o czym mówili na granicy?

Uważają, że on może zastanawiać się nad inwazją. Dlaczego? Ponieważ stracił dla ciebie głowę z powodów, które dla mnie są całkowicie niepojęte. Dlaczego nie miałbym uważać, że mu pomagasz? Dlaczego miałbym ci powierzyć swoje tajemnice, skoro w dowolnej chwili możesz wrócić do niego?

Popatrzyłam na niego, czując, że moje spojrzenie robi się coraz cięższe i zimniejsze.

– Nie ruszaj się stąd.

Wyszłam szybko z jadalni, wbiegłam po schodach i wpadłam do swojego pokoju. Złapałam to, po co przyszłam, i uginając się pod ciężarem, pobiegłam z powrotem. Pod moją nieobecność toczyła się rozmowa, przyciszona, ale stanowcza. Nie słyszałam nic poza tym, że Etan kategorycznie odmawiał przepraszania. Podeszłam gwałtownie do niego i cisnęłam w jego pierś torbę pełną złota, które ze sobą przywiozłam. Uderzyła go z taką siłą, że oparł się chwiejnie na krześle. Część monet wysypała się na podłogę.

– Wielkie nieba, Hollis – odezwała się ciocia Jovana. – Skąd, na litość boską, wzięłaś tyle pieniędzy?

Etan nadal patrzył zaskoczony na trzymaną torbę, ale w końcu odważył się przenieść wzrok na mnie.

– To wszystko, co zdołałam zabrać z mojej wdowiej zapomogi. Taką kwotę dostaje każda szlachcianka w Koroanii, kiedy straci męża. Teraz to należy do ciebie, ty wieprzu. Możesz za to kupić sobie armię albo wydać na potrzebne ci łapówki. Od tej chwili pieniądze Jamesona Barclaya będą finansować twoją walkę o sprawiedliwość, a dostałeś je ode mnie. Nie zapomnij o tym.

– Hollis – szepnęła matka.

Uniosłam rękę, żeby ją powstrzymać. Nie odrywałam wzroku od Etana Northcotta.

– Nigdy nie powiedziałam tego do żadnej żywej istoty... Ale nienawidzę cię – oznajmiłam ochryple.

Etan uśmiechnął się bez rozbawienia.

– Ja powiedziałem to do zbyt wielu ludzi, żeby ich zliczyć, ale zawsze szczerze: nienawidzę cię.

– Etanie – odezwał się spokojnie wujek Reid. – Przeproś.

– Nie musisz się trudzić. Słyszałam już dostatecznie dużo kłamstw. Wybaczcie.

Odwróciłam się i wyszłam z wysoko podniesioną głową. Miałam nadzieję, że nadal chociaż w części przypominam damę, jaką kiedyś byłam.

Po moim wyjściu w jadalni wybuchła dyskusja, a ja byłam zła na siebie o to, że kłócą się z mojego powodu.

Byłam też z siebie dumna, ponieważ nie rozpłakałam się, dopóki nie wróciłam do pokoju. Nie rozumiałam gniewu Etana. Zachowywał się, jakbym osobiście coś mu zrobiła. Nic takiego się nie wydarzyło.

Bardzo długo siedziałam, przepełniona frustracją, wściekłością i żalem, aż doszłam do prostego wniosku: popełniłam błąd.

Nie powinnam była przyjeżdżać do Izolty.

Przez te trzy krótkie dni moja obecność sprawiła, że w tych pozostałościach wspaniałego rodu pojawiły się głębokie pęknięcia. Powiedziałam o wszystkim, co mogło się przydać w ich planach, chociaż nie było tego wiele. Nie byłam mile widziana przez służbę, moja obecność z pewnością obniży ich pozycję w oczach sąsiadów, a po tylu latach wysłuchiwania protekcjonalnych tekstów nie zamierzałam ścierpieć kolejnych obelg z ust Etana.

Musiałam wyjechać.

Z całą pewnością nie puściliby mnie, gdybym im powiedziała, więc musiałam uciec potajemnie. Bez trudu spakowałam swoje rzeczy do toreb, w których je przywiozłam – bardzo niewiele należało rzeczywiście do mnie.

Napisałam krótki list z przeprosinami i zostawiłam go na łóżku. Kiedy zrobiło się na tyle późno, że wszyscy musieli już spać albo przynajmniej wrócili do swoich pokojów, zeszłam po cichu po schodach i skierowałam się do kuchni.

Zaczekałam przy drzwiach, żeby mieć pewność, że w środku nikogo nie ma. Potem ruszyłam przed siebie, ale usłyszałam za plecami zaskoczone westchnienie. Kiedy się obejrzałam, zobaczyłam dziewczynę stojącą przy bocznych drzwiach, których wcześniej nie zauważyłam.

– Och, to panienka. Czy mogę w czymś pomóc?

– Nie widziałaś mnie. Czy to jasne?

Nie czekałam na jej potwierdzenie, tylko podeszłam do tylnych drzwi i skierowałam się prosto do stajni, które widziałam, kiedy ciocia Jovana oprowadzała mnie po posiadłości. Czy mogłam ją jeszcze uważać za ciocię, skoro wyjeżdżałam? Odsunęłam tę myśli. Madge drzemała w swoim boksie, ale ożywiła się w momencie, gdy poczuła mój zapach.

– Cześć, śliczna. Chcesz znowu zobaczyć Koroanię? Zaczekaj, tylko znajdę siodło.

Chwilę trwało, aż znalazłam cały osprzęt, lecz wkrótce nałożyłam siodło i torby na grzbiet Madge. Była gotowa do drogi, więc zarzuciłam kaptur płaszcza na głowę i włożyłam rękawiczki, żeby nikt mnie nie rozpoznał. Nie wiedziałam, jak zostanę powitana po obu stronach granicy.

Cicho pokłusowałam wokół domu, żeby wrócić na trakt będący jedyną znaną mi drogą prowadzącą do granicy. W długiej alei biegnącej do posiadłości zatrzymałam się, żeby spojrzeć za siebie. Miałam wrażenie, że moje serce przeszywa kolec przez sam jego środek. Rozpłakałam się, ponieważ nie mogłam powstrzymać fali żalu. Straciłam zbyt wielu bliskich wbrew mojej woli, ale zupełnie inne cierpienie wiązało się z tymi, których traciłam, gdyż postanowiłam ich opuścić. Zacisnęłam dłoń na ustach i przez jakiś czas patrzyłam na dom, czując łzy spływające mi po twarzy.

– Wybaczcie mi – szepnęłam. – Nie wiem, co innego mogłabym zrobić.

Odwróciłam się i pojechałam w noc.

Rozdział 8

Księżyc nie był na tyle jasny, żeby oświetlił mi drogę, więc zwolniłam do stępa. Podróż i noc dłużyły się bez końca. Żałowałam, że nie miałam dość rozumu, żeby zabrać sztylet albo cokolwiek, co dawałoby mi jakieś poczucie bezpieczeństwa. W głębi duszy zaczynałam żałować, że nie wybrałam życia nieznającej świata pałacowej damy albo że nie posłuchałam matki i nie zostałam w Koroanii... Ale nie. Nawet jeśli nie potrafiłam się zmusić, by dokończyć to, co zaczęłam, nie żałowałam ani chwili z tego, co do tej pory zrobiłam.

Dopiero po jakimś czasie zauważyłam w oddali jeźdźca, który wydawał się mnie śledzić. Poruszał się szybciej ode mnie i wiedziałam, że jeśli czegoś nie zrobię, zaraz mnie dogoni. Nie chciałam spotkać się samotnie w ciemności ze złodziejem lub z kimś gorszym.

Instynkt mi podpowiadał, że powinnam zjechać z drogi, żeby się ukryć. Ale jeśli jeździec mnie widział, było na to za późno. Drugą myślą było puszczenie się galopem z nadzieją, że go prześcignę, jednak to wydawało się mało prawdopodobne, biorąc pod uwagę, jak słabo znałam drogę. Zanim zdążyłam się zdecydować, usłyszałam głos:

– Hollis! Hollis, zaczekaj!

Ściągnęłam wodze i zatrzymałam konia.

– Etanie, czy to ty?

Uspokoiłam wierzchowca i z bijącym sercem patrzyłam, jak jeździec się zbliża.

– Dokądś się wybierasz? – zapytał swobodnym tonem, kiedy mnie dogonił.

Potrząsnęłam głową.

– Skąd w ogóle wiedziałeś, że zniknęłam?

Westchnął, ale nie potrafił mi spojrzeć w oczy.

– Widziałem, jak odjeżdżałaś.

To oczywiste. Jego pokój był obok mojego, a okna obu wychodziły na frontową część posiadłości. Dlaczego nie pomyślałam o tym, by się upewnić, że Etan zasnął, zanim wyruszyłam w drogę?

– Nie zamierzam wracać – oznajmiłam z żarem. – Nie wiem, co czeka mnie w Koroanii, ale z pewnością się zgodzisz, że dla wszystkich będzie lepiej, jeśli po prostu wyjadę. – Byłam zła, że jestem tak bliska łez, lecz mówiłam dalej. – Jak przypominałeś mi wiele razy, nie jestem Izoltanką i nie jestem tak naprawdę członkiem rodziny. Będzie lepiej dla wszystkich, jeśli... zniknę.

– Nie, nie będzie – odparł. – Wracasz ze mną. Zresztą i tak w pojedynkę nie uda ci się przedostać do Koroanii.

– Jakoś sobie poradzę.

– Hollis, ty ledwie sobie radzisz z własną garderobą. Zawracaj!

– Powinieneś się cieszyć – odparłam z goryczą. – Usiłujesz przecież pozbyć się mnie z domu od chwili, gdy przyjechałam. Poza tym skoro widziałeś, że wyjeżdżam, to dlaczego pozwoliłeś mi odjechać tak daleko, zanim spróbowałeś mnie zatrzymać?

– Ponieważ chciałem, żebyś wyjechała. To chyba oczywiste. – Nadal nie patrzył na mnie i potrząsnął głową. – Ale potem zrozumiałem, że nie mogę na to pozwolić.

Zmrużyłam oczy.

– Niby dlaczego? – zapytałam sarkastycznie.

– Ponieważ znam cię, Hollis. – Popatrzył w końcu na mnie surowym wzrokiem.

Te słowa były dziwacznie podobne do tego, co kiedyś usłyszałam od Silasa i co sprawiło, że zapragnęłam z nim uciec, nawet jeśli miałoby mnie to doprowadzić do katastrofy. Jeśli Etan Northcott myślał, że zdoła zawłaszczyć moje wspomnienia związane z tymi słowami, to się mylił.

– Możesz wiedzieć wiele rzeczy, Etanie Northcott, ale z pewnością mnie nie znasz.

– Owszem, znam – powtórzył ze spokojnym uporem. – Wiem, że przeżyłaś już śmierć swoich bliskich. Wiem, że wolałabyś żyć długie lata w samotności i cierpieniu, gdyby dzięki temu ci, których kochasz, mogli chodzić po tej ziemi trochę dłużej. Wiem… – urwał i przełknął z trudem ślinę. – Wiem, że nawet jeśli jesteś nieszczęśliwa, troszczysz się o innych. Od lat nie widziałem, żeby matka uśmiechała się tak jak wtedy, gdy wpięłaś jej kwiaty we włosy. – Opuścił wzrok, niemal jakby był zawstydzony. – Wiem też, że myślisz, że ciocia Whitley i Scarlet zapomną o tobie, podobnie jak moi rodzice... Ale to nieprawda.

Etan potrafił zajrzeć za mur, jaki wzniosłam wokół siebie, i przejrzeć moje kiepsko skrywane obawy. Łzy zapiekły mnie w oczy, więc nie odważyłam się odpowiedzieć.

– Zrobiłem już to wszystko, co ty zamierzasz zrobić – oznajmił. – I wzniosłem w ten sposób mur dzielący mnie od rodziny. Dlatego łatwiej im wytrzymywać moją nieobecność. Ale ty jesteś inna. Ty rozjaśniasz każdy pokój, w którym się znajdujesz, a jeśli oni rano obudzą się, a ciebie tam nie będzie, Hollis, będą tym zdruzgotani.

– Wcale...

– Będą – zapewnił mnie. – Wracaj do domu.

Dom. Gdzie teraz był mój dom? Zupełnie tego nie wiedziałam.

Popatrzyłam na Etana, który mówił dalej, patrząc na mnie całkiem poważnie.

– Zdajesz sobie sprawę, że jeśli pojedziesz dalej, tak czy inaczej, zostanę wysłany, żeby przywieźć cię z powrotem, choćbym miał jechać w tym celu aż do granicy. Doceniam twój heroizm, ale tam z pewnością okazałby się niewystarczający.

Westchnęłam, ponieważ wiedziałam, że Etan ma rację. Jeśli pojadę dalej, on znowu mnie dogoni, a cała wyprawa bez wątpienia skończy się klęską. Jeśli nie dla mnie, to dla niego. Nie chciałam stać się przyczyną nowej żałoby.

Bez słowa spięłam Madge do kłusu i skierowałam się z powrotem do posiadłości.

– Jak poukładamy nasze relacje w domu? – zapytałam. – Ty mnie nie znosisz, a i ja nieszczególnie za tobą przepadam.

– To łatwe. Samokontrola. Możesz mi nie wierzyć, ale dysponuję czymś takim. Będziemy po prostu starali się nie odzywać do siebie, o ile nie będzie to absolutnie konieczne. A chociaż zrobię to z prawdziwą przykrością, daruję sobie na razie wszelkie obelgi pod adresem Koroanii oraz twoich nieszczęsnych uczuć patriotycznych.

Westchnęłam.

– Oddałam ci właśnie wszystkie pieniądze, jakie miałam. Czy to nie dostateczny dowód, że popieram waszą sprawę?

– Do pewnego stopnia tak – przyznał. – Ale trudno zapomnieć, że mało brakowało, a zostałabyś królową.

– Sam widzisz – oznajmiłam spokojnie. – Ty mi właściwie nie ufasz, a ja nie ufam tobie. Skąd mam wiedzieć, że dotrzymasz słowa i nie będziesz się ze mną bezustannie kłócić i mnie poniżać?

Spojrzał mi prosto w oczy.

– Mam nadzieję, że już się zorientowałaś, że nigdy nie mówię czegoś, czego bym nie myślał.

Stukot końskich kopyt odbijał się echem w ciemności nocy.

– Cóż, nie zaprzeczam. Niech będzie. Będę się trzymać z daleka od ciebie i będę się starała nie mówić przy tobie o niczym, co mogłoby cię sprowokować do zachowania się jak drań.

– Życzę szczęścia z tym ostatnim.

Uśmiechnęłam się na chwilę, ale zaraz spoważniałam.

– Poza tym proszę, nie mów im, że wyjechałam.

– Nie powiem.

Zapadło milczenie. Jechałam u boku Etana aż do posiadłości. Niebo przybrało prześliczny różowy odcień, ale ja z każdym promieniem słońca obawiałam się, że wszyscy się obudzą i odkryją, że próbowałam ich porzucić.

– Pospiesz się – powiedział Etan, jakby czytał mi w myślach. – Jeśli pojedziemy tędy na skróty, wrócimy do posiadłości od tyłu.

Zjechał z drogi, a ja galopem poszłam w jego ślady. Etan był doskonałym jeźdźcem, niemal tak pewnym w siodle jak Jameson, a to już o czymś świadczyło. Po bezsennej nocy ruch sprawiał mi przyjemność, kiedy niemal frunęłam wśród pól. Minęliśmy wąski pas drzew i wyłoniliśmy się na polu zboża, gdzie ludzie zaczęli już pracę.

Kiedy ich mijaliśmy, mężczyźni uchylali kapelusza, a kobiety dygały, rozpoznając jednego z rodziny właścicieli ziemskich. Etan wielu z nich pozdrawiał po imieniu.

– Zawstydzasz mnie – powiedziałam mu, a on spojrzał na mnie pytająco. – Nie znam nikogo z tych, którzy pracowali na moich ziemiach. Żałuję, że nie postarałam się bardziej.

Wzruszył ramionami.

– Jeszcze to naprawisz, kiedy już wrócisz. Ponieważ pewnego dnia zrobisz to, Hollis. Kiedyś odzyskasz swoje dawne życie.

– Zobaczymy.

Nie byłam pewna, czy uda mi się przetrwać najbliższy miesiąc, więc trudno mi było układać plany na dalszą przyszłość. Etan poprowadził mnie do znajomego szpaleru drzew. Przejechaliśmy przez lukę i znaleźliśmy się na tyłach posiadłości, na ścieżce prowadzącej do kuchni.

– Myślisz, że ktoś już wstał?

– Nie – odparł, ziewając. – Ale na wszelki wypadek wrócimy schodami dla służby.

Postukał w okno kuchni, machając do kogoś, kogo zobaczył w środku. Jedna z kucharek podeszła, żeby nam otworzyć. Spotkały nas zaszokowane spojrzenia.

– Nie myślcie sobie nie wiadomo czego. – Etan żartobliwie pogroził im palcem. – To była misja ratunkowa i oczekuję, że zachowacie naszą obecność tutaj dla siebie. I tak wszyscy mają już dosyć zmartwień.

Jego ton był swobodny, tak że nie brzmiało to jak rozkaz, ale byłam przekonana, że wszyscy obecni go posłuchają.

– Och, dzięki niebiosom! – odezwał się ktoś.

Kiedy się odwróciłam, zobaczyłam dziewczynę, która przyłapała mnie, gdy wychodziłam.

– Przepraszam, że obciążyłam cię moją tajemnicą – powiedziałam. – To się nie powtórzy.

Etan przyglądał się tej krótkiej wymianie zdań, jakby kładł ostatnie pociągnięcia pędzla na obrazie.

– Chodźmy, Hollis.

Odwrócił się do schodów, ale zrobił tylko jeden krok i znowu okręcił się na pięcie.

– Tak przy okazji – dodał, znowu machając palcem w powietrzu. – Od tego ranka, kiedy lady Hollis podnosi kubek, ma on zostać napełniony. Jeśli zadzwoni, ktoś do niej przychodzi. Na dobre czy złe jest… częścią rodziny i ma być odpowiednio traktowana.

Przesunął spojrzeniem po kuchni, patrząc na wszystkich zebranych z całkowitą powagą.

W tym momencie zrozumiałam, że Etan dotrzyma słowa. Nawet jeśli mnie nienawidził, nie będzie mi już więcej dokuczać.

– Niech się pan nie martwi – oznajmiła Enid, człapiąc przez kuchnię z naręczem jakichś nieznanych mi owoców. – Wszyscy doszliśmy do tego wniosku już wczoraj. – Popatrzyła na mnie. – Uważam, że miała panienka rację, namawiając ich, żeby obchodzić urodziny pana Reida. To dobry człowiek.

– Owszem – zgodziłam się. – Jeden z najlepszych, jakich znam.

– Ach, moja najdroższa Enid! – Etan posłał jej pocałunek. – Wiedziałem, że nigdy mnie nie zawiedziesz.

– Precz mi stąd! – rozkazała ze śmiechem, więc wbiegliśmy wąskimi tylnymi schodami, starając się, żeby nie skrzypiały, chociaż nie wiedzieliśmy, jak tego uniknąć.

Na piętrze musieliśmy minąć kilka zakrętów korytarza, zanim dotarliśmy do skrzydła, w którym znajdowały się nasze pokoje. Wydawało się, że nikt nas nie zauważył.

– Wiem, że to trudne, nawet kiedy jesteś wypoczęta, ale postaraj się doprowadzić do porządku i wziąć w garść – powiedział Etan sarkastycznie. – To będzie ciężki dzień.

Splotłam ramiona.

– Bardzo śmieszne. Czy ty przypadkiem nie powinieneś się ogolić?

Wyminęłam go i weszłam do pokoju zdumiona, że naprawdę nam się udało. Wróciliśmy do domu, nikt o niczym nie wiedział i mogliśmy po prostu żyć dalej. Podarłam list, który napisałam wieczorem, i wrzuciłam skrawki papieru do kominka jako rozpałkę. Może pewnego dnia, kiedy zostawimy to wszystko daleko za sobą i wygramy naszą walkę, powiem im o tej chwili słabości. Na razie musiałam opłukać twarz wodą i przebrać się w czystą sukienkę. Zapowiadał się bardzo męczący dzień.

Rozdział 9

Zeszłam na śniadanie zaspana, oczekując, że będę miała okazję poćwiczyć w praktyce nowo zawarty rozejm z Etanem. Jednak jego tam nie było.

– Wszystko w porządku? – zapytała matka, przyglądając mi się.

– Tak. Dlaczego pytasz? Coś jest nie tak? – odpowiedziałam odrobinę za szybko.

– Nie, nic takiego. Wydajesz się zmęczona.

– Nie najlepiej spałam – przyznałam.

– Cóż, dzisiaj zrobimy sobie mniej intensywny dzień – zdecydowała ciocia Jovana. – Muszę napisać kilka listów i bardzo liczę na pomoc twoją i Scarlet. Jeśli Etan ma rację, mamy bliskich przyjaciół, których należałoby powiadomić o…

niedawnych wydarzeniach. – Robiła, co w jej mocy, żeby nie powiedzieć tego wprost.

Poszłam za jej przykładem.

– Mam bardzo elegancki charakter pisma – oznajmiłam. – To był jedyny element mojego wykształcenia, za który chwaliła mnie Delia Grace.

– O, to mi coś przypomina! – Ciocia Jovana wstała i podeszła do stolika pod ścianą. – To przyszło w nocy. Nie chciałam cię budzić. Mam nadzieję, że to nic szczególnie pilnego. – Skrzywiła się, jakby nie była pewna swojej decyzji, podczas gdy ja dziękowałam losowi, że ją podjęła.

Na złożonym liście przekreślono nazwę „Pałac Varinger" i dopisano pod spodem „Northcottowie, Izolta", ponieważ tylko tyle wiedzieli ci, którzy zostali w moim domu. Nie rozpoznawałam tego charakteru pisma.

Złamałam nieznaną pieczęć i spojrzałam od razu na koniec listu, żeby sprawdzić, kto go wysłał.

– Nora!

– Naprawdę? – zapytała Scarlet. – O czym pisze? To znaczy, przepraszam, nie chcę być wścibska.

Podniosłam głowę znad listu w samą porę, żeby zobaczyć Etana wchodzącego do jadalni. Ten drań zdążył się ogolić, a teraz rozsiadł się na swoim miejscu z krzywym uśmieszkiem, jakby prowokował mnie, żebym coś powiedziała.

Wszyscy przy stole stężeli na chwilę. Chyba czekali, czy będziemy kontynuować naszą kłótnię tam, gdzie wczoraj została przerwana. Ale zawarliśmy rozejm. Nawet jeśli miał się on okazać kruchy, przyszedł czas, żeby wypełnić naszą umowę, na ile to możliwe.

– Nie mam przed wami tajemnic – oznajmiłam wszystkim obecnym z nadzieją, że Etan to zauważy.

Odchrząknęłam i zaczęłam czytać list.

– *Kochana Hollis, na litość boską, wracaj do nas.*

Musiałam przerwać, żeby się roześmiać, i z radością zauważyłam, że także Scarlet się uśmiechnęła, słysząc otwierającą list frazę.

– *Nie chciałabym, żeby zabrzmiało to frywolnie. Wiem, że przeszłaś przez coś, czego nie da się opisać, i nadal nie potrafię uwierzyć, że Twoich rodziców już nie ma. Domyślam się, że potrzebujesz teraz pociechy, i gdybyś tu była, starałabym się być dla Ciebie oparciem. Mam nadzieję, że znalazłaś je w swoim domu rodzinnym. Mimo to żałuję, że Cię tutaj nie ma. Wcześniej nie zdawałam sobie sprawy z tego, ile radości wnosisz do pałacu. Delia Grace robi, co może, żeby przejąć Twoją rolę, ale nie potrafi tak ładnie gubić butów.*

Znów musiałam się zatrzymać. Tak bardzo chciało mi się śmiać, choć tylko matka i Scarlet zrozumiały ten żart. Po chwili wróciłam do czytania:

– *Ona nie będzie nigdy Hollis. Tęsknię za Twoimi żartami i Twoim śmiechem…* – musiałam zaczerpnąć oddechu – *…i mam nadzieję, że Ty także za mną tęsknisz. Nie chcę krytykować Delii Grace. Wydaje mi się, że zawsze wiedziałyśmy o jej ambicjach, ale to, w jaki sposób wkradła się w łaski króla, wydaje mi się… niewłaściwe. Nadal ze sobą rozmawiamy i jestem Ci za to bardzo wdzięczna. Obawiam się jednak, jak sprawy będą wyglądać, jeśli ona zostanie kiedyś królową.*

– O co chodzi? – zapytała matka, widząc niepokój na mojej twarzy.

– Nic takiego… Po prostu wiem, że Delia Grace zawsze pragnęła znaleźć się u boku Jamesona. Zastanawiam się, co takiego robi, skoro budzi tym zdziwienie. Zastanawiam się też nad tym, co powiedział tamten żołnierz na granicy, że

Jameson nie jest jej wierny. Ona miała tyle planów, tak doskonale radziła sobie w pałacu...

Wróciłam do listu.

– *Być może martwię się na wyrost. Być może jestem po prostu zmęczona atmosferą na dworze. Król nadal opowiada o Tobie. Ktoś zrobi coś, co przypomni mu o Tobie, a on czuje wtedy potrzebę podzielenia się z nami całą historią. O tym, jak...* – Zarumieniłam się, zdradzając się tym.

Etan się skrzywił.

– Rzeczywiście, żadnych tajemnic.

Odetchnęłam głęboko.

– *O tym, jak pocałowałaś go w skarbcu, w którym znajdowały się klejnoty koronne.* Tak właściwie to było inaczej – powiedziałam, unosząc głowę. – Byliśmy w jego komnacie i to on mnie pocałował. *Ta historia przywodzi mu na myśl to, jak kiedyś użyłaś wiśni, żeby pomalować sobie wargi. A ta historia prowadzi do tej, w której wykorzystałaś owoce jako amunicję na mnie. Widzę, że Delia Grace cierpi za każdym razem, gdy on to opowiada, i między innymi to sprawia, że czuje się tak niepewnie. Ona stale jest niespokojna, mimo że Ciebie tutaj nie ma. Odwiedź nas jak najszybciej. Nawet jeśli nie masz zamiaru odzyskać serca króla (przyznam, że nadal na to liczę), myślę, że uspokoiłoby ją, gdybyś przyjechała, wyjechała i nic by z tego nie wynikło. Na nowo zobaczyłaby w Tobie dawną, pełną radości, kochaną Hollis i może to pomogłoby jej otworzyć nowy rozdział życia. Nie wiem, czym się teraz zajmujesz, ale mam nadzieję, że znajdziesz czas, aby niebawem do mnie napisać i opowiedzieć mi o swoich przygodach. Nie wiem, czy po tym, co się stało, masz jeszcze kontakt z rodziną Eastoffe'ów, ale jeśli tak, powiedz, proszę, lady Scarlet, że rezerwuję dla niej najlepszy taneczny układ.* –

Popatrzyłam na Scarlet i zobaczyłam, że to jedno zdanie napełniło jej oczy łzami szczęścia. – *Życzę Ci wszystkiego, co najlepsze, Hollis. Przyślij mi jak najszybciej swoje śliczne opowieści, żeby rozjaśnić trochę dwór. Twoja przyjaciółka i poddana, Nora.*

Złożyłam list, czując odrobinę ciepła w sercu. Te wiadomości nie były jednoznacznie dobre, ale mimo wszystko stanowiły dla mnie pociechę. Pokojówka obeszła stół, napełniając kubki, rodzina zaś zastanawiała się nad listem, który przysłała mi kochana Nora.

– Bezużyteczne plotki – stwierdził Etan.

– Nie do końca – odparowałam. – Jest tutaj pewne potwierdzenie. – Przyjrzał mi się zmrużonymi oczami, więc mówiłam dalej: – Ludzie w Izolcie nie wiedzą, co się stało z moją rodziną, ale wiedzą to ludzie w Koroanii. Ponieważ Quinten nie jest ich królem, zapewne nie obawiają się dzielić tą historią.

Ramiona Etana opadły, kiedy zastanawiał się nad tym.

– Masz rację.

Wujek Reid zamarł z pełnymi ustami i popatrzył na syna.

Pokojówka nalała mi piwa do kubka.

Wszystko to, podobnie jak list, sprawiło, że zrobiło mi się cieplej na sercu.

Wujek Reid odchrząknął, wyraźnie pragnąc przedłużyć tę rzadką chwilę spokoju.

– Jakie masz plany na dzisiaj, synu?

– Zamierzam spać. Miałem parszywą noc.

Kusiło mnie, żeby się rozejrzeć i sprawdzić, czy ktoś próbuje powiązać jego niewyspanie z moim. Miałam nadzieję, że nawet jeśli tak będzie, nie dojdą do fałszywych wniosków. Wydawało się to mało prawdopodobne, ponieważ wszyscy pamiętali, jak kłóciliśmy się zaledwie dzień wcześniej. Ostatecznie popatrzyłam tylko na Scarlet – widziałam, że zastanawia się nad tym, ale wróciłam do przerwanego posiłku, żeby nie zdradzić się z niczym, co mogłoby podsycić jej podejrzenia.

– Kiedy będzie następny dzień chlebowy? – zapytałam, ponieważ musiałam zająć myśli jakimś nowym tematem.

– W sobotę – odparła ciocia Jovana. – Naszym zadaniem na dzisiaj są te listy. Poza tym prawie skończyłam poprawki przy sukni dla ciebie, Hollis, i chciałabym, żebyś ją przymierzyła.

– Oczywiście.

– Synu, czy zechcesz wybrać się ze mną z wizytą do Biermanów? – zapytał wujek Reid. – Ich najstarszy syn myśli o wyprowadzce.

Do tej pory obowiązki Etana polegały na chodzeniu za mną krok w krok jak natrętny cień, ale dzisiaj najwyraźniej miała nastąpić odmiana.

– Oczywiście. Dawno go nie widziałem. Dokąd Ash chce się wyprowadzić? Zamierza porzucić pracę na roli?

Przybyła poranna poczta, więc pokojówka przyniosła jeszcze jeden list, który podała wujkowi Reidowi.

– Chyba tak – odpowiedział, zwracając się do Etana. – Wydaje mi się, że młody Ash chce spróbować szczęścia w nowym fachu. Jego rodzice się o niego martwią.

– Młody Ash – powtórzył Etan z uśmiechem i potrząsnął głową. – On jest moim rówieśnikiem.

– Owszem, jest.

Wujek Reid rzucił synowi porozumiewawczy uśmiech i bez większego zainteresowania sięgnął po list. Jednak wtedy on i Etan spochmurnieli, co zwróciło moją uwagę.

– Co się stało? – zapytałam.

Etan westchnął ciężko i odpowiedział, nie odrywając spojrzenia od listu.

– To pieczęć królewska.

Rozdział 10

Królewska pieczęć? – zapytała Scarlet podniesionym nerwowo głosem.

Jednocześnie przełykała kęs jedzenia i szykowała się na najgorsze.

Wujek Reid przejrzał szybko list, streszczając najważniejsze informacje na bieżąco.

– Zostaliśmy wezwani do pałacu. Ślub księcia Hadriana odbędzie się pod koniec tygodnia. Mają mu towarzyszyć bal oraz turniej, a ślub będzie ukoronowaniem tych uroczystości. – Westchnął. – Cóż, to wszystko.

Zgromadzeni przy stole wydawali się zniechęceni lub – co gorsza – przerażeni, ale ja usiadłam prosto.

– To doskonała wiadomość!

Etan jako pierwszy popatrzył na mnie z niedowierzaniem.

– Jak to, że nasz wróg w końcu zdołał znaleźć żonę dla swojego syna i przedłużyć swój ród, ma być dla nas dobrą wiadomością?

– Cały czas słyszę, że możecie liczyć na poparcie, jeśli będziecie mieć niepodważalne dowody. Najlepszym miejscem, żeby je znaleźć, jest zamek królewski. A my właśnie zostaliśmy tam zaproszeni.

Wujek Reid uśmiechnął się tylko, a Etan oparł się ciężko na krześle, poirytowany tym, że znowu mam rację.

– Brawo, Hollis. To się nazywa właściwe nastawienie. Ta wizyta w zamku to dla nas wspaniała okazja. Będziemy słuchać uważnie, żeby się przekonać, o czym wiedzą dworzanie, a poza tym postaramy się dowiedzieć, ile się da, i zdobyć sojuszników. Obawiam się, że to może być dla nas ostatnia szansa.

– Czego od nas oczekujesz? – zapytała matka.

– Aktywnego działania i słuchania. Rozmawiajcie ze wszystkimi i próbujcie się dowiedzieć, czy ktoś widział cokolwiek istotnego na własne oczy. Zabiegajcie o przychylność. Musimy być obecni i cały czas znajdować się w centrum wydarzeń. W ten sposób Quinten będzie w nas widział uległych sprzymierzeńców, a my będziemy mogli realizować nasz plan. Musimy także pokazać naszą jedność, żeby udowodnić, że nie załamaliśmy się pod wpływem trudności. Właśnie dlatego – oznajmił, pochylając się i patrząc najpierw na mnie, a potem na Etana – będziesz towarzyszyć lady Hollis podczas wszystkich uroczystości.

Widziałam, jak Etan otwiera usta ze zdumienia. Jego spojrzenie uciekło w bok, kiedy wyraźnie starał się znaleźć jakąś wymówkę.

– Nie wiem, o czym myślisz, ale daruj sobie. Wszyscy znają twoje poglądy na temat Koroanii. Jeśli będziesz się wobec niej zachowywać nie tylko przyzwoicie, ale życzliwie, to dowiedzie jedności naszej rodziny o wiele skuteczniej niż jakiekolwiek przemowy. Dlatego będziesz jej towarzyszyć, a ja nie przyjmuję żadnych sprzeciwów.

Etan popatrzył na mnie, a ja odwzajemniłam to spojrzenie. Nawet jeśli zawarliśmy rozejm, taka decyzja wystawiała go na próbę. Skoro jednak czekała nas tak ważna misja, nie wydawało mi się, żeby dało się uniknąć tego układu.

Ramiona Etana opadły.

– Rozumiem, ojcze.

Wujek Reid popatrzył na mnie, więc skinęłam tylko głową.

– Doskonale. Wyjeżdżamy jutro, od razu zacznijcie się pakować.

Ogarnął mnie niepokój. Czułam, że całe moje ciało sztywnieje na myśl o tym, że mam się znaleźć w domu i na dworze Quintena.

– Nie martw się – szepnęła Scarlet. – Mogę ci pożyczyć sukienki.

Z uśmiechem skinęłam głową, chociaż w ogóle o tym nie myślałam. Wiedziałam, że muszę się wtopić w tamtejsze towarzystwo, nawet jeśli miałam na to minimalne szanse. Suknie z wąskimi rękawami były najmniejszym z moich zmartwień.

Bardzo długo leżałam w łóżku. Mimo zmęczenia po próbie ucieczki poprzedniej nocy i mimo ognia buzującego w kominku, nie byłam w stanie zasnąć. Obawiałam się, być może nieco irracjonalnie, jak przebiegnie jutrzejsze spotkanie z królem Quintenem.

Być może to była tylko moja wyobraźnia, ale wydawało mi się, że słyszę za ścianą Etana krążącego po pokoju, kładącego się na chwilę i znowu wstającego. Czy był tak samo niespokojny jak ja, czy może po prostu nigdy nie potrafił usiedzieć w miejscu?

Zachłysnęłam się lekko i podniosłam gwałtownie na łóżku, kiedy rozległo się pukanie do drzwi.

– To tylko ja – szepnęła Scarlet. – Widzisz, jak to może nastraszyć?

Roześmiałam się i odchyliłam kołdrę, żeby mogła się pod nią wsunąć. Położyła się, ale ja nadal siedziałam, opierając głowę na kolanach.

– Może powinnyśmy się umówić na jakiś sygnał. Mogłabym na przykład przed wejściem zahukać jak sowa – zaproponowałam.

– Tak, to by było wspaniałe. To niezwykle szlachetne z twojej strony – zapewniła Scarlet. – Uznałam, że pewnie nie śpisz. Wszystko w porządku?

– Nie, zupełnie nie. Jestem taka zmęczona, ale moje myśli… – Miałam w głowie kompletny chaos, ale gdy zaczęłam mówić, moje słowa były prawdziwe. – Boję się, Scarlet. Dla mnie to wszystko jest całkiem nowe. Z tobą jest inaczej. Ty od dawna skrywałaś różne sekrety, to, kim jesteś i co to może oznaczać w wielkiej historii twojego królestwa. Ja jestem po prostu dziewczyną, która zakochała się w pewnym chłopcu… a teraz jesteśmy tutaj, i ja nie wiem, co powinnam zrobić. Nie jestem Izoltanką, nie sądzę, by ktokolwiek powierzył mnie, tej obcej, jakiekolwiek istotne informacje. A król Quinten nie lubił mnie od pierwszej chwili. Zaczynam się obawiać, że rola, jaką mogłabym odegrać w wymierzeniu sprawiedliwości za śmierć Silasa, jest bezużyteczna.

Nie jestem tak zuchwała jak Etan ani tak spostrzegawcza jak ty. Matka i wujek Reid umieją układać plany, a ciocia Jovana wnosi tak potrzebne uczucie spokoju. A co ze mną? – zapytałam, ponieważ w końcu poukładałam kłębiące się w głowie myśli.

A co ze mną?

Czy powinnam była jednak wyjechać poprzedniej nocy pomimo protestów Etana? Czy nie powinnam była w ogóle tutaj przyjeżdżać? Czy istniało cokolwiek, co mogłam zrobić, żeby przybliżyć nas do znalezienia odpowiedzi na nasze pytania?

– Chciałabyś wiedzieć, jaka jest twoja rola w tym wszystkim? – zapytała Scarlet.

– Tak! Koniecznie.

Scarlet usiadła i popatrzyła mi głęboko w oczy.

– No to masz pecha, bo nie mam pojęcia.

Rzeczowy wyraz jej twarzy rozbawił mnie, co chyba było reakcją, o jaką jej chodziło.

– Hollis, mogę ci tylko powiedzieć, że moim zdaniem znalazłaś się tutaj nie bez powodu. Być może teraz go nie znamy, ale jestem pewna, że cokolwiek się wydarzy, będziemy cię potrzebować.

– Tak myślisz? – zapytałam, kładąc się w końcu.

– Owszem – zapewniła mnie Scarlet i także się położyła.

Przez dłuższą chwilę milczałyśmy, zatopione w myślach. Lubiłam Scarlet za to, że mogłam z nią milczeć.

– Jestem szkolona w walce, Hollis – odezwała się nieoczekiwanie. – Od kiedy byłam dość duża, żeby unieść miecz, uczyłam się nim posługiwać. Ale kiedy… – Jej wargi zadrżały, a ja wiedziałam, że chce opowiedzieć o tym, o czym, jak sądziliśmy, nigdy nikomu nie opowie. Przełknęła gulę w gardle i mówiła dalej. – Kiedy oni weszli, nie potrafiłam nawet drgnąć, żeby ratować swoje życie. Pamiętałam, że w mojej głowie tłukła się ta jedna myśl: jeśli chcesz przeżyć, musisz się ruszyć. Ale ja nie mogłam.

Patrzyłam, jak wierci się pod kołdrą, próbując zebrać myśli.

– Weszli niezauważeni. Pierwsi goście zginęli bez żadnego strachu, nie spodziewając się niczego, ponieważ tamci zachowywali się tak cicho. Nikt nie uciekał, dopóki kilka osób nie zdało sobie sprawy, co się dzieje, i nie zaczęło krzyczeć. Hollis, ja wiem, że to było tylko kilka minut, ale wszystko działo się tak wolno. Codziennie kolejny kawałek układanki wraca na swoje miejsce z nowymi wspomnieniami. Ojciec krzyknął na Silasa, żeby uciekał. Ale Silas… nie zrobił tego. Ojciec chwycił miecz ze ściany i rzucił się do walki, a Silas natychmiast poszedł w jego ślady. Widziałam, że zabili co najmniej dwóch napastników, zanim… – musiała urwać na chwilę. – Ojciec zginął jako pierwszy. Odwróciłam spojrzenie i zobaczyłam Sullivana zasłaniającego mnie od prawej strony. – Potrząsnęła głową. – To było tak, jakby uważali, że jeden cios nie wystarczy. To, jak oni… Nie potrafię ci chyba o tym opowiedzieć.

– W porządku. Nie mówisz mówić o niczym, o czym byś nie chciała. – Wzięłam ją za rękę, a ona ścisnęła z całej siły moją dłoń.

Zaszlochała i otarła twarz grzbietem dłoni. Zastanawiałam się, czy na tym zakończy, skoro te wspomnienia były takie bolesne, ale mówiła dalej:

– Nie widziałam, co stało się z twoimi rodzicami. Szczerze mówiąc, rozglądałam się za tobą. Nie wiedziałam, że ty i matka wyszłyście. Rozglądałam się po sali, chociaż nie mogłam się ruszyć z miejsca. Pamiętam fragmenty obrazów. Czyjaś szyja. Dłoń zaciśnięta na włosach. Pamiętam, że ktoś rzucił wazonem. Krew. Tyle krwi. Zaczęli lać na podłogę olej i zdzierać zasłony, które tak starannie praliśmy i wieszaliśmy. Nadal nie pamiętam, kiedy pojawił się ogień. Potem nagle ktoś stanął przede mną i chwycił mnie za ramiona. Pamiętałam, że patrzyłam na jego dłonie i myślałam, że są zbyt wielkie na dłonie człowieka. Miałam potem siniaki w miejscach, gdzie mnie ściskał, ale wtedy w ogóle tego nie czułam. Czekałam na cios mieczem. Ale ten mężczyzna tylko patrzył mi w oczy, a po chwili zawołał innego mężczyznę w czerni. Ten drugi spojrzał na mnie i skinął głową, a wtedy ten, który mnie trzymał, popchnął mnie do drzwi. Moje nogi posłuchały mnie na tyle, że wyszłam przed dom. Po drodze potknęłam się o ciało Saula. Leżał nieruchomo, a ja nie go zauważyłam, dopóki nie upadłam na podłogę i nie obejrzałam się, żeby zobaczyć, o co się przewróciłam. Sięgnęłam, żeby nim potrząsnąć, ale jego już nie było. Dalej musiałam się czołgać. Wyczołgałam się przez drzwi i w dół po schodach, żeby się schować w krzakach. W głowie miałam chaos. Byłam sama. Zostawili mnie przy życiu, a ja nie miałam pojęcia dlaczego. Byłam przygotowana na śmierć, Hollis. Zawsze wiedziałam, że to może się zdarzyć. Jednak życie dalej, kiedy wszyscy inni odeszli, jest okropnie trudne.

Skinęłam głową.

– Dobrze to rozumiem.

Jej dłonie w końcu zaczęły się rozgrzewać w moich.

– Nie byłam w stanie myśleć, ale próbowałam opracować jakiś plan. Zadawałam sobie pytania, dokąd mam iść i co mogę zrobić, jeśli zostałam całkiem sama. Doszłam do wniosku, że będę musiała wrócić do Izolty. Nikt, kto wygląda tak jak ja, nie mógłby spokojnie mieszkać w Koroanii. Dlatego wymyśliłam, że ukradnę konia, pojadę na północ i wrócę niepostrzeżenie do Izolty przez Banirię. Mogłabym zamieszkać gdzieś na prowincji, gdzie nikt by nie wiedział, że jestem z rodziny Eastoffe'ów, aż się zestarzeję. Hollis, od kiedy byłam mała, nigdy nie byłam pewna, czy dożyję starości. Teraz jestem zdeterminowana sprawić, żeby tak się stało.

– Oczywiście, że dożyjesz. Kiedy to się skończy, znajdziemy odpowiedzi i sprawiedliwość. Ten człowiek już nigdy nikogo nie skrzywdzi – zapewniłam.

Scarlet ucałowała moje dłonie, nadal ściskając je z całej siły.

– Dlatego właśnie cię potrzebujemy, Hollis. To jest twoja rola. Kiedy postanowiłaś, że chcesz poślubić króla, dopięłaś swego. Kiedy zmieniłaś zdanie i uznałaś, że chcesz chłopaka z Izolty, dopięłaś swego. Kiedy powiedziałyśmy, że masz zostać, a tobie to nie odpowiadało, zmusiłaś nas, żebyśmy cię zabrały. Potrafisz dokonywać rzeczy niemożliwych. Nie wolno tego lekceważyć – powiedziała Scarlet.

Zbliżyłam się do niej, żeby ją przytulić.

– Mam ogromne szczęście, że jesteś tu ze mną – powiedziałam. – Proszę, zostań tu na tę noc. Po tym wszystkim, co usłyszałam, i z tym wszystkim, co ciąży mi na sercu, nie poradzę sobie tutaj bez ciebie.

Scarlet skinęła głową, więc odsunęłam się, żebyśmy mogły obie spać wygodnie. Nadal trzymałam ją za rękę, myśląc o wszystkim, co mi opowiedziała i co widziała. Zastanawiałam się, jak ta sama historia będzie brzmiała za rok, jeśli Scarlet nadal będzie przypominać sobie nowe szczegóły. Trudno było sobie wyobrazić, żeby takie wspomnienie mogło się rozrastać, a jeszcze trudniej było myśleć o tym, że Scarlet musi je nieść na swoich barkach w pojedynkę.

Nie byłam pewna, czy miała rację, czy potrafiłam sprawiać, że stanie się to, czego pragnę, ale jeśli Scarlet tak uważała, z pewnością zamierzałam spróbować.

Rozdział 11

Wujek Reid mówił całkiem serio, kiedy zapowiedział, że Etan ma mi towarzyszyć podczas całego tego wyjazdu. Kiedy rano chciałam wsiąść do powozu, poprowadził mnie do drugiego.

– W każdym są tylko cztery miejsca, a ty i Etan musicie się pogodzić, zanim dojedziemy do zamku – polecił.

– Ale już się pogodziliśmy!

Uśmiechnął się.

– W takim razie popracujcie nad tym.

Oparłam się na jego ramieniu, żeby wsiąść do środka, i z westchnieniem pomyślałam, że chętnie przeżyłabym całe życie bez takiej podróży jak ta, która mnie dzisiaj czekała. Niespełna minutę później Etan wpakował się do środka, aż cały powóz się zatrząsł, a ja musiałam się złapać okna, kiedy siadał obok mnie.

Popatrzyłam na niego ze zdziwieniem.

– Wiesz, że siedzenie naprzeciwko mnie jest puste i mógłbyś mieć to miejsce tylko dla siebie?

Etan przechylił lekko głowę i nie spojrzał na mnie.

– Kiedy jadę tyłem do kierunku jazdy, robi mi się niedobrze – wyjaśnił. – Oczywiście ty się możesz przesiąść, jeśli zechcesz.

Westchnęłam.

– Tak właściwie mnie także jest od tego niedobrze.

Popatrzył na mnie, jakby był zaskoczony, że mamy coś wspólnego.

– Matka myślała, że kłamię i celowo udaję chorobę, żeby uniknąć podróży do Kereskenu i z powrotem. Zajęło jej całe lata, zanim się zorientowała, że mówię prawdę – przyznałam.

Etan uśmiechnął się niemal mimowolnie.

– Jako dziecko lubiłem siedzieć w powozie na kolanach matki, a ona zawsze uwielbiała patrzeć do tyłu. Jakby przyglądała się miejscom, w których była. Ponieważ Izolta stale rozwija nowe gałęzie medycyny, próbowała różnych pigułek na moją chorobę lokomocyjną, a nawet naparów nasennych, ale nic nie pomagało. W końcu byłem dość duży, żeby siedzieć samodzielnie, i od tamtej pory problem zniknął.

Po wymienieniu się tymi historiami zamilkliśmy. To nie była szczególnie przyjemna cisza. Czułam oddech i każdy ruch Etana, a także to, że on nadal mnie obserwuje, jakby wciąż starał się mnie rozpracować. Wydawało mi się, że zasłużyłam na jego zaufanie... Ale być może się myliłam.

Przez pierwszą godzinę podróży wymieniliśmy dokładnie pięć słów. Powóz podskoczył na jakimś kamieniu, a ja poleciałam w bok na Etana, który odruchowo wyciągnął rękę i mnie przytrzymał.

– Dziękuję – powiedziałam.

– Nie ma za co – odparł.

Jednak w jakimś momencie w drugiej godzinie drogi Etan odchrząknął.

– Jak się właściwie nazywali twoi rodzice?

– Co takiego?

– Cóż, podobno jesteś teraz częścią rodziny, więc chyba powinienem wiedzieć. Poza tym jestem pewien, że co najmniej jedna osoba będzie potrzebować dowodów, że rzeczywiście jesteś damą.

Potrząsnęłam głową.

– Moją matką była lady Claudia Cart-Brite, a moim ojcem lord Noor Brite. Oboje pochodzili z bardzo starych arystokratycznych rodów Koroanii, a gdyby mieli synów, nasz ród... nadal by istniał.

– O co chodzi? – zapytał Etan, pochylając się, żeby spojrzeć mi w oczy.

– Nic takiego. Po prostu... zrozumiałam, że ród Brite'ów przestał istnieć. Moi rodzice nie żyją, a ja noszę nazwisko Eastoffe. Kiedy miałam poślubić Jamesona, nie zastanawiałam się nad tym szczególnie. Jaki syn mógłby dać im podobny prezent? Jaki syn mógłby ich wprowadzić do rodziny królewskiej? Ale oni nie mieli synów, a ja nie zostałam królową, więc wszystko się zakończyło... przeze mnie.

To była jedna z wielu śmierci, z którymi nie potrafiłam się pogodzić. Wiedziałam teraz, że Mroczni Rycerze przybyliby pewnego dnia do Eastoffe'ów niezależnie od tego, czy byłam z nimi, czy nie. W przypadku innych sprawa była bardziej skomplikowana.

Rodzice na przykład kategorycznie sprzeciwiali się mojemu małżeństwu z Silasem. Wydawało się, że chodzi im o coś więcej niż nawet o to, że on był nieutytułowanym cudzoziemcem, chociaż nie do końca rozumiałam ich tok myślenia. Tak czy inaczej, to sprawiało, że wcale nie chcieli przyjeżdżać na ślub, więc gdybym ich nie ubłagała, mogliby teraz żyć.

Czułam się winną ich śmierci, chociaż nie do końca potrafiłam to wyrazić, ponieważ opłakiwałam przede wszystkim Silasa. Ale to poczucie winy tkwiło we mnie boleśnie i głęboko, a ja nie wiedziałam, jak mogłabym to naprawić.

– Jakim cudem w ogóle porzuciłaś te plany zostania królową? Kiedy byliśmy na dworze Keresken, wydawało się, że wszystko jest już postanowione – skomentował nieoczekiwanie Etan.

– Tak się wydawało, prawda? – odparłam w zamyśleniu. Tak niewiele dzieliło mnie od korony. – Najwyraźniej para niebieskich oczu sprawiła, że zapomniałam o wszystkim. – Uśmiechnęłam się do swoich wspomnień. – Jameson… on był jak przygoda. Był jak gra, której tajniki trzeba opanować, albo wyzwanie, któremu należy sprostać. Ale Silas był dla mnie jak przeznaczenie. Miałam wrażenie, że gdy go poznałam, mój świat się wyprostował. Nie wiem, czy umiałabym znaleźć właściwe słowa, żeby to opisać.

Etan potrząsnął głową.

– A teraz, kiedy już go nie ma? Nadal nazwałabyś to przeznaczeniem?

Nie mówił tego drwiąco ani nawet nieżyczliwie, ale z autentyczną ciekawością. Czym była dla mnie historia miłosna, która zakończyła się na pierwszej stronie?

– Tak. Może nasza opowieść jest większa od nas samych.

Etan zastanowił się nad tym.

– Możliwe, że tak.

Mówiłam teraz ciszej.

– To nie znaczy, że za nim nie tęsknię. Obawiam się, że zapomnę wyraz jego oczu albo dźwięk jego śmiechu. Obawiam się, że wszystko to kiedyś zniknie... A potem zastanawiam się, czy jest coś złego w tym, że staram się zatrzymać te wspomnienia.

Nie chciałam zdradzać tak wiele, ale to była prawda, która bolała. Przez minutę słyszałam tylko turkot kół obracających się bez końca. Kiedy już myślałam, że udało mi się odrobinę zbliżyć do Etana, on postanowił ignorować mój ból.

W końcu odkaszlnął.

– Obawiam się, że rozumiem ten lęk.

Odważyłam się na niego spojrzeć, ale był odwrócony do okna i nie potrafiłam nic odczytać z jego twarzy.

– Cztery lata temu zginął Tenan. W zeszłym roku Micah. Dwa tygodnie przed tym, jak kazano nam uczestniczyć w wizycie w Koroanii, straciłem Vincenta i Gilesa.

– To była rodzina?

– Przyjaciele – poprawił mnie łagodnie i odwrócił się, żeby na mnie spojrzeć. – Przyjaciele tak bliscy, że uważałem ich za rodzinę. Teraz tylko ja zostałem przy życiu... Nie mam pojęcia dlaczego. Mam poczucie, że powinienem był zginąć dawno temu. – Potrząsnął głową. – Wszyscy, którzy są mi bliscy, odchodzą. To jeden z powodów, dla których nie rozumiem Silasa. Byłem prawie wściekły na niego, kiedy usłyszałem o waszym ślubie.

– Przepraszam bardzo?!

Etan potrząsnął głową.

– Nie dlatego, że upadł tak nisko, by poślubić Koroankę – powiedział drwiąco, ale wyczuwałam, że tym razem nie ma w tych słowach złośliwości. – Po wszystkim, przez co przeszła nasza rodzina, nie potrafiłbym sobie wyobrazić niczego bardziej nieodpowiedzialnego od wciągnięcia do niej dodatkowej osoby. Nie mogłem uwierzyć, że on się żeni. Mnie z całą pewnością nikt nie zaciągnie przed ołtarz.

– W takim razie zmówię modlitwę dziękczynną, że oszczędzasz jakiejś dziewczynie takiego losu.

Roześmiał się, rozbawiony.

– Nie wszyscy, którzy są ci drodzy, umarli – przypomniałam cicho. – Twoi rodzice nadal są z nami.

Uśmiechnął się do mnie ze smutkiem.

– Ale są już ostatni. Jesteś tu nowa, więc nie masz pojęcia, ilu bliskich straciliśmy. A jeśli myślisz, że nie obawiam się, że moi rodzice zmierzają dzisiaj prosto do swojego grobu, to mylisz się całkowicie.

Przełknęłam gulę w gardle.

– Król nie wymordowałby nas przecież podczas ślubu.

Etan wzruszył ramionami.

– Sądzę, że król chce, żebyśmy najpierw byli świadkami jego największego triumfu, ale to mnie nie uspokaja. Gdybyśmy mogli wyjechać natychmiast po ceremonii, bardzo by mi to odpowiadało. Oczywiście jestem uzależniony od decyzji ojca.

– Może mogłabym powiedzieć, że źle się poczułam i chętnie wróciłabym do domu, a skoro ty masz mi przez cały czas towarzyszyć…

Etan się ożywił.

– To może być najlepszy pomysł, na jaki do tej pory wpadłaś.

– Miałam mnóstwo dobrych pomysłów – oznajmiłam, splatając ramiona.

– Ach, oczywiście. Takich jak porzucenie króla i ucieczka w środku nocy. Jesteś genialna – zażartował.

– Ty z własnej woli brałeś udział w konflikcie przygranicznym i robisz wszystko, żeby zdystansować się od rodziny... Nie wydaje mi się, żebyś miał jakieś prawa do krytykowania moich wyborów.

– A jednak będę to robić. – Uśmiechnął się, zadowolony z siebie.

Potrząsnęłam głową i znowu wyjrzałam przez okno. Zawsze tak pewny siebie, zawsze z tak ciętym językiem. Etan był naprawdę nie do wytrzymania.

Wśród izoltańskich pól pojawiły się najpierw mniejsze, a potem większe domy. Westchnęłam głośno, kiedy wyjechaliśmy na trakt wybrukowany kamieniami i nasz powóz zaczął się kołysać na tej dziwnej, nierównej drodze.

– Kamień jest tu popularnym materiałem budowlanym – wyjaśnił Etan. – Jest łatwo dostępny na wybrzeżu, więc ten sam jego rodzaj będziesz widzieć wszędzie, szczególnie tutaj, w stolicy.

– Czy już dojeżdżamy? – zapytałam, wychylając głowę przez okno, żeby się rozejrzeć.

– Niedługo. Na twoim miejscu tak bym się nie wiercił. To, że jesteśmy blisko zamku, nie oznacza, że nie ma tu żadnego niebezpieczeństwa. Jeśli już, staje się coraz większe.

– Ach. – Usiadłam głębiej w powozie i starałam się wyglądać w sposób możliwie mało ostentacyjny.

Jechaliśmy pomiędzy szerokimi piętrowymi domami postawionymi tak blisko, że obok nich zostawało miejsce tylko na niewielkie kwiatowe rabaty. Niebawem ich miejsce zajęły stłoczone kamienice wyrastające wysoko w górę. Na ich parterze mieściły się sklepy, wśród których wiele miało szklane witryny w ołowianych ramach, pozwalające zobaczyć sprzedawane produkty.

Jakaś kobieta trzepała dywan. Jakiś mężczyzna w bocznej uliczce ciągnął opierającą się krowę. Jakieś bardzo brudne dzieci biegały na bosaka, ale widziałam także czysto ubraną dziewczynkę, która szła ulicą razem z matką, ściskając kurczowo jej rękę.

– Czy tutaj mieszkają najbiedniejsi?

– Częściowo. W stolicy w ogóle mieszka wielu ludzi. Niektórzy wolą pracę garbarza czy szwaczki od pracy na polu. Ale jak widzisz, jest tutaj ciasno i nie bardzo czysto. Jednocześnie rozwój różnych gałęzi przemysłu sprawia, że łatwiej tu o dobrą pracę.

– Śmierdzi tutaj.

Etan westchnął.

– Tak, panno wielka i wspaniała, śmierdzi. Kiedy zbliżymy się do zamku, będzie lepiej.

Minęło kilka minut, zanim Etan wskazał coś za oknem, gestem zachęcając, żebym wyjrzała.

– To pałac Chetwin. Jesteśmy prawie na miejscu.

Zobaczyłam najbardziej niezachęcający budynek, jaki widziałam w całym życiu. Dachy były niezwykle spadziste, być może dlatego, żeby nie zawaliły się pod ciężarem śniegu, i pokryte czymś ciemnym i błyszczącym. Pałac zbudowano z tego samego kamienia, którym były wybrukowane drogi, poprzecinanego białymi żyłkami. Było w nim coś nieprzyjemnego, kiedy porównywałam go z ciepłymi odcieniami kamienia używanego w Koroanii.

Z całą pewnością pałac był onieśmielający, ale mimo wszystko dostrzegałam w nim jakieś dziwne piękno. Kiedy wjechaliśmy na podjazd, Etan odezwał się, jakby czytał mi w myślach.

– Kiedy jako dzieci przyjeżdżaliśmy do pałacu, byłem nim całkowicie oczarowany. Te strzeliste wieże, te flagi łopoczące na wietrze. Nic dziwnego, że ludzie uważali królów za równych bogom. Popatrz tylko, jak mieszkają.

Machnął ręką, jakby nie istniały dostatecznie wielkie słowa na opisanie tego przepychu. Miał oczywiście rację, ponieważ pałac był zarówno zachwycający, jak i przerażający.

– Pamiętasz, mówiłeś mi, co myślisz o małżeństwie. Ja mam podobne zdanie w kwestii tronu. Za żadne skarby nie zmusiłbyś mnie, żebym się znowu do jakiegoś zbliżyła... Ale mimo to kochałam zamek Keresken. Zawsze znajdowałam nowe zakamarki, w których kryło się nieznane mi wcześniej piękno. A to, w jaki sposób światło wpadało przez witraże w sali tronowej... zapierało mi dech w piersiach. To się nie zmieniło.

Etan się uśmiechnął.

– Gdybyś mogła zbudować swój zamek...

– Wszędzie byłyby witraże. To oczywiste.

– Ogromne ogrody.

– Tak! – zgodziłam się. – Z labiryntem.

– Z labiryntem? – zapytał sceptycznie.

– Można się w nich świetnie bawić. I z pachnącymi kwiatami.

– Okrągła sala tronowa.

Zmarszczyłam brwi.

– Okrągła?

– Tak – potwierdził tonem wskazującym, że jest to całkiem oczywisty wymóg. – Jeśli sala jest prostokątna, ma swój początek i koniec. Hierarchia jest wyraźna. Jeśli jest okrągła, wszyscy muszą patrzeć na jej środek. Wszyscy są równie mile widziani.

Uśmiechnęłam się.

– W takim razie musiałabym mieć okrągłą salę tronową.

Powóz zatrzymał się, a Etan spojrzał na mnie życzliwie, chociaż ostrzegawczo.

– Jesteś gotowa?

– Chyba tak. Tak.

– Doskonale. – Wyskoczył z powozu, aż żwir strzelił mu spod butów.

Ujęłam jego rękę z uśmiechem, który, ku mojemu zdumieniu, nie był udawany.

Rozdział 12

Etan podprowadził mnie do reszty rodziny, która także wysiadła właśnie z powozu. Matka rozmasowywała plecy, a w ramionach Scarlet napięcie było doskonale widoczne.

– Wydają się innymi ludźmi – szepnęłam do Etana.

– Wszyscy tak się zachowujemy w zamku – odpowiedział. – Ty postaraj się nie zmieniać. Oni cię potrzebują.

Skinęłam głową i podeszłam do Scarlet, żeby ją objąć.

– Bardzo źle było? – zapytała cicho.

– Cóż, obyło się bez rozlewu krwi, więc uznałabym to za sukces.

Roześmiała się, a potem obie spojrzałyśmy na matkę.

– Od czego zaczynamy? – zapytałam.

– Musimy zaprezentować się królowi – odpowiedział mi wujek Reid i odwrócił się, żeby wziąć pod ramię ciocię Jovanę, a idące za nimi matka i Scarlet ujęły się za ręce.

– Już teraz? – zapytałam półgłosem Etana.

Poprawił sztylet przy pasie. Wcześniej, w powozie, nie zauważyłam, że nosi broń.

– Lepiej będzie od razu zorientować się w jego nastroju i intencjach. Możliwe, że uspokoi go trochę, kiedy zobaczy, że ciocia Whitley i Scarlet zostały same. Najlepiej zrobić to teraz.

Wygładziłam suknię, co przez obfite izoltańskie rękawy wcale nie było proste, i przełknęłam ślinę. To musiało w końcu nastąpić. Kiedyś musiałam spojrzeć w twarz temu człowiekowi. Musiałam zachowywać się z szacunkiem i milczeć, chociaż będę patrzeć w oczy mężczyzny, który zlecił zamordowanie mojego męża. Zdałam sobie sprawę, że oddycham szybko i nierówno na myśl o tym, jak blisko swojego wroga się znalazłam.

– O co chodzi? – zapytał Etan.

Nie patrzył na mnie, zamiast tego przyglądał się tłumowi gapiów.

– Etanie, chyba nie dam rady – wyszeptałam.

Podał mi ramię tak spokojnie, jakby przez lata przywykł do tego, robiąc to setki razy.

– Nie jesteś sama. Jesteśmy tu wszyscy.

Uśmiechnął się do mnie lekko, a ja położyłam drżącą dłoń na jego ramieniu i ruszyłam za rodziną. Przed wejściem do pałacu Chetwin wkopano w ziemię potężne kamienne słupy stanowiące obramowanie brukowanej alei. Przed zamkiem Keresken rozciągał się ogromny żwirowany dziedziniec, na którym zostawały powozy, tu natomiast zrobiono półkolisty podjazd, a stangreci odprowadzali powozy gdzieś dalej. Dzięki temu było dość miejsca na ogromny trawnik, a chociaż wyglądał bardzo pięknie, wydawał mi się po prostu pusty. Odwróciłam się do niego tyłem i przesunęłam wzrokiem po jasnych kamiennych ścianach.

Być może było to spowodowane tym, że uciekłam z Kereskenu, od Jamesona, ale wchodząc do innego zamku, miałam wrażenie, że zamieniam bransolety na kajdany. Widziałam tylko, że każda przysługa wiąże się z ceną do zapłacenia, niewidzialną siecią oczekiwań. Nad każdym balem czy ucztą górował cień tronu. Nawet ci, którzy tylko znajdowali się blisko, musieli się z nim zmierzyć.

Przysięgłam sobie, że kiedy to się skończy, całe eony i oceany będą mnie dzielić od dowolnego tronu na tym kontynencie. Nigdy więcej.

Czekałam, aż stanie się to, co nieuniknione. Dworzanie zauważali wujka Reida i witali go serdecznie, ciesząc się na jego widok. Kiwali głowami matce i Scarlet, a potem zauważali, że brakuje kilku osób, które powinny być obecne. Następnie zobaczyli mnie u ramienia Etana. Obcą. Mrużono oczy i przyglądano się nam uważnie, chociaż większość była dostatecznie dobrze wychowana, żeby niczego nie komentować.

Co jakiś czas słyszałam w przelocie jakąś rozmowę, zawsze prowadzoną przyciszonymi głosami.

– Kogo Northcottowie mogli zaprosić z Koroanii? – pytał ktoś.

– Powiedziałbym, że to niebezpieczny sojusz w tych czasach – skomentował ktoś inny.

Te uwagi nie były tak okrutne, jak mogły być i jak się spodziewałam. Większość ludzi wydawała się raczej zaniepokojona niż rozgniewana, ale mimo to miałam niedwuznaczne uczucie, że nie jestem tu mile widziana.

– Jak sądzę, przygotowania do roli królowej przyzwyczaiły cię do takiego gadania? – zapytał Etan.

Starał się mówić lekko, a ja doceniałam jego wysiłki.

Uśmiechnęłam się.

– Powinieneś usłyszeć, co mówili, kiedy wpadłam do rzeki.

Spojrzał na mnie szybko, zaskoczony.

– Wpadłaś do... To nie jest właściwa chwila, ale chciałbym usłyszeć później tę historię.

Roześmiałam się.

– Zgubiłam przy tym buty.

– Te buty – powiedział, w końcu rozumiejąc, o czym pisała Nora w liście. Potrząsnął głową z krzywym uśmiechem. – Nie do wiary. Czy Silas o tym wiedział?

– To się wydarzyło przed jego przyjazdem, a on wspomniał o tym w naszej pierwszej rozmowie. Wszyscy o tym wiedzieli.

Etan roześmiał się szczerze.

– Prześliczne.

Byłam przyzwyczajona do panującego na dworze tłoku, hałasu i braku prywatności. Powinnam się pewnie czuć, jakbym była znowu w domu, ale nie potrafiłam się uspokoić. Starałam się nie odwzajemniać rzucanych mi kątem oka spojrzeń, kiedy szliśmy do sali tronowej. Wszystko było z tego samego szarobiałego kamienia, a wysokie, wąskie okna wpuszczały światło, które padało pod ostrym kątem, tworząc pasy na posadzce. Sala tronowa była ładna, ale nawet w połowie nie tak piękna jak w Kereskenie. Gęsto rozwieszone gobeliny wydawały się dość nijakie, a kandelabry bardzo proste w porównaniu do koroańskich. Wydawało się, że tutejsi rzemieślnicy nie są dumni ze swojej pracy i nie starają się osiągać coraz to nowej doskonałości.

Nijakość wnętrza pochłonęła tak bardzo moją uwagę, że nie zauważyłam króla Quintena, dopóki nie zbliżyliśmy się, żeby się pokłonić przed tronem.

– Wasza Wysokość – powitał go wujek Reid, kłaniając się nisko dla okazania szacunku.

Poszłam w jego ślady i walcząc z instynktowną reakcją mojego ciała, dygnęłam głęboko przed tym potworem.

– Lordzie Northcott – Quinten zwrócił się do wujka Reida znudzonym tonem – widzę, że jesteś w dobrym zdrowiu. Kto ci towarzyszy?

– Moja żona i syn Etan, a także nasze krewne: lady Eastoffe, Scarlet Eastoffe oraz moja najnowsza siostrzenica, Hollis Eastoffe.

Podniosłam wzrok i zobaczyłam, że jasnowłosa Valentina, siedząca na tronie obok Quintena, spojrzała z nadzieją na wujka Reida. Za pierwszym razem, gdy się spotkałyśmy, wydawała mi się imponująca i zdeterminowana, żeby wywrzeć wrażenie, dobre lub złe, na każdym, kto ją widział. Teraz wyglądała na młodą i przerażoną. Starała się to oczywiście ukrywać, do czego była przyzwyczajona. Być może to widok przyjaznej twarzy sprawił, że na chwilę okazała emocje. Uśmiechnęła się leciutko, a ja nie mogłam nie odwzajemnić tego uśmiechu, szczęśliwa, że widzę ją całą i zdrową. Poprawiła się na tronie, żeby mnie lepiej widzieć, a ja patrzyłam na nią i żałowałam, że nie mogę złamać wszystkich wyuczonych zasad etykiety, podbiec i jej przytulić.

Zaraz jednak zauważyłam, że nie tylko Valentina na mnie patrzy. Robił to także Quinten.

– Proszę, proszę. Słyszałem, że Jameson zgubił gdzieś swoją narzeczoną, ale nie spodziewałem się, że znajdzie się ona na moim dworze. Co ty tu robisz, moje dziecko? – Jego głos, chociaż nadal znudzony, był jednocześnie złowrogi.

Musiałam odetchnąć głęboko, żeby się uspokoić, zanim mu odpowiedziałam.

– Przybyłam tu z moją rodziną, Wasza Wysokość. Noszę teraz nazwisko Eastoffe.

Quinten usiadł wygodniej na tronie i popatrzył na nas z zaskoczeniem. Nie byłam pewna, czy jest zdumiony faktem, że weszłam do rodziny, którą próbował wymordować, czy też tym, że nie zostałam zabita razem z pozostałymi. Tak czy inaczej, wydawał się tak samo niespokojny, jak ja się czułam.

– Chcesz powiedzieć, że porzuciłaś króla dla rzemieślnika? W dodatku będącego także zdrajcą swojej ojczyzny?

– Silas Eastoffe zawsze wyrażał się o Izolcie z najwyższym szacunkiem, Wasza Wysokość. Niezwykle bolało go, że musiał ją opuścić.

To dyplomatyczne stwierdzenie nie było nawet kłamstwem. Izolta była bliska sercu Silasa. Ten kraj, jego potrawy, obyczaje... Wszystko to tkwiło głęboko w jego duszy. Powodem, dla którego Silas porzucił swój ukochany dom, był mężczyzna, z którym teraz rozmawiałam.

– Doprawdy? – zapytał Quinten z niedowierzaniem. – Skoro tak ciepło myśli o swojej ojczyźnie, to dlaczego nie odważył się tutaj pokazać?

Ten potwór chciał mnie zmusić, żebym to powiedziała. Rozejrzałam się i zobaczyłam zaintrygowane spojrzenia dworzan czekających na odpowiedź. Zmusiłam się, żeby nie płakać.

– On... – Mój głos załamał się, więc wzięłam głęboki oddech. Etan kciukiem gładził moją dłoń, którą trzymał w górze. Mówił mi w ten sposób, że nie jestem sama. Spróbowałam jeszcze raz. – On nie żyje, Wasza Wysokość.

Król Quinten mógł mieć swoje słabości, ale z pewnością był wytrawnym aktorem. Zmarszczył brwi i popatrzył znowu na naszą rodzinę, zauważając, że brakuje jeszcze kilku członków rodziny, którzy powinni tutaj być.

Co więcej, ta wiadomość wywołała szok w całej sali. Kilka osób przerwało rozmowy, żeby posłuchać mojej wymiany zdań z królem, a teraz trącało w ramię tych, którzy nadal pogrążeni byli w konwersacji, i pospiesznie szeptało im do ucha tę wiadomość. Kiedy Quinten odezwał się znowu, rozlegały się tylko pojedyncze szepty.

– Lady Eastoffe, czy twój mąż także nas opuścił?

– Tak, Wasza Wysokość. Podobnie jak wszyscy trzej moi chłopcy. – Jej głos załamał się na ostatnim słowie, ale trzymała się z niezwykłą godnością.

Quinten siedział i przyglądał się nam, a ja nie byłam pewna, czy jest zadowolony, że nas widzi i że przyjechaliśmy, aby zgodnie z jego życzeniem świętować ślub jego syna. A może czuje się rozczarowany, że zadanie nie zostało wykonane do końca? Na jego twarzy malowało się zaskoczenie, które wydawało się całkowicie szczere.

Nie potrafiłam patrzeć na tak okrutną manipulację. Odwróciłam wzrok i zobaczyłam mężczyznę z krótką siwiejącą brodą i początkami łysiny. Jego wargi drżały, gdy docierało do niego, co się stało. Kobieta obok niego potrząsała głową i z niedowierzaniem szeptała coś do swojego męża. Wiedziałam, że lord Eastoffe był dobrym człowiekiem, a synowie szli w jego ślady. Nawet dla tak oziębłych ludzi jak Izoltańczycy utrata tak szlachetnych istnień musiała być trudna do zaakceptowania.

– Miałeś rację – szepnęłam do Etana. – Nikt o niczym nie wiedział.

Wydął wargi, jakby był z tego niezadowolony, a król Quinten nieoczekiwanie przeszedł do konkretów.

– Wdowo Eastoffe, przekazałem wasze apartamenty w inne ręce, kiedy wyjechaliście do Koroanii, co było stosowne, biorąc pod uwagę wasze zachowanie. Jednak Northcottowie zachowali swoje komnaty i myślę, że doskonale się tam pomieścicie. Możecie nas opuścić.

Dygnęłam i po raz ostatni spojrzałam na Valentinę. Skinęła mi głową, tak jakby chciała mnie pocieszyć, chociaż nie miała żadnej możliwości, żeby to zrobić. Etan zaczął się odwracać, więc zrobiłam to samo, zmieniając ramię, pod które go trzymałam.

Etan szybko wyprowadził nas z sali tronowej i zwolnił dopiero wtedy, gdy znaleźliśmy się na korytarzu. Odwróciłam się, słysząc rozdzierający serce szloch idącej za nami matki.

– Wszystko w porządku, mamo. Nikt na pewno nie będzie tak do ciebie mówić – powiedziała pocieszająco Scarlet, ale to niewiele pomogło.

Matka odchyliła głowę pod niewygodnym kątem, żeby oprzeć ją na ramieniu cioci Jovany.

– „Wdowa Eastoffe". Nie wytrzymam tego. Nie wytrzymam.

– Przepraszam, lady Eastoffe?

Spojrzeliśmy na mężczyznę, który wybiegł z sali tronowej, żeby nas dogonić.

– Lady Eastoffe – powtórzył głosem pełnym bólu i ujął jej dłoń. – To chyba nie może być prawda?

Matka uśmiechnęła się do niego ze smutkiem.

– Niestety to prawda, lordzie Odvar.

Potrząsnął głową.

– Nawet chłopcy? Silas?

Matka skinęła głową. Wcześniej mogłabym nie zwrócić uwagi na to, że wspomniał akurat Silasa. Teraz, kiedy wiedziałam, że ludzie widzieli w nim dawniej swoją nadzieję, lepiej go rozumiałam. Mogli jeszcze pozostawać tacy, którzy czekali na jego powrót.

Lord Odvar popatrzył na mnie.

– Czy ty jesteś wdową po młodym Silasie?

Och, matka miała rację, to słowo cięło jak nóż. Naznaczało utratą i odbierało wszystko. Nie byłam już damą ani narzeczoną. Byłam kimś, kto został obrabowany.

– Tak, sir.

Podszedł i wyciągnął rękę, więc niepewnie podałam mu dłoń, którą uniósł do ust i ucałował.

– Jeśli naprawdę byłaś kiedyś u boku króla, spodziewam się, że jesteś niezwykłą damą.

Pochyliłam głowę.

– Tak, sir. Byłam.

– Nie będę kłamać, zdecydowanie wolę cię znać jako kobietę, która skradła serce kogoś takiego jak Silas Eastoffe. Witam w Izolcie.

Rozdział 13

Etan szedł pewnym krokiem korytarzami tak wąskimi, że ledwie zmieściłyby się w nich dwie damy w dworskich sukniach idące obok siebie. Te korytarze zdecydowanie bardziej przypominały labirynt, niż wszelkie inne, jakie dotąd widziałam – co chwila rozwidlały się, prowadząc nie wiadomo dokąd. Zaczęłam się przyglądać uważnie nielicznym dziełom sztuki z nadzieją, że jeśli będę rozpoznawać charakterystyczne miejsca, nauczę się znajdować tu drogę.

Moja dłoń była nadal ciepła po tym, jak uściskał ją mój nowy i nieoczekiwany sprzymierzeniec, lord Odvar. Wydawało się, że nawet po śmierci Silas potrafi poprawić moją sytuację.

– To tutaj – powiedział Etan, prowadząc nas wszystkich za róg.

Lokaje już wnosili nasze kufry do apartamentu, bez dodatkowych instrukcji wiedząc, co mają robić.

– Ostrożnie z tym jednym – polecił wujek Reid, kiedy przenosili jego bagaże.

To był już ostatni kufer. Całe szczęście, ponieważ musiałam koniecznie na chwilę zniknąć z widoku wszystkich wścibskich oczu w zamku.

Wnętrze było przestronne, chociaż słabo oświetlone. Apartament nie ciągnął się w głąb, tak jak moje komnaty w Kereskenie. Z głównej komnaty było po prostu przejście do czterech sypialni.

– Ty zajmiesz tę – nalegała ciocia Jovana, wskazując matce największą komnatę, zapewne należącą do niej i wujka Reida.

– Nie ma mowy… Nie chcę narażać was na większe niewygody niż dotychczas.

– W takim razie tę. – Etan poprowadził ją do sypialni, która zapewne należała wcześniej do niego.

– Dziewczęta, nie macie nic przeciwko dzieleniu sypialni? – zapytał wujek Reid.

Scarlet i ja uśmiechnęłyśmy się porozumiewawczo.

– Nawet to wolimy – odparła Scarlet w imieniu nas obu.

– Doskonale.

Etan bez słowa zajął dalszą komnatę po prawej stronie apartamentu, więc Scarlet poprowadziła mnie do tej po lewej. Mile zaskoczył mnie widok ogromnego łoża z baldachimem i kilku wąskich okien wpuszczających światło do środka oraz kominka pod ścianą, która dzieliła nas od Etana.

Zaczęłyśmy się rozpakowywać. Ustawiłyśmy kufry w nogach łóżka, a torby w kącie pokoju, rozwiesiłyśmy także ubrania, żeby je przewietrzyć. Przywiozłam ze sobą wszystko, co miałam, czyli suknie stosowne raczej na dworze koroańskim niż izoltańskim. Wiedziałam jednak, że Scarlet coś mi pożyczy, a poza tym miałyśmy tu spędzić tylko kilka dni.

– Dziewczęta? Etan? – zawołał wujek Reid. – Chodźcie tu, kiedy będziecie mogli.

Etan wcześniej niż my pojawił się w głównej komnacie, gdzie wujek Reid i matka rozmawiali półgłosem. Ciocia Jovana patrzyła na nich z uśmiechem, wyraźnie podziwiając ich wytrwałość.

– O, jesteście – powitał nas wujek Reid. – Audiencja minęła pomyślnie, więc teraz musimy się przygotować do następnego wydarzenia, czyli uczty. Dzisiaj wieczorem naszym celem jest uważne słuchanie. Hollis ma rację, że to jest prawdopodobnie najlepsze miejsce, żeby znaleźć niepodważalne dowody, że król dopuścił się czynów będących zdradą stanu. Rozmawiajcie z dworzanami, którzy mieszkają na zamku, i spróbujcie ustalić, czy ktoś czegoś nie wie.

Umilkł na chwilę, odchrząknął i kontynuował.

– Poza tym... Myślę, że powinniśmy brać pod uwagę jeszcze jeden cel. Jeśli naprawdę zamierzamy obalić króla, a obecni w tej komnacie są jedynymi, którzy mają jakieś prawa do tronu, musimy zwiększyć nasze poparcie. Rozmawiajcie, pocieszajcie, czarujcie. Róbcie to, co konieczne. Jeśli nawet udowodnimy winę Quintena, ale źle ocenimy gotowość ludzi do wszczęcia buntu, wszystkie nasze wysiłki pójdą na marne.

Widziałam, że mówił całkowicie poważnie, ale nie potrafiłam się tym przejąć. Jeśli istniał ktoś, kogo popierałabym z całego serca, to właśnie Reid Northcott.

Scarlet upięła mi włosy na modłę izoltańską, splatając je w kilka warkoczy i tworząc z nich śliczną koronę na mojej głowie.

Ta fryzura trochę mi ciążyła, ale była prostym sposobem na pokazanie, że chcę się dostosować do obyczajów moich gospodarzy. Ze względu na wujka Reida nie chciałam nadmiernie rzucać się w oczy.

– Jeszcze to, i gotowe – powiedziała, wplatając niebieskie klejnoty w moje jasne loki, odcieniem przypominające raczej barwę włosów jej i Valentiny, niż typowych koroańczyków.

Moja suknia była niemal żółta, nie złota, podobna do tych, jakie nosiłam dawniej, dlatego czułam się w niej swobodnie. Niebieski był nowym akcentem.

– Dziękuję.

– Czy mogę ci coś powiedzieć? – zapytała Scarlet. – Tylko z tobą mogę o tym rozmawiać.

– Oczywiście – odparłam i wstałam, żeby mogła zająć moje miejsce przed lustrem.

– Dzisiaj przypomniałam sobie coś jeszcze – szepnęła, siadając. – Przypomniałam sobie, że płomienie na zasłonach pojawiły się, zanim zobaczyłam rzucony wazon. Czyli pożar zaczął się wcześniej, niż mi się wydawało.

Potrząsnęłam głową.

– Jak ty to sobie przypominasz?

Scarlet kilka razy otworzyła usta. Próbowała zacząć coś wyjaśniać, ale milkła.

– Nie wiem – powiedziała w końcu. – To tak, jakbym widziała całą tę scenę namalowaną, ale w danym momencie nie mogę odwrócić głowy i przyjrzeć się innej jej części. Potem mi się to udaje i ta scena jest przejrzysta i wyraźna. Mam nadzieję, że kiedy zobaczę już wszystko, przestanę o tym tyle myśleć.

Położyłam dłonie na jej dłoniach.

– Zawsze mogę cię wysłuchać, Scarlet. W każdej chwili.

Scarlet uśmiechnęła się ze znużeniem.

– Wiem o tym.

Upięłam jej włosy we fryzurę podobną do tej, którą zrobiła mnie.

– Nie musisz się tak denerwować – zapewniła mnie, ponieważ zauważyła, jak niepewnie poruszają się moje dłonie.

– Obawiam się, że ludzie odsuną się od wujka Reida, ponieważ zadaje się z Koroanką, która porzuciła swój kraj.

– Chcesz powiedzieć: Koroanką, która poślubiła jednego z najlepszych Izoltańczyków.

Uśmiechnęłam się.

– Tak, to prawda. Ale mimo to zastanawiam się, czy nie powinnam zostać tutaj.

– Wujek Reid chciał, żebyśmy pokazali naszą jedność. Ty i Etan doskonale sobie na razie radzicie, a to mówi bardzo wiele o sile naszej rodziny, mimo że jest tak nieliczna. Poza tym wrogość między naszymi krajami jest mocno przesadzona. Uwierz mi. Pamiętasz, jak Izoltańczycy przyjechali z wizytą na dwór koroański? Czy było aż tak źle?

Zmrużyłam oczy, żeby sobie to przypomnieć.

– Nie. Atmosfera nie była szczególnie radosna, ale wyczuwałam także autentyczną przyjaźń, która wydawała się wykraczać poza granice na mapie.

– Ponieważ tak właśnie jest. Królowie lubią przemawiać i zawsze znajdą się ludzie uprzedzeni wobec cudzoziemców. Myślę, że w przypadku Quintena to także kwestia utrzymywania swoich wpływów. Chce wywołać wrażenie, że potrzebujemy kogoś takiego jak on, żeby ochraniał nas przed kimś takim jak ty.

Roześmiałam się.

– Jestem naprawdę strasznym zagrożeniem.

– Sama zobaczysz, to jest mniejszość. Są tacy ludzie w Koroanii, są też i tutaj.

Z całego serca miałam nadzieję, że jest to prawda. Wiedziałam, że tacy ludzie istnieją, ale może ich liczba się zmniejszała.

Pochyliłam głowę, czując nagle, że muszę się do czegoś przyznać.

– Czy znienawidzisz mnie, jeśli ci powiem, że kiedyś należałam do tej mniejszości?

Scarlet się uśmiechnęła.

– Wcale nie. To już przeszłość. Było, minęło.

Pocałowałam ją w policzek.

– Chodźmy.

Weszłyśmy do głównej komnaty, gdzie wszyscy już na nas czekali. Matka spacerowała nerwowo, wujek Reid i ciocia Jovana rozmawiali półgłosem przy kominku, a Etan rozsiadł się w wielkim fotelu.

Na nasz widok odrobinę się wyprostował, a jego jak zwykle skrzywiona twarz rozjaśniła się na chwilę i przybrała prawie przyjemny wyraz.

– Och, dziewczęta, wyglądacie prześlicznie – powiedziała matka.

Ciocia Jovana tak ucieszyła się na nasz widok, że w jej oczach pojawiły się łzy szczęścia.

– To już wszyscy. Jesteśmy gotowi? – zapytał wujek Reid.

Scarlet i ja skinęłyśmy głowami, a Etan zerwał się, żeby poprowadzić mnie na ucztę.

– Wiesz – zaczął – prawie można by cię wziąć za prawdziwą damę.

– Cóż za ogromna szkoda, że żadne ilości atłasu nie sprawią, że ty przestaniesz wyglądać jak drań.

– Drań? – zapytał, jakby smakował to słowo. – Jakoś to wytrzymam. Proszę. – Podał mi ramię, a na jego twarzy malował się cień złośliwego uśmiechu.

Przyjęłam je i tak jak wcześniej zamykaliśmy nasz nieduży pochód, wychodząc jako ostatni z komnaty.

– Posłuchaj – oznajmiłam cicho. – Wiem, że wujek Reid chce, żebyśmy się trzymali razem, a Scarlet za bardzo mnie kocha, żeby mi powiedzieć, że powinnam zostać, ale liczę, że ty będziesz szczery. Gdybyś zauważył, że moja obecność przeszkadza, daj mi znać, a wyjdę stamtąd.

Etan popatrzył na mnie poważnie.

– Zrobiłbym to, możesz mi wierzyć. Myślę jednak, że ojciec ma rację. Quinten uważa, że motywacją dla ludzi jest strach. Myślę, że dla wszystkich będzie mile widzianą odmianą, jeśli dostrzegą, że ludźmi mogą kierować także inne pobudki. Nadzieja, życzliwość czy elementarna przyzwoitość.

– Zaraz… ty masz jakąś elementarną przyzwoitość?

– W niewielkiej ilości, więc rzadko z niej korzystam – zażartował, a ponieważ to było zabawne, roześmiałam się. – Rób to samo co my, trzymaj się przy mnie i bądź tak przyjazna dla wszystkich, jak tylko potrafisz. Ostatecznie dzisiaj wystarczy, że będziesz jadła i tańczyła.

Roześmiałam się.

– O, wreszcie coś, w czym jestem dobra.

Etan uśmiechał się szeroko, kiedy weszliśmy do wielkiej sali, a ja ścisnęłam mocniej jego ramię dla dodania sobie otuchy. Problem z tą mniejszością, która mnie nie lubiła, polegał na tym, że nie dało się na pierwszy rzut oka stwierdzić, kto do niej należał. Dlatego, aby uniknąć wpakowania się w sytuację, z której nie zdołam się wydostać bez pomocy, musiałam zakładać, że wszyscy są w tej mniejszości, dopóki nie zrobią czegoś, co by temu zaprzeczało.

Nasze miejsca były niezwykle blisko głównego stołu, co można było zrozumieć, skoro Northcottowie i Eastoffe'owie byli jedynymi obecnymi w sali krewnymi Quintena. Właściwie nawet jedynymi na świecie. Czułam przez to, że jestem na widoku i żałowałam, że nie mogę owinąć się w obszerną tkaninę zwisającą z moich ramion jak w zbroję.

– Etanie Northcott, czy to ty?

Oboje odwróciliśmy się i zobaczyliśmy kobietę spoglądającą na nas z drugiej strony stołu oczami szeroko otwartymi ze zdumienia.

– Lady Dinnsmor, lordzie Dinnsmor! Tak dawno się nie widzieliśmy! – Etan rozpromienił się tak, jak jeszcze nigdy nie widziałam.

Uściskał dłoń tej kobiety, a ona ścisnęła jego rękę w swoich.

– Kiedy ostatnio o tobie słyszeliśmy, byłeś na froncie. Nie spodziewałam się, że się tutaj spotkamy – zachwycała się.

– Wróciłem na front – wyjaśnił Etan. – Potem jednak mój ojciec posłał po mnie. Z pewnością słyszeliście o tym, że mój wuj, lord Eastoffe, oraz jego synowie, zostali niedawno… niedawno zmarli. Musiałem pojechać po moją ciotkę i kuzynki.

Mówił to tak gładko, niepostrzeżenie łącząc mnie i Scarlet.

Twarze Dinnsmorów potwierdziły to, co już wiedzieliśmy: ta wiadomość była całkiem nowa.

– Co się z nimi stało? – zapytał ze smutkiem lord Dinnsmor.

– Zostali zamordowani. Atak nastąpił podczas wesela mojego kuzyna Silasa w Koroanii. Pozwólcie, że wam przedstawię wdowę po nim, Hollis Eastoffe.

Popatrzyli na mnie, nadal zaszokowani.

– Biedactwo, tak okropnie mi przykro.

– Dziękuję, milady – odpowiedziałam.

W jej oczach malowało się szczere współczucie.

– Silas był niezwykle inteligentny i zawsze dążył do pokoju – zauważyła.

Pomyślałam o tym, co powiedziała mi kiedyś Valentina: że Silas skłania ludzi do myślenia, a także o tym, jak brał udział w turnieju, nie nosząc żadnych barw, i o tym, jak niewzruszony był w swoich przekonaniach. Nic dziwnego, że ludzie go popierali. Był stworzony, żeby zaprowadzić pokój.

– To prawda. Uważam, że miałam niezwykłe szczęście, mogąc go pokochać. A także dlatego, że dzięki niemu znalazłam nową rodzinę.

Lady Dinnsmor uśmiechnęła się i przyjrzała mi.

– Czyli pochodzisz z Koroanii, tak?

Przełknęłam ślinę. Mniejszość czy większość? Mniejszość czy większość?

– Tak.

– A mimo to odważyłaś się przyjechać tutaj ze swoją teściową?

– Moi rodzice także zginęli w tym ataku. Lady Eastoffe i Scarlet to jedyna rodzina, jaka mi pozostała.

Nie wydawali się zrażeni moją obcością, tylko zasmuceni moją sytuacją. Gdybym nie wiedziała, na co patrzeć, mogłabym tego nie zauważyć, ale było dla mnie jasne jak słońce, że popatrzyli po sobie... a potem przenieśli wzrok na tron królewski.

– Współczuję ci tej straty. To zbyt wiele dla kogoś tak młodego – oznajmił lord Dinnsmor.

– Dziękuję, sir.

Przeniósł wzrok na Etana.

– Czy coś wiemy?

– Nic, co moglibyśmy udowodnić.

– Silas. – Lord Dinnsmor potrząsnął głową. – On nienawidził Silasa.

– To prawda.

Lord Dinnsmor westchnął ciężko i niemal gniewnie.

– Kiedy zdobędziesz pewność, zawiadom nas.

Etan skinął głową, a Dinnsmorowie odwrócili się, żeby porozmawiać z kimś innym. Poszliśmy dalej, żeby rozejrzeć się po całej sali.

– Skąd ich znasz? – zapytałam cicho.

– Po drodze tutaj wspominałem Micah, przyjaciela, którego straciłem na froncie. To jego rodzice.

Popatrzyłam na niego, zdumiona.

– Czasem coś mi przysyłają. Listy i drobiazgi. Kiedyś był to gwizdek. Myślę, że traktują mnie jak syna, bo to trochę łagodzi poczucie straty po ich synach. – Zacisnął zęby. – To powinienem być ja.

– Jeśli jeszcze raz powiesz coś takiego w mojej obecności, to... zmuszę cię, żebyś słuchał mnie przez godzinę. Potrafię mówić o byle czym i jestem naprawdę uparta, więc uważaj.

Na jego twarzy pojawił się leciutki uśmiech.

– Wydaje mi się, że torturowanie cywilów jest sprzeczne z prawem.

Nadal patrzył na mnie ze smutkiem.

– Cóż, powiedziałeś, że nie jestem Izoltanką, więc nie muszę się szczególnie przejmować waszymi prawami. Przestań tak gadać. Przeżyłeś, więc żyj.

Skinął głową, odetchnął głęboko i znowu zaczął się rozglądać po sali. Popatrzyłam na Valentinę. Zauważyła mnie i leciutko uniosła palce ze stołu, żeby mi pomachać. Równie dyskretnie odwzajemniłam to powitanie.

– Żałuję, że nie mogę z nią porozmawiać – mruknęłam.

– Czy muszę ci przypominać, że ona jest naszym wrogiem?

Westchnęłam.

– A już zaczynałam myśleć, że robisz się do wytrzymania. Nie, nie jest.

Etan przyjrzał się jej uważnie.

– Wydaje się trochę blada. Może jest w ciąży.

– Ze względu na nią mam taką nadzieję – stwierdziłam, zastanawiając się, jak mogłabym się zbliżyć do niej na tyle, żeby zapytać. Nie mogłam po prostu podejść... Etan świdrował mnie wzrokiem, więc musiałam poświęcić mu trochę uwagi. – O co chodzi?

– Co chcesz przez to powiedzieć?

Przełknęłam ślinę i pochyliłam się, żeby nikt nas nie usłyszał.

– Straciła już troje dzieci. Kiedy była z wizytą w Koroanii, bardzo obawiała się o swoją pozycję. Martwię się, że król rozwiedzie się z nią, jeśli ona... O co chodzi? Dlaczego tak na mnie patrzysz?

– Jesteś tego pewna? – zapytał szeptem. – Trzy poronienia? Jesteś pewna?

– Tak. Sama mi to powiedziała, ale miałam nikomu o tym nie mówić. Liczę na twoją dyskrecję, Etanie. Mówię poważnie.

– Czy mówiłaś o tym komuś jeszcze? – zapytał.

– Silasowi. Chciał powtórzyć to swojemu ojcu, ale ubłagałam go, żeby tego nie robił.

Etan potrząsnął głową.

– Musiał cię kochać ponad wszystko na świecie. To niezwykle ważna wiadomość. I bardzo wiele wyjaśnia. Quintenowi zależy, żeby koronę odziedziczył jego potomek, a nie może mieć pewności, ile jeszcze przeżyje Hadrian. Najwyraźniej stracił nadzieje co do Valentiny i teraz liczy na to, że

Phillipa możliwie szybko pocznie dziecko. Dlatego ten ślub odbywa się teraz.

Jeśli to była prawda, potrafiłam myśleć tylko o nieszczęsnej Valentinie uwięzionej w małżeństwie bez miłości, u boku najokrutniejszego króla, jaki chodził po ziemi. Co zrobi Quinten, skoro przestał z nią wiązać jakiekolwiek nadzieje? W tej sytuacji rozwód wydawał się miłosierną możliwością. Skoro król potrafił zamordować Silasa za to, że stał mu na drodze, co go powstrzyma, by zrobić to samo z Valentiną?

Przeniosłam spojrzenie na narzeczoną Hadriana. Przyglądałam się jej uważnie, a chociaż rozmawiała życzliwie z każdym, kto się z nią witał, kiedy zwracała się do Hadriana, trudno było w jej oczach dostrzec cokolwiek oprócz obojętności. Nie było w nich pogardy ani żalu, raczej akceptacja tego, co będzie musiała zrobić, a także akceptacja osoby wiążącej się z wypełnieniem obowiązku, do którego była przygotowywana od samego urodzenia.

Nie byłam pewna, czy podziwiam jej determinację, czy też współczuję. Przede wszystkim jednak czułam chłodny lęk. Co się z nią stanie, jeśli ona także zawiedzie?

Moją uwagę odwróciły ciężkie kroki. Do sali balowej wbiegło sześciu mężczyzn w brudnych izoltańskich mundurach.

– Przepuścić nas! – zawołał jeden z nich. – Mamy wiadomość dla Jego Wysokości!

Tłum rozstąpił się, a mężczyźni przebiegli środkiem i przyklękli przed głównym stołem. Jeden z nich zachwiał się z wyczerpania.

– Wasza Wysokość, meldujemy, że kolejny batalion został zaatakowany na granicy koroańskiej. Tylko my uszliśmy z życiem.

Zachłysnęłam się i zasłoniłam usta, zaszokowana. Byli tacy młodzi.

– Nie – szepnął Etan. – Nie.

– Przybyliśmy jak najszybciej, aby powiadomić Waszą Wysokość o tej haniebnej napaści – oznajmił żołnierz. – A także poprosić o dodatkowe siły, które mogłyby bronić naszej ziemi.

– Jameson – wymamrotał pod nosem Etan, jakby to było przekleństwo.

Przełknęłam gulę w gardle. Trudno mi było wyjaśnić moje nieustające przywiązanie do Jamesona. Być może to dlatego, że Koroania na dobre i złe miała na zawsze pozostać dla mnie domem. Milczałam, obawiając się choćby próbować pocieszać Etana. Wszelki rozejm pomiędzy nami mógł zniknąć dzisiaj z powodu tego jednego słowa.

– Pojadę z wami i będę walczyć! – zawołał mężczyzna z tłumu.

– Ja także! – krzyknął inny.

Król potrząsnął głową i uniósł dłoń, żeby uciszyć zebranych.

– Nie zamierzam przelewać cennej krwi moich poddanych z powodu tego zbrodniczego książątka! – krzyknął ponad głowami gości.

Przez chwilę siedział nieruchomo na tronie, mamrocząc coś do siebie. Phillipa popatrzyła na swojego narzeczonego, jakby chciała zapytać, czy takie zachowanie jest normalne, a Valentina odsunęła się na swoim krześle na tyle, na ile to było możliwe. Kiedy król opanował w końcu atak złości, zawołał do zebranych:

– Gdzie jest ta dziewczyna?

Rozdział 14

W sali był tłum, ale w głębi duszy doskonale wiedziałam, że król Quinten szuka właśnie mnie. Potwierdził moje przypuszczenia, kiedy zawołał znowu:

– Gdzie ta dziewczyna, którą przywiozła wdowa Eastoffe?

Znalazł mnie z łatwością, ponieważ większość obecnych odwróciła się, żeby popatrzeć na nasz stół i obcą dziewczynę towarzyszącą Northcottom.

– Wejdź na ławę, dziewczyno, żebym cię widział! – rozkazał król Quinten.

– To będzie interesujące – stwierdził Etan i podał mi rękę, żeby pomóc mi wejść na siedzenie.

– Jak możesz z tego żartować? – syknęłam.

– Skarbie, całe moje życie tak wygląda. Witamy w rodzinie.

Z drżeniem wzięłam jego rękę i wspięłam się na ławę, chociaż nogi się pode mną uginały.

– O proszę, jesteś. Lady Hollis, była narzeczona Jamesona.

Wśród zebranych w sali rozległy się ożywione szepty. Podobnie jak Dinnsmorowie, nie wszyscy jeszcze o mnie wiedzieli.

– Powiedziano mi, że mimo wszystkich twoich grzechów twój kochany król Jameson życzył sobie, żebyś wróciła do jego pałacu. Podobno omal go w całości nie spalił, kiedy odeszłaś, z żalu po twojej stracie.

Etan popatrzył na mnie, czekając na jakieś wyjaśnienie, ponieważ już po raz drugi słyszeliśmy tę plotkę.

Nie miałam jednak żadnego wyjaśnienia. To nie była prawda. Owszem, wybuchł pożar, ale…

Król Quinten przeczesał palcami rzadką siwą brodę i wbijał we mnie wzrok jak jastrząb obserwujący mysz.

– Może powinniśmy cię odesłać do Koroanii w całunie pogrzebowym – rzucił swobodnie. – Może utrata bezcennej Hollis w końcu nauczyłaby go szacunku.

W sali rozległy się pomruki zgody, a ja nagle poczułam, że „większość" zniknęła. Tutaj i teraz, kiedy ich rodacy zginęli z ręki moich, znajdowałam się wśród wrogów… Nie wyobrażałam sobie, żeby było tu miejsce na litość.

– Nie rozumiem, Wasza Wysokość – wykrztusiłam.

– Skoro Jameson z taką łatwością zabija moich poddanych, dlaczego nie miałbym zrobić tego samego? Może w końcu zwróciłoby jego uwagę, gdybym odebrał mu coś cennego zamiast jego żałosnych, bezwartościowych żołnierzy.

Czy on próbował mnie przestraszyć? Czy to był tylko żart? Jameson znajdował upodobanie w dziwacznych rozrywkach, więc nie mogłam wykluczyć takiej możliwości. Nie w przypadku człowieka, który odebrał mi moich rodziców i Silasa.

– A może znasz lepsze rozwiązanie? – zapytał mnie król.

Stałam i próbowałam zaczerpnąć tchu. Miałam zaraz umrzeć, a nie zrobiłam nic, żeby powstrzymać tego człowieka. Zawiodłam Silasa, moją rodzinę i wielu innych. Co więcej, jeśli wyśle moje ciało Jamesonowi, prawdopodobnie wciągnie tym swoje królestwo w nową wojnę, zamiast jej uniknąć.

– Powiedz coś – ponaglił mnie półgłosem Etan.

– Yy, Wasza Wysokość, czy to prawda, że królestwo Izolty jest ponad dwukrotnie większe od Koroanii? – zapytałam głośno.

– Zaiste, tak jest. Ma także o wiele lepsze ziemie i dostęp do morza.

W różnych miejscach sali rozległy się wiwaty i okrzyki, że Izolta jest lepsza od dowolnego z krajów na kontynencie.

– W takim razie czy Wasza Wysokość nie zechciałby rozważyć... podarowania tych okrawków ziemi przy granicy królowi Jamesonowi?

Ta propozycja sprawiła, że w sali rozległy się gniewne okrzyki... Ale nie były tak głośne ani tak liczne, jak początkowo się spodziewałam. Podniosłam głos, żeby być słyszana przez tę mniejszość.

– Możliwe, że królem Jamesonem kieruje zazdrość. Można to zrozumieć, jeśli spojrzeć na bogactwa Waszej Wysokości – ciągnęłam, niepewna, czy moje pochlebstwa okażą się skuteczne. – Jeśli... jeśli Wasza Wysokość odda te ochłapy, rozmiar królestwa Waszej Wysokości praktycznie się nie zmieni, a król Jameson będzie miał wobec Izolty dług wdzięczności.

Ponadto… ponadto zapisze się Wasza Wysokość jako orędownik pokoju zarówno w kronikach historycznych Koroanii, jak i Izolty. – Przełknęłam ślinę. – Co, jak sądzę, będzie miłą odmianą – mruknęłam pod nosem.

Etan odchrząknął, żeby ukryć rozbawienie.

W sali zapadła cisza.

Stałam i czekałam, aż ktoś coś zrobi. Cokolwiek. Roześmieje się, dobędzie miecza. Było zbyt wiele możliwości.

– To interesująca myśl – oznajmił z namysłem król. – Byłoby miło zobaczyć Jamesona zmuszonego ukorzyć się przede mną.

Ktoś w sali wydał głośny okrzyk poparcia.

Król machnął ręką na swoich lokajów.

– Dopilnujcie, aby ci ludzie zostali nakarmieni i dostali nowe mundury. – Zwrócił się ponownie do żołnierzy: – Zostaniecie tu dzisiaj jako goście na zamku, a jutro zajmę się tym sporem granicznym. Na razie powróćmy do świętowania. Mój jedyny syn się żeni i nikt nie powinien zakłócać tak radosnej uroczystości.

Popatrzył na mnie, jakbym weszła na ławę ze swojej inicjatywy.

Muzyka znowu zagrała, a ja omal nie oberwałam Etanowi ucha, starając się jak najszybciej zejść na podłogę.

– Czy mogę teraz wrócić do mojej komnaty? Bardzo proszę.

– Oczywiście – oznajmił Etan, a na jego twarzy malowało się widoczne rozbawienie.

– Szybko – poprosiłam.

Wyszliśmy na korytarz odprowadzani licznymi zaciekawionymi spojrzeniami, co tylko pogarszało sprawę. Kiedy tylko zniknęliśmy za rogiem i odgłosy świętowania ucichły, podbiegłam do wielkiej wazy i zwymiotowałam.

– Bycie damą przez cały wieczór okazało się dla ciebie za trudne? – zażartował Etan.

– Przestań gadać.

– Muszę powiedzieć, że jestem pod wrażeniem, że udało ci się ujść z życiem, więc być może zyskałaś tym prawo zwracania wykwintnego dworskiego jedzenia w prywatną ceramikę króla.

– Mówię poważnie, przestań. – Oparłam się ciężko o ścianę, zastanawiając się, jak wytłumaczę się Scarlet z poplamionych rękawów. – Są tak okropnie niewygodne – jęknęłam, podnosząc rękę. – Nie wiem, czy będę w stanie dłużej nosić coś tak absurdalnego.

Etan podszedł, objął mnie ramieniem i pomógł mi stanąć.

– Będziesz. Na razie. – Ton jego głosu był niemal łagodny, przynajmniej jak na niego. – Chodź, położymy cię do łóżka.

Im bardziej oddalaliśmy się od sali balowej, tym bardziej malał mój niepokój, ale nie byłam pewna, czy zdołam pozostawać promienna i czarująca jeszcze przez dwa dni.

– Jutro będzie inaczej – zapewnił Etan, jakby czytał mi w myślach. – Uwaga wszystkich będzie skupiona na turnieju.

– W takim razie może nikogo nie obejdzie, jeśli się nie pojawię.

Roześmiał się.

– Na to bym nie liczył, ale sądzę, że powinno ci się udać nie wpakować w żadne kłopoty przez ten jeden dzień... Potrafisz nie wpakować się w żadne kłopoty przez jeden dzień, prawda?

– Tak, jeśli ty to potrafisz – odparłam sennie.

– Cóż, w takim razie już po nas.

Nie potrafiłam w tym momencie doceniać jego nowo ujawnionego poczucia humoru. Chciałam się tylko położyć.

– To było bardzo odważne – przyznał w końcu Etan. – Propozycja, żeby oddał ziemie przygraniczne. Ten pomysł nie będzie szczególnie popularny, ale gdyby to zrobił, uratowałby w ten sposób wiele istnień. Powinnaś być z tego dumna, Hollis.

– Jeśli przeżyję ten wyjazd, postaram się o tym pamiętać. – Przełknęłam gulę w gardle. – Przepraszam. Jestem pewna, że straciłeś dzisiaj kogoś znajomego.

– Jeszcze przez kilka dni nie będę miał szans się tego dowiedzieć. Nawet jeśli ich nie znałem, mimo wszystko jest to trudne do zniesienia. – Rozejrzał się po korytarzu i ruszył dalej, pozwalając, żebym się na nim opierała. – Wiem, że ci się wydaje, że nienawidzę całego świata, ale to nieprawda. W sercu mam tylko błękit izoltański, a ludzie na dworze to jedynie ułamek całego społeczeństwa tego kraju. Jest tak wielu tych, którzy ledwie wiążą koniec z końcem i żyją w strachu przed gniewnym królem. Oni będą strzec granicy za pieniądze, żeby utrzymać swoje rodziny, i zapłacą za to życiem. Nie mogę wybaczyć Jamesonowi, że zabija naszych ludzi, i nie mogę wybaczyć Quintenowi, że posyła na śmierć swoich poddanych. Po prostu… oni na to nie zasługują.

Przez chwilę szliśmy w milczeniu.

– Teraz już rozumiem, dlaczego mnie nienawidzisz.

Prychnął gniewnie.

– To nie jest tak, że cię nienawidzę. Po prostu nie przepadam za tobą.

– Owszem, nienawidzisz mnie. Sam tak powiedziałeś.

– Podobnie jak ty – przypomniał.

– Wiem. Myślę, że tamta Hollis, tamtego dnia w posiadłości, zmęczona, smutna i starająca się robić to, co właściwe, mówiła szczerze. Ale niezależnie od tego, jak prawdziwe mi się to wtedy wydawało, nie potrafiłabym chyba powtórzyć tego teraz.

– Ponieważ jestem taki czarujący? – zażartował Etan.

Potrząsnęłam głową i natychmiast tego pożałowałam.

– Ponieważ pojechałeś za mną, chociaż wiem, że nie chciałeś tego robić. I ponieważ od tamtego czasu dotrzymujesz słowa.

Byliśmy już w korytarzu prowadzącym do naszych komnat, kiedy Etan się zatrzymał.

– Ty także go dotrzymujesz. Poza tym z jakichś niepojętych powodów potrafisz mnie rozbawić, co ostatnio jest praktycznie niemożliwe.

Spojrzałam przed siebie, ciesząc się, że jestem tak blisko bezpiecznego azylu.

– Śmiejesz się tylko dlatego, że lubisz sobie żartować moim kosztem.

– To prawda. Całkowita – przyznał, prowadząc mnie do środka. – Ale mimo wszystko to działa.

Jak dżentelmen, którym był przynajmniej z racji urodzenia, otworzył przede mną drzwi i odczekał chwilę, żeby mieć pewność, że nie zemdleję, kiedy tylko przekroczę próg.

– Połóż się i odpocznij – polecił. – Jestem pewien, że ojciec po uczcie będzie chciał się z nami naradzić, ale jeśli nadal będziesz się źle czuła, Scarlet albo ja powtórzymy ci wszystko.

– Dziękuję.

– Co ma oznaczać to spojrzenie? – zapytał, wskazując moją twarz.

– Zastanawiałyśmy się ze Scarlet żartem, czy nie mogłybyśmy zostać wędrownymi artystkami, i tak sobie myślę, czy na pewno już na to za późno.

Roześmiał się i skierował się do drzwi, żeby wrócić do sali bankietowej, a ja poszłam prosto do łóżka.

Rozdział 15

Nie śpisz? – zapytała szeptem Scarlet od drzwi.

– Prawie śpię – przyznałam. Uchyliłam powieki i zobaczyłam, że za oknem świeciły już liczne gwiazdy. – Jak minęła reszta uczty?

– Wujek Reid chce się z nami spotkać i porozmawiać o tym. Czy mam pozwolić ci dalej spać?

– Nie, nie. – Podniosłam się na łóżku. Mój żołądek się uspokoił i żałowałam, że nie mam nic do jedzenia. Na pewno dobrze by mi to zrobiło. – Chcę wiedzieć dokładnie, co się działo.

Scarlet podeszła i wzięła mnie za rękę, żeby pomóc mi wstać.

– Biedactwo. To musiało być przerażające.

Szturchnęłam ją łokciem.

– Lepsi ode mnie przeżywali gorsze rzeczy.

Uśmiechnęła się leciutko, co w tych dniach było dla mnie prawdziwym darem.

Po chwili dołączyłyśmy do reszty rodziny.

– Hollis Eastoffe, mądra z ciebie dziewczyna – powitał mnie wujek Reid. – Zachowałaś niezwykły spokój pomimo presji. Znam żołnierzy, którzy wybuchnęliby płaczem, gdyby Jego Wysokość zagroził im czymś takim. Doskonale sobie poradziłaś.

Matka kiwała głową z uśmiechem takiego zadowolenia, jakby już wcześniej wiedziała, że jestem do tego zdolna.

– Cóż, przypuszczam, że pokojówka, która znajdzie wazę pełną moich wymiocin, nie będzie miała o mnie tak doskonałej opinii, ale skoro tak, dziękuję.

Etan roześmiał się, ale natychmiast umilkł.

– Tak czy inaczej, wszyscy jesteśmy z ciebie dumni. – Wujek Reid klasnął w dłonie i popatrzył na nas po kolei. – Jak się wydaje, podejrzenia Etana okazały się w pełni potwierdzone. Nie potrafiłbym policzyć, ile osób podeszło do mnie dzisiaj, żeby zapytać, czy to prawda, że Dashiell i jego synowie nie żyją. Nikt o niczym nie wiedział i po prostu nie potrafili w to uwierzyć.

– Ci, którzy popierali Silasa jako przyszłego króla, byli szczególnie zdruzgotani – dodała ciocia Jovana. – Nadal nie rozumiem, dlaczego zrobiono z tego taką tajemnicę.

– Być może Quinten doszedł do wniosku, że tym razem posunął się za daleko – powiedziała Scarlet. – Jedną rzeczą jest grozić rodzinie spokrewnionej z rodem królewskim, ale inną próbować ją wymordować.

Wujek Reid potrząsnął głową.

– To możliwe, ale coś mi tutaj nie pasuje. Nie potrafię na razie powiedzieć, co takiego.

– Wiem tylko, że mamy więcej przyjaciół, niż sądziłam – wtrąciła matka. – A nazwisko Northcottów cieszy się większym poparciem niż kiedykolwiek.

Wujek Reid westchnął.

– To budujące, naprawdę. Ale to nic nie znaczy, jeśli nie znajdziemy dowodów. Nikt nie zechce podjąć działania, jeśli w razie pomyłki trafi do więzienia lub spotka go coś gorszego. Musimy znaleźć te dowody. Czy komuś poszczęściło się dzisiaj pod tym względem?

Wszyscy potrząsnęli głowami, zbyt rozczarowani, żeby wyrazić swoją porażkę w słowach.

Scarlet westchnęła.

– Mnie udało się tylko nakłonić lady Halton, żeby wypiła troszeczkę więcej wina, niż powinna, ale ona narzekała tylko na Valentinę. Wszyscy bezustannie plotkują o tym, że nie daje im następcy tronu. – Scarlet przewróciła oczami, nie zdając sobie sprawy, jak bardzo ważna jest ta akurat przyczyna niezadowolenia.

Etan popatrzył na mnie, prosząc spojrzeniem, żebym zdradziła sekret Valentiny... A ja nagle zrozumiałam, dlaczego muszę to zrobić.

– To, co powiem, nie może opuścić tego pokoju – zaczęłam.

Uwaga wszystkich skupiła się na mnie.

– Valentina trzykrotnie poroniła.

Matka zachłysnęła się, a Scarlet otworzyła szeroko oczy.

– Jesteś pewna? – zapytał wujek Reid.

– Tak. Sama mi to wyznała. Wiem, że nie uważacie jej za swojego sprzymierzeńca, ale w moim przypadku jest inaczej. Od tamtego turnieju w Koroanii nawiązała się między nami nić porozumienia, a ona... ona jest dla mnie kimś ważnym. – Przełknęłam gulę w gardle i popatrzyłam w ich pytające oczy. – Zaczęłam jednak myśleć, że może być ważna dla nas wszystkich.

– W jaki sposób? – zapytała ciocia Jovana.

– W Koroanii rozmawiałyśmy o Jamesonie i Quintenie, porównując ich osobowości. Wtedy właśnie Valentina zaczęła się otwierać. Ona nie dystansuje się od ludzi z wyboru, ale dlatego, że tego życzy sobie Quinten. Woli ją trzymać w izolacji. Ona zaś... obawia się o swoje bezpieczeństwo. Później próbowała temu zaprzeczać, ale wie, że jej miejsce tutaj zależy tylko od tego, czy zdoła urodzić Quintenowi jeszcze jednego syna, ona zaś straciła już troje dzieci. Skoro jest w niebezpieczeństwie i my też jesteśmy w niebezpieczeństwie, może zgodziłaby się nam pomóc.

W oczach wujka Reida pojawił się błysk.

– Hollis... Hollis, oczywiście! Ona ze wszystkich w pałacu ma największe szanse dostać się do komnat króla. Będzie wiedziała, jak wejść niepostrzeżenie do jego gabinetu, gdzie trzyma swoje dokumenty. Jeśli zagwarantujemy jej bezpieczeństwo, założę się, że zgodzi się przynajmniej pójść tam i poszukać czegoś.

Etan potrząsnął głową, ale nie dlatego, że się nie zgadzał czy przyznawał do porażki. Wyglądał, jakby żałował, że sam na to nie wpadł.

– Muszę z nią porozmawiać. Sam na sam. – Splotłam ręce na brzuchu, bo zaczęło mnie mdlić od powagi całej sytuacji. Znowu pożałowałam, że nie mam nic do jedzenia.

– Jutro odbędzie się turniej – powiedziała ciocia Jovana. – Ona z pewnością będzie obecna, a w tłumie musi znaleźć się jakaś okazja, żeby przekazać jej liścik.

– W takim razie na tym będzie polegać nasz plan – oznajmił stanowczo wujek Reid. – Hollis, napisz liścik i poproś królową o spotkanie. Jutro dopilnujemy, żebyś znalazła się dostatecznie blisko, aby jej go podsunąć. Określ dowolną godzinę spotkania, a my postaramy się zorganizować coś, co odwróci uwagę wszystkich. – Westchnął. – Potem zastanowimy się nad resztą.

– Brawo, Hollis – szepnęła Scarlet, biorąc mnie za rękę.

– Pogratulujesz mi, kiedy już będzie po wszystkim. Wtedy będę oczekiwać, że obdarzysz mnie niegasnącym uwielbieniem.

Scarlet się roześmiała.

– Umowa stoi.

Wszyscy się podnieśli, żeby rozejść się do sypialni, a matka podeszła i ucałowała Scarlet i mnie w policzek.

– Moje dzielne dziewczynki. Dobranoc, kochane.

Odwróciłyśmy się, nadal trzymając się za ręce. Scarlet oparła mi głowę na ramieniu.

– Dwa niezłe pomysły w jeden dzień – stwierdził Etan. – Musisz być po prostu wyczerpana.

– Zbyt wyczerpana, żeby się z tobą kłócić.

– Dzięki niebiosom. A, proszę. – Sięgnął do kieszeni i wyjął kawałek chleba zawinięty w serwetkę. – Pomyślałem, że dobrze ci to zrobi na żołądek.

Przez chwilę nie ruszałam się z miejsca, patrząc na niego.

– Nie obawiaj się, nie zatrułem tego. Skończyła mi się trucizna.

Uśmiechnęłam się krzywo i wzięłam od niego chleb.

– Cóż, skoro mówisz, że się skończyła... Dobranoc.

– Dobranoc. Dobranoc, Scarlet.

Scarlet kiwnęła głową i uśmiechała się do siebie, kiedy szłyśmy do sypialni.

Odgryzałam malutkie kęsy chleba, siedząc przy biurku i układając krótki liścik do Valentiny. Cieszyło mnie, że mogę pomóc mojej rodzinie, ale w głębi serca pragnęłam po prostu znowu uściskać przyjaciółkę. Miałam nadzieję, że uda mi się to już jutro.

Rozdział 16

Wszyscy już poszli – powiedziała Scarlet, wracając do naszej komnaty.

Moja pewność siebie zniknęła wraz z nastaniem nowego dnia i byłam teraz kłębkiem nerwów. Nadal nie przywykłam do tych izoltańskich sukni, a dopasowanie rękawów zajmowało mi więcej czasu, niżbym chciała. Reszta rodziny poszła już, by znaleźć dobre miejsce pozwalające nam nawiązać kontakt z Valentiną, a Scarlet została, żeby pomóc mi się ubrać.

– Nie martw się – powiedziała tonem, który miał być uspokajający. – Mamy mnóstwo czasu.

– Wiem, ale po prostu się niepokoję. Co będzie, jeśli nie zdołam przekazać liściku Valentinie? A jeśli mi się to uda, co będzie, jeśli ona nie zechce ze mną rozmawiać? A jeśli się spotkamy, ale ona nie będzie chciała nam pomóc?

– Wtedy wymyślimy inny plan – oznajmiła Scarlet surowo, patrząc na moje odbicie w lustrze. – To już ostatni supeł, więc się nie ruszaj.

Moja suknia była bezpiecznie zasznurowana. Izoltańskie rękawy ciążyły jak kamienie. Nie mogłam być bardziej przygotowana na spotkanie z całym dworem.

– Nie zapomnij tego. – Scarlet podała mi chusteczkę.

Czasem patrzyłam na rzeczy, które zabrałam z Koroanii, i miałam wrażenie, że widzę coś, co należało do innej osoby w innej epoce. Uwielbiałam moje chusteczki, obrębiałam je złotą nicią i sama haftowałam na nich inicjały.

Przełknęłam ślinę i wsunęłam chusteczkę do rękawa z nadzieją, że pozostanie ukryta. Wiedziałam, że w Izolcie także był zwyczaj, w myśl którego damy dawały uczestnikom turnieju swoje chusteczki, ale nie miałam już do tego serca. Kiedy Jameson brał moją chusteczkę, czułam, że ucieram nosa najbardziej zarozumiałym damom na dworze, a kiedy Silas podniósł z ziemi moją chusteczkę, czułam dreszcz zachwytu. Ale teraz i tutaj ten obyczaj wydawał mi się niepotrzebny i niemądry. Gdybym nie miała do zrobienia czegoś ważnego, w ogóle bym się dzisiaj nie pokazywała nikomu na oczy. Poza tym kto przy zdrowych zmysłach chciałby wziąć moją chusteczkę?

Wyszłyśmy ze Scarlet z pokoju, ale trzymałam się za nią, ponieważ dzisiaj była moją przewodniczką. Po zachodniej stronie zamku rozciągały się obszerne błonia turniejowe. Goście specjalni zajęli już miejsca w lożach, a pozostali tłoczyli się na wydzielonych obszarach w pobliżu. Zauważyłam Valentinę – jej jedyna dama dworu siedziała bezpośrednio za nią. Wujek

Reid zajmował miejsce po skosie od loży królewskiej, idealne, żeby przy nadarzającej się okazji przekazać liścik.

– Lady Scarlet?

Scarlet podskoczyła leciutko i odwróciła się, słysząc czyjś głos.

– Najmocniej przepraszam! – oznajmił jeździec, unosząc zasłonę przyłbicy i odsłaniając zawstydzoną piegowatą twarz. – Nie chciałem cię przestraszyć.

– Julien? – zapytała niepewnie Scarlet.

– Tak. Chciałem się przywitać wcześniej, ale nie udało mi się znaleźć odpowiedniej chwili. Wczoraj wieczorem byłaś bezustannie zajęta jakąś konwersacją i nie chciałem przeszkadzać.

Patrzył na nią niepewnie, a cała jego sylwetka mówiła mi, że rozpaczliwie stara się wybrać właściwy moment, ale obawia się, że mu się to nie uda.

– To bardzo miłe z twojej strony, Julienie. Czułam się wczoraj troszeczkę przytłoczona. Mam nadzieję, że dzisiaj będę mogła po prostu siedzieć i podziwiać turniej.

– Oczywiście – powiedział, zdenerwowany. – Nie chciałbym cię zatrzymywać. Pragnąłem tylko przekazać ci najszczersze kondolencje z powodu twojego ojca i braci. A także powiedzieć, że cieszę się, iż wróciłaś do Izolty. Jak sądzę, nie masz na razie ochoty tańczyć, ale dwór stracił wiele swojego koloru bez ciebie.

Jego piegi zniknęły pod rumieńcem.

– Mogę w to uwierzyć – wtrąciłam, żeby odwrócić jego uwagę. – Nawet damy w Koroanii zazdrościły Scarlet wyjątkowego talentu do tańca.

Julien skinął szybko głową w hełmie.

– To zaiste najwyższy komplement. Byłem w Koroanii w zeszłym roku podczas królewskiej wizyty. To była jedna z najprzyjemniejszych podróży w moim życiu.

Odwzajemniłam uśmiech.

– Cieszy mnie to.

Wyraźnie niepewny, co jeszcze miałby rzec, przeniósł swoją uwagę z powrotem na Scarlet.

– Jeśli twoja rodzina czegoś potrzebuje, możesz mi o tym powiedzieć. Przypuszczam, że wracaliście w pośpiechu, więc jeśli tobie... to znaczy, jeśli wam czegokolwiek brakuje albo...

– Dziękuję, Julienie – oznajmiła Scarlet, oszczędzając mu dalszego zakłopotania.

– I jeszcze... nie chciałbym się naprzykrzać, ale czy zechciałabyś coś dla mnie zrobić?

– Mogę spróbować – odparła niepewnie Scarlet.

– Prosiłem już dwie dziewczyny o chusteczki, ale odmówiły. Nie wydaje mi się, żebyś miała na dworze kogoś szczególnie bliskiego...

– Och! Oczywiście, nie mam nic przeciwko. – Scarlet wyjęła chusteczkę i podała ją Julienowi. – Proszę.

Nie umknęło mojej uwadze, że jego dłoń zamknęła się na jej dłoni i przytrzymała ją odrobinę dłużej, niż było to konieczne. A chociaż wiedziałam, że Scarlet nie ma teraz głowy do flirtowania, nie cofnęła ręki.

– Dziękuję, Scarlet. Czuję się znacznie pewniej, występując w twoich barwach. Życz mi szczęścia! – Pokłusował do grupy młodych ludzi w zbrojach, a my ze Scarlet poszłyśmy do Northcottów.

– Przyjaciel rodziny? – zapytałam.

– Tak. Znamy Kahtrisów całe moje życie – potwierdziła Scarlet. – Ale minęło sporo czasu, odkąd po raz ostatni widziałam Juliena.

– Wydaje się miły.

– Tak. – Przechyliła głowę i popatrzyła za nim. – Cieszę się, że ma moją chusteczkę. Niektórzy uczestnicy ogromnie się denerwują, jeśli wszyscy pozostali je mają, a oni nie.

Wsunęłam swoją chusteczkę głębiej do rękawa i westchnęłam.

– Będziemy musiały oklaskiwać go z całego serca, kiedy przyjdzie jego kolej.

Scarlet skinęła głową, ale nie powiedziała nic więcej. Nie chciałam robić sobie nadmiernych nadziei, a już z pewnością nie zamierzałam wspominać o tym matce, ale Scarlet prawie się nie odzywała i nie uśmiechała. Wszystko, co pozwoliłoby mi zobaczyć choćby cień tamtej dziewczyny, która kilka miesięcy temu weszła do moich komnat, gotowa do tańca, było dla mnie cenne. Dlatego byłam teraz gorącą sojuszniczką Juliena Kahtrisa.

Szłyśmy naokoło pola turniejowego. Pomachałam do matki, która ucieszyła się, widząc nas w tłumie.

– Popatrz, ilu tu jest jeźdźców – powiedziałam do Scarlet, wskazując konnych, którzy rozmawiali i śmiali się w oczekiwaniu na rozpoczęcie zmagań. – To może potrwać cały dzień.

– Nie bój się – odparła Scarlet. – Zamierzam po jakiejś godzinie udać, że robi mi się słabo, żeby się stąd wydostać. Możesz iść ze mną, żeby się mną opiekować.

– Zamierzasz mnie porzucić? Czuję się zraniona do głębi! – zażartowałam.

– Powiedziałam, że możesz iść ze mną! – jęknęła z udawaną pretensją, ale w jej oczach lśniło rozbawienie.

Zajęłyśmy miejsca obok matki, cioci Jovany i wujka Reida. Obejrzałam się przez ramię i wymieniłam przelotne spojrzenia z Valentiną. Była na tyle blisko, że usłyszałaby mnie doskonale, ale nie mogłam się do niej odezwać. Musiałam znaleźć sposób, żeby do niej podejść.

– Przepraszam?

W pierwszej chwili nie odwróciłam się, ponieważ nikogo tutaj nie znałam, ale Scarlet dotknęła mojego ramienia i wskazała trzy dziewczęta patrzące prosto na mnie.

– Och. Tak, słucham?

– Ty jesteś Hollis? – zapytała dziewczyna stojąca z przodu.

– Lady Hollis – poprawiła ją Scarlet.

– Tak, oczywiście – zgodziła się dziewczyna aż nazbyt słodkim głosem. – Byłyśmy ciekawe... Usłyszałyśmy, że zanim poślubiłaś Silasa, byłaś narzeczoną króla Jamesona. Czy to prawda?

Popatrzyłam na wszystkie trzy i spróbowałam domyślić się przyczyn ich ciekawości. Większość czy mniejszość? Przyjaciółki czy wrogowie?

– Nie do końca. Nie przyjęłam od niego pierścionka, chociaż niewiele brakowało. – Wzruszyłam ramionami. – Trudno powiedzieć, kiedy z jego ulubionej partnerki do tańca stawało się narzeczoną...

Nawet te skrawki informacji mogły zdradzać zbyt wiele. Zdałam sobie sprawę, że nawet po tak długim czasie nadal nie jestem do końca pewna, kim byłam dla Jamesona.

Wydaje mi się, że w pewnym sensie byłam jego narzeczoną, nawet jeśli nie zostało to potwierdzone formalnie – i dzięki niebiosom, że nie zostało. Przeszedł mnie dreszcz, kiedy pomyślałam o obietnicy złożonej na piśmie.

– Tak czy inaczej, poślubiłam Silasa i zyskałam siostrę – dodałam, patrząc na niepewną, ale zadowoloną z tych słów Scarlet. – A moja najbliższa przyjaciółka zostanie niedługo królową Koroanii. Mam taką nadzieję. Bardzo się cieszę ze względu na nią i króla Jamesona.

Jedna z dziewcząt potrząsnęła głową.

– Czyli zrezygnowałaś z bycia królową?

– Tak – potwierdziłam.

– Celowo?

– Tak. Żeby poślubić Silasa.

Dziewczyna na przodzie splotła ramiona.

– Król Quinten miał rację. Wszystkich Koroańczyków należałoby wrzucić do morza.

Te słowa były jak nagły policzek i sprawiły, że zabrakło mi tchu.

– Co takiego? – zapytała ostro Scarlet.

– Silas był przystojny i tak dalej, ale to po prostu czysta głupota. Kto rezygnuje z tronu królewskiego?

Popatrzyłam gniewnie na tę dziewczynę.

– Czy kiedy król Quinten szukał narzeczonej, ustawiłaś się w kolejce jako pierwsza? – zapytałam cicho.

Przełknęła ślinę i podniosła głowę, żeby spojrzeć na mnie z góry.

– Powinnaś się wstydzić, Leono Marshe! – skarciła ją matka. – Kusi mnie, żeby powiedzieć twoim rodzicom o tym haniebnym zachowaniu.

Leona w końcu odwróciła wzrok ode mnie i wzruszyła ramionami.

– Proszę bardzo, ale jestem pewna, że zgodzą się ze mną. – Po tych słowach trzy dziewczyny się oddaliły, a ja pozostałam oszołomiona.

Nie rozglądałam się, ponieważ nie chciałam wiedzieć, kto mógł podsłuchać tę rozmowę. To prawda, że przez krótki czas, jaki spędziłam w pałacu Chetwin, większość ludzi, z którymi miałam do czynienia, była do mnie nastawiona dobrze, wręcz życzliwie. Ta rozmowa była tak zimna, że jej chłód wyparł pozostałe z mojej pamięci.

– Możemy stąd pójść – zaproponowała współczująco Scarlet.

– Nigdzie nie idę. – Patrzyłam przed siebie na pierwszych jeźdźców szykujących się do zmagań i starałam się nie okazać, jak bardzo jestem wytrącona z równowagi. – Mamy zadanie na dzisiaj. Nie mogę stąd iść, dopóki go nie wykonam.

Rozdział 17

Znałam dobrze zasady pojedynków na kopie, ponieważ była to ulubiona dyscyplina Jamesona. Celem było trafienie w tarczę przeciwnika jadącego z naprzeciwka, a dodatkowe punkty dostawało się, jeśli strąciło się go na ziemię. Były także dodatkowe zasady dotyczące szybkości galopu oraz trafień w hełm, które mogły sprawić, że uczestnik zmagań tracił punkty tak samo szybko, jak je zdobywał, ale wszyscy zwracali uwagę tylko na bezpośrednie trafienia.

Nie przepadałam za zgrzytem kopii uderzających w tarcze i nadal prześladowały mnie wspomnienia trzech mężczyzn, którzy na moich oczach stracili życie w takim pojedynku – w tym jeden z ręki Jamesona. Ale niezależnie od tego, co zdarzyło się wcześniej, nie zamierzałam opuszczać turnieju.

Oglądałam się przez ramię. Musiałam się zbliżyć do Valentiny.

– Wszystko w porządku? – zapytał wujek Reid po kilku rundach.

Skinęłam głową.

– To dobrze. Masz. – Podał mi swoją chusteczkę. – Wydaje mi się, że królowej jest za gorąco.

Domyślałam się, że w Izolcie taka pogoda może uchodzić za „gorąco". Odetchnęłam głęboko, wzięłam od niego chusteczkę i starannie ukryłam w niej mój liścik. Podchodząc do Valentiny, patrzyłam na nią z nadzieją, że bez słów przekażę jej, iż w tym geście chodzi o coś więcej. Najpierw jednak zbliżyłam się do jej męża.

– Wasza Wysokość – powitałam go. Król Quinten odwrócił głowę i zobaczył, że to ja się do niego zwracam. Trudno było mi patrzeć, jak podziwia turniejowe rozgrywki, podczas gdy tak wielu zginęło z jego ręki. Czy ta myśl go nie prześladowała? Czy nie dawała mu zasnąć w nocy? Odetchnęłam głęboko i zaczęłam przygotowaną przemowę: – Chciałam wykorzystać tę sposobność, żeby przeprosić za moje wczorajsze zachowanie. Byłam niezwykle zdenerwowana i pozwoliłam sobie na uwagi wykraczające poza moje kompetencje. Najgłębiej przepraszam i chciałabym podziękować Waszej Wysokości za zaproszenie mnie i mojej rodziny na swój dwór.

Quinten przyjrzał mi się z zainteresowaniem.

– Ten pomysł z ziemią nie był najgorszy – powiedział, chociaż przyznając to, skrzywił się, jakby napił się octu. – Przyzwyczaiłaś się do bycia spryciulą, prawda?

– W obecnej sytuacji, Wasza Wysokość, staram się nie przyzwyczajać do niczego.

Roześmiał się krótko.

– Cóż, w twoim przypadku trudno się z tym nie zgodzić.

Jego obojętność sprawiła, że krew się we mnie zagotowała. Jak sądzę, moje zranione serce nie miało dla reszty świata większego znaczenia, ale skoro to on przyczynił się do tego, mógłby przynajmniej mieć tyle przyzwoitości, żeby trzymać tę starą gębę na kłódkę.

– Tak czy inaczej, rozmawiam o tym z moimi doradcami. Już dawno powinienem był się znaleźć w kronikach Koroanii. Piszą o mnie w kronikach Wielkiego Perinu i Katalii, więc przyszedł czas na coś więcej. – Odprawił mnie machnięciem ręki.

Dygnęłam, chociaż myślałam i czułam zbyt wiele w tym momencie, a potem zwróciłam się do Valentiny:

– Może Wasza Wysokość pragnęłaby otrzeć sobie czoło. Niezwykle dzisiaj gorąco.

Valentina z gracją wzięła chusteczkę, a ja wycofałam się bez słowa, obawiając się obejrzeć i sprawdzić, czy znalazła liścik.

– Doskonale sobie poradziłaś – pochwaliła matka, kiedy wróciłam na nasze miejsca.

– Cała się trzęsę.

– Wszystko będzie dobrze – zapewniła mnie.

– Nie tylko o to chodzi... Quinten... – Przełknęłam ślinę i spróbowałam uspokoić przyspieszony rytm serca. – Nie chcę tracić życia na nienawiść do kogoś, ale to prawie tak, jakby on mnie do tego zachęcał. Woli być znany jako tyran niż zapomniany.

Matka objęła mnie ramieniem.

– Jeśli będę mogła coś na to poradzić, przyjdzie dzień, kiedy nie będziesz musiała nawet pamiętać jego imienia. Podobnie jak my wszyscy.

Na chwilę oparłam głowę na jej ramieniu i pozwoliłam się pocieszyć. Musiałam wierzyć, że skoro Quinten potrafi tak bezczelnie mówić o ofiarach swoich zbrodni, jest także na tyle nieostrożny, żeby pozostawić jakieś dowody. W końcu je znajdziemy. Znajdziemy je, ludzie poprą wujka Reida i naprawimy tę niesprawiedliwość w Izolcie.

Turniej się ciągnął, a ja z trudem koncentrowałam się na tym, na co patrzyłam. Kiedy tłum wiwatował, przyłączałam się. Gdy wydawali okrzyki przerażenia, szłam za ich przykładem. Wszystko działo się tak szybko i gwałtownie, że miałam zawroty głowy od samego siedzenia nieruchomo i oglądania zmagań.

Byłam zbyt rozproszona, żeby zauważyć jeźdźca, który zatrzymał się przed nami, i dziękowałam losowi, że udało mi się nie wrzasnąć, kiedy odwróciłam głowę i zobaczyłam tuż przed sobą kopię. Ponieważ się nie poruszyła, zrozumiałam, że czeka, aż przywiążę do niej chusteczkę.

– To nie jest zabawne – mruknęłam do Scarlet.

– Hollis… to jest Etan.

Odwróciłam się i popatrzyłam na niego. Przez szczelinę w zasłonie przyłbicy ledwie widziałam jego oczy, niebieskoszare jak kamienie, z których była zbudowana Izolta. Tak, to na pewno był on. Zrozumiałam, jak wspaniałomyślny to był gest i jakie przesłanie niósł dla wszystkich obecnych. Byłam częścią jego rodziny. Byłam częścią Izolty. Northcottowie nie odnosili się do Koroańczyków z nieufnością, więc dlaczego inni mieliby tak postępować.

Wstałam, wyciągnęłam z rękawa chusteczkę i zawiązałam ją na czubku kopii.

– Dziękuję – powiedziałam cicho.

Etan skłonił lekko głowę i wrócił na obrzeża pola turniejowego.

– Widziałaś już kiedyś Etana w szrankach? – zapytałam Scarlet, siadając z powrotem na swoim miejscu.

– Wiele razy.

– Radzi sobie jakoś?

Przechyliła głowę.

– Przez lata coraz lepiej.

– To pocieszające – odparłam, przewracając oczami. – To by bardzo źle wyglądało, gdyby został ranny.

Scarlet przechyliła głowę i przyjrzała się szrankom.

– Wyobraź sobie, jak wspaniale będzie wyglądać, jeśli sobie dobrze poradzi.

Musiałyśmy odczekać jeszcze cztery pojedynki, zanim Etan wjechał w szranki. Moją chusteczkę schował już pod zbroją – złota koronka była ledwie widoczna przy jego szyi. Miałam tylko nadzieję, że przeciwnik nie zerwie mu hełmu albo nie strzaska ramienia. Wygrana nie była tak ważna jak wyjście z turnieju bez szwanku.

Przycisnęłam dłonie do serca, kiedy machnięto flagą, a Etan i jego przeciwnik ruszyli ku sobie galopem. Jak na kogoś tak zazwyczaj śmiałego galopował stosunkowo powoli. Czułam uderzenia kopyt jego konia o ziemię, a każdy okrzyk zachęty był miodem na moje serce. Kiedy kopia Etana uderzyła w końcu w tarczę przeciwnika, rozległ się łoskot, jakby piorun spadł z jasnego nieba. Potem, jakby zupełnie bez wysiłku, Etan wysadził swojego przeciwnika z siodła i zrzucił na ziemię.

Zdjął hełm i zawrócił, żeby sprawdzić, czy drugiemu jeźdźcowi nic się nie stało. Kiedy upewnił się, że jego przeciwnik nie został ranny, trybuny wybuchnęły radosnymi okrzykami, a ja jestem pewna, że Etan usłyszał wśród nich mój głos. Nasze oczy się spotkały, a na jego twarzy malowało się czyste zaskoczenie. Nie mogłam przestać wiwatować.

Ludzie wokół nas klepali wujka Reida po plecach i wychwalali siłę Etana. Nawet widzowie siedzący po przeciwnej stronie pola patrzyli teraz na Northcottów. Nie odważyłam się spojrzeć przez ramię i przekonać się, jak Quinten zareagował na naszą chwilę triumfu. Nawet jeśli był wściekły, w tym momencie mnie to nie obchodziło.

To rozpoczęło pasmo sukcesów Etana. Uczestnicy turnieju odpadali w kolejnych rundach, a za każdym razem, gdy Etan wjeżdżał w szranki, musiałam się hamować, żeby nie zacząć ogryzać paznokci. Wstrzymywałam oddech, kiedy galopował przez pole z uniesioną kopią, wyprostowany jak struna. Z każdej kolejnej rundy wychodził zwycięsko aż do samego finału.

– Jego przeciwnik wygląda przerażająco – powiedziałam do Scarlet. – Porusza się z niesłychaną energią, a ta czarna zbroja jest po prostu złowieszcza.

– Tak, rzeczywiście sprawia takie wrażenie, że sir Scanlan wydaje się groźny. Jest też niezwykle silnym przeciwnikiem. O ile pamiętam, ojciec przegrał z nim kilka razy. Ale Etan… nigdy jeszcze nie radził sobie tak dobrze.

– Hm, widocznie w końcu znalazł sposób na rozładowanie tego skumulowanego w nim gniewu.

Dzięki niebiosom za to, ponieważ doświadczyłam go więcej, niż byłam w stanie wytrzymać.

– Hm – odpowiedziała tylko Scarlet.

Coś w jej leciutkim uśmiechu podpowiedziało mi, że powróciła do starych obyczajów: dużo obserwować i niczego nie zdradzać.

Ścisnęłam jej dłonie, kiedy Etan i sir Scanlan zajęli miejsca w szrankach, i wstrzymałam oddech, gdy flaga opadła. Pogalopowali na siebie z naprzeciwka, trzymając nieruchomo kopie, które złamały się jednocześnie z ostrym trzaskiem, uderzając o tarcze. Ponieważ obaj strzaskali kopie, obaj dostali jeden punkt.

Przy kolejnym podejściu mój żołądek zacisnął się w supeł, ponieważ znowu strzaskali kopie, co oznaczało, że wynik tych wielogodzinnych zmagań zależał od ostatniego podejścia.

– Chyba już minęła godzina. Chciałabyś stąd pójść? – zapytała Scarlet.

– Bardzo zabawne.

Nie odrywałyśmy spojrzenia od dwóch jeźdźców, ponieważ wiedziałyśmy, że za chwilę będzie po wszystkim. Szczerze mówiąc, na początku liczyłam tylko, że Etan niczego sobie nie połamie, ale teraz zdawałam sobie sprawę, że ludzie postrzegają go jako kogoś, kto nie obawia się Koroanii, i są niemal gotowi popierać Northcottów... Widziałam także, że trzy dziewczyny, które wcześniej ze mną rozmawiały, wiercą się teraz na swoich miejscach i widzą, że on jedzie w moich barwach, więc tym bardziej chciałam, żeby wygrał.

Zerwałam się na nogi, kiedy ruszył galopem. Nie potrafiłam usiedzieć na miejscu. Zaciskałam z nadzieją pięści, a mój głos był całkiem ochrypły od całych godzin okrzyków, jakich nie wypadało wydawać damie. Etan trafił sir Scanlana w środek tarczy... a kopia sir Scanlana ześlizgnęła się po krawędzi tarczy Etana, nie wyrządzając żadnej szkody.

Na trybunach wybuchła owacja, a ja uściskałam Scarlet, płacząc ze szczęścia.

Straciłam głos od krzyku, a całe ciało bolało mnie, ponieważ przy każdym jego pojedynku napinałam wszystkie mięśnie. Ale nie żałowałam niczego. Etan wygrał!

Rozdział 18

Późnym popołudniem matka, Scarlet, wujek Reid, ciocia Jovana i ja siedzieliśmy zadowoleni w cieniu drzewa na obrzeżach błoni turniejowych. Było tu piwo, owoce, a ktoś roznosił pieczone udka z ptaka, o którym nigdy wcześniej nie słyszałam.

Klimat okazał się tu zdecydowanie inny niż w Koroanii. Powietrze nie wydawało się tak łagodne, a wiatr co pewien czas targał moje włosy.

Nadal czułam, że jestem tu obca, a najprostsze rzeczy, takie jak sylwetki drzew, przypominały mi, że to nie był po prostu kolejny turniej. Ale towarzystwo rekompensowało wszystko, za czym mogłam tęsknić, i nie potrafiłam przestać się uśmiechać.

– Po raz pierwszy interesował mnie wynik turnieju – oznajmiła Scarlet, wystawiając twarz do słońca. Kiedy wiatr trochę cichł, robiło się niezwykle przyjemnie. – Etan był dzisiaj wyjątkowo dobry.

– Oszukaliście mnie, żebym uwierzyła, że nie ma do tego talentu. – Skubnęłam kęs jedzenia.

Scarlet żartobliwie trzepnęła mnie po ręce, a ciocia Jovana udała, że czuje się okropnie urażona.

– Nie powiedziałam ci tylko, o ile zaczął sobie radzić trochę lepiej – odparła Scarlet na swoją obronę.

– Nadal trudno mi uwierzyć, że wygrał.

Zdawałam sobie sprawę, że Etan zawdzięczał to tylko swoim umiejętnościom, ale wszyscy zebrani widzieli, jak brał ode mnie chusteczkę, a chociaż przemawiała teraz przeze mnie próżność, nie było to dla mnie bez znaczenia.

– O ile pamiętam, po raz pierwszy – przyznał wujek Reid. – Jak sądzę, jeśli Eastoffe'owie i Northcottowie mieliby przypomnieć o swojej obecności na dworze, to jest nie najgorszy sposób. Król Quinten nie był zapewne zachwycony tą wygraną, ale to będzie wyglądać dobrze w oczach… innych.

– Co wiemy? – zapytała Scarlet.

Wujek Reid westchnął.

– Nie zapomniano o nas. W świetle ostatnich wydarzeń niektórzy twierdzą nawet, że byliby gotowi działać bez dowodów. Że to wystarczy, by przynajmniej usprawiedliwić aresztowanie króla. Jeśli teraz zabija członków swojej rodziny, kto miałby ochronić innych mieszkańców Izolty? Obawiają się, że nawet najlepsze zachowanie i lojalność mogą ich nie ocalić. W waszym przypadku nie wystarczyło, a w naszym ledwie wystarcza. Ale nawet jeśli zdołamy bez dowodów pozbyć się Quintena, to będzie bardzo niebezpieczny precedens. Jeśli nie będziemy działać zgodnie z prawami określającymi, jak legalnie odsunąć króla od władzy, ten, kto obejmie tron jako następny, może go równie łatwo stracić. Powiedzmy, że będzie to Scarlet.

– Powiedzmy, że nie – odparowała.

– Jeśli tym razem nie będziemy postępować zgodnie z prawem, nasi następcy pójdą w nasze ślady. Dlatego pod każdym względem musimy udowodnić, że zasługujemy na to, aby przejąć tron. Tak jak należy.

Słowa wujka Reida przypomniały mi o dziecinnym wierszyku w Koroanii, wpajanym nam wraz ze wszystkimi prawami, jakie powinniśmy znać jako obywatele. *Jeśli złamiemy jedno, złamiemy je wszystkie.*

Było chyba coś w tym, że kradzież była tak samo zła jak kłamstwo, a kłamstwo – jak zabójstwo.

Niezależnie od tego, po jaki sposób sięgniemy, aby zdetronizować Quintena, dokonamy przewrotu. Wujek Reid udowadniał, że istnieje sposób na pozbycie się zła bez sięgania po równie złe metody. To była jedna z rzeczy, za jakie go podziwiałam.

– O, jest tam! – odezwała się matka, wskazując sylwetkę w zbroi.

Na nowo zaczęliśmy oklaskiwać Etana, a on pomachał nam z udawaną pychą, kłaniając się w przesadny sposób, jakby jednocześnie z nas drwił i przyjmował nasze pochwały.

– Gratuluję, synu – powiedział wujek Reid, kiedy Etan przykląkł przy nas na jedno kolano.

– Dziękuję, sir. To dobry dzień dla Northcottów.

Obrócił w dłoniach swoją nagrodę. Było to złote pióro, wykute w taki sposób, że cienkie płatki pomiędzy promieniami przepuszczały światło. Niezwykle piękne trofeum za dobrze wykonane zadanie i zdecydowanie najpiękniejszy przedmiot, jaki do tej pory widziałam w Izolcie.

– Nawet gdybyś nie wygrał całego turnieju, ta pierwsza runda byłaby wystarczającym powodem do dumy – skomentowałam.

Etan gwizdnął cicho.

– Miałem w życiu kilka dobrych przejazdów, ale nigdy nie wysadziłem nikogo z siodła. To prawda – przyznał, unosząc ramiona i wykonując nieokreślony gest. – Jestem niezwykle utalentowany. Ale myślę, że dzisiaj część mojego szczęścia zawdzięczam tobie, Hollis.

Przechyliłam głowę.

– Dzięki tobie moja chusteczka nigdy jeszcze nie przegrała.

– Doprawdy? W takim razie to powinno należeć do ciebie. – Etan podał mi swoją nagrodę.

– Jest prześliczne, ale nie mogę tego przyjąć. To twoje pierwsze zwycięstwo. Powinieneś je zachować.

– Nie wygrałbym bez ciebie. Dlatego... – Wyciągnął do mnie pióro, a w jego oczach pojawiło się naleganie.

Ponieważ ostatnio tak dobrze się nam układało, ostatnią rzeczą, jakiej bym chciała, była kłótnia z Etanem z powodu pióra.

– Jesteś uparty jak osioł, ale przyjmuję je – westchnęłam. – Dziękuję.

– Wznieśmy toast – zaproponował wujek Reid. – Za naszego czempiona i za nasz szczęśliwy talizman. Za zdrowie Etana i Hollis!

– Za zdrowie Etana i Hollis! – odpowiedzieli wszyscy chórem.

Szybko uniosłam swój kubek, żeby ukryć mój wyraz twarzy.

– Mam nadzieję, że szczęście będzie nam sprzyjać w dalszym ciągu – powiedziałam, żeby zmienić temat. – Przekazałam liścik królowej.

Etan pospiesznie przełknął zawartość swojego kubka i spojrzał na mnie szeroko otwartymi oczami.

– Dostała go?

Skinęłam głową.

– Sprawdziłam potem na ziemi w pobliżu jej miejsca, więc w każdym razie zabrała go stąd ze sobą. W Koroanii mówiłyśmy o konieczności zachowywania spraw prywatnych w tajemnicy, więc jestem pewna, że domyśliła się znaczenia tej chusteczki.

– Na kiedy wyznaczyłaś spotkanie? – zapytała ciocia Jovana.

– Dzisiaj wieczorem, w sali tronowej, podczas uczty uświetniającej turniej.

Popatrzyli na mnie, jakbym oszalała.

– Czasem najlepszym sposobem na zachowanie czegoś w tajemnicy jest umieszczenie tego na widoku.

Etan potrząsnął głową, a wyraz jego twarzy mówił mi, że po raz kolejny wbrew sobie jest pod wrażeniem.

– Jak możemy ci pomóc? – zapytał wujek Reid.

– Mam nadzieję, że nie będę potrzebować szczególnej pomocy. Wszyscy będą w świetnych humorach po turnieju i podekscytowani zbliżającym się ślubem. Spodziewam się, że zabawa dzisiaj będzie raczej hałaśliwa i nikt nie zauważy, kiedy Valentina wymknie się, żeby ze mną porozmawiać.

– Doskonale – stwierdził wujek Reid. – Zatem reszta z nas musi się przygotować do zgromadzenia dodatkowych informacji. Hollis nie może zajmować się wszystkim.

Scarlet energicznie pokiwała głową, podobnie jak Etan. Nie wydawało mi się, żebym zajmowała się wszystkim. Cieszyłam się, że mogę im się do czegoś przydać.

Skończyliśmy posiłek i bez pośpiechu skierowaliśmy się do pałacu. Etan szedł wyprostowany, a włosy miał nadal przyklejone do czoła po męczącym dniu. Niósł hełm pod pachą, a na jego przybrudzonej twarzy malował się uśmiech pełen satysfakcji.

– Obiecaj mi, że wykąpiesz się przed obiadem – zażartowałam.

– Obiecaj mi, że ty także.

Roześmiałam się.

– Posłuchaj – zaczął. – Mam pewien pomysł na wieczór, ale nie mogłem powiedzieć tego przy ojcu. Wiem, że on by go nie zaaprobował.

– Jaki to pomysł? – Zmrużyłam oczy, zastanawiając się, co takiego Etan jest gotów zrobić wbrew woli swojego ojca.

– Gdyby nie udało ci się porozumieć z Valentiną podczas uczty albo gdybyś doszła do wniosku, że Quinten lub ktoś inny cię obserwują, mogę odwrócić ich uwagę.

– Dziękuję – westchnęłam. – To moja największa… Zaraz, jak odwrócić uwagę?

Wzruszył ramionami, jakby chodziło o zupełne głupstwo.

– Znajdzie się kilku uczestników dzisiejszego turnieju, którzy są troszeczkę rozgoryczeni z powodu przegranej ze mną. Wystarczą ze dwie albo trzy odpowiednio cięte uwagi, żeby ktoś rzucił się na mnie z pięściami.

– Etanie!

– Powiedziałem ci, to tylko na wypadek, gdyby nie było innej możliwości. Nie chcę robić sceny, ale przeciągnięcie Valentiny na naszą stronę jest o wiele ważniejsze od mojej reputacji, chociaż wiem, że właśnie to stanowi obecnie największe zmartwienie ojca. Jeśli nawet nie będę przy tobie, będę cię obserwować. Możesz po prostu skinąć mi głową albo zrobić coś w tym rodzaju, zgoda?

Przytaknęłam.

Znałam Etana. Był dumny i nie lubił, gdy ludzie lekceważyli jego pracę, pozycję lub ofiary, jakie poniósł. W pewnym sensie reputacja była dla niego najważniejsza w życiu. Kiedy przekonałam się, że poświęciłby ją z własnej woli, żeby mi teraz pomóc... Czułam, że zobaczyłam przez chwilę tego człowieka, o którym opowiadał mi Silas.

Z jednej strony powinnam go namawiać do zmiany zdania, ale z drugiej czułam się dumna, że go znam.

Rozdział 19

Zaczesałam włosy i splotłam je z przodu, żeby nie wpadały mi do oczu – tak jak dawniej robiła Delia Grace. Kiedy tylko o niej pomyślałam, zaczęłam się zastanawiać, co robi teraz. Czy przeprowadziła się do apartamentów królowej? Czy ma gromadkę dam dworu, które jej usługują? Czy jest szczęśliwa, zajmując miejsce u boku Jamesona?

Miałam nadzieję, że tak. Wystarczająco wiele przeszła, najwyższy czas, żeby życie stało się dla niej trochę łatwiejsze. Zastanawiałam się, czy powinnam do niej napisać albo może odpowiedzieć na list Nory. Poczułabym się znacznie lepiej, gdybym mogła się w jakiś sposób upewnić, że Delia Grace jest formalnie związana z Jamesonem.

– O czym myślisz? – zapytała Scarlet. – Czasem masz taki wyraz twarzy, jakbyś myślami była z powrotem w Koroanii.

Jeśli nie zdradziło mnie spojrzenie, z pewnością zrobił to uśmiech pełen poczucia winy. Scarlet była o wiele zbyt spostrzegawcza.

– Myślałam o tych dziewczętach, które zapytały dzisiaj, czy byłam zaręczona. Pamiętam, że kapłani musieli powstrzymać Jamesona przed wpisaniem mojego imienia do umowy zawieranej z Quintenem. Gdyby tego nie zrobili… chyba nie mogłabym wyjechać.

– Jak to? Dlaczego nie?

– Myślę, że to byłoby prawie tak samo, jakbym podpisała umowę ślubną albo została formalnie zaręczona z Jamesonem. Takie umowy w Koroanii są praktycznie nienaruszalne. – Odwróciłam się od lustra, żeby na nią popatrzeć. – Znałam dziewczynę, której rodzice zawarli z inną rodziną umowę narzeczeńską, kiedy ona i jej przyszły partner mieli po dwa lata. Takie kontrakty mają zapisaną określoną datę, po której para staje się w świetle prawa małżeństwem.

– O niebiosa! – westchnęła Scarlet.

– Prawda? Data w tym kontrakcie była wyznaczona niedługo po osiemnastych urodzinach damy, ale kiedy oboje dorośli, okazało się, że żadne z nich nie chce tego związku. Jeśli coś takiego zostało zapisane, tylko król może anulować kontrakt. W praktyce to znaczy, że jesteście małżeństwem, więc to prawie to samo co poproszenie o rozwód. Bardzo poważna sprawa.

– Naprawdę?

– Niestety tak. Kontrakt w Koroanii jest tożsamy z przysięgą małżeńską.

– Mimo że byli dziećmi? Mimo że ich rodzice podpisali go bez ich wiedzy?

Jako dziecko nigdy się nad tym nie zastanawiałam. Zawsze miałam przemożną nadzieję, że ktoś – ktokolwiek – będzie chciał na piśmie potwierdzić, że pragnie spędzić ze mną całe życie. Nie myślałam o tym, co bym czuła, gdybym wcale nie chciała takiego układu.

– Tak – potwierdziłam. – Byłam obecna przy rozpatrywaniu tej sprawy. Rodzice obojga nadal byli za tym związkiem, więc chociaż młoda para błagała ze łzami w oczach, król Marcellus odmówił anulowania kontraktu. Po tym czasie, który spędziłam u boku Jamesona, doszłam do wniosku, że musiał coś na tym zyskać, ale nie wiem, co takiego. To jedyny powód, dla którego królowie cokolwiek robią.

Scarlet splotła ramiona, rozgniewana i zasmucona.

– Co się stało z młodą parą?

Uśmiechnęłam się złośliwie.

– Zemścili się na swój sposób. Ślub się odbył, nie było na to rady. Ale ona była ostatnią ze swojego rodu, więc miała w przyszłości odziedziczyć cały jego majątek. On był w podobnej sytuacji. Ich rodzice wyraźnie pragnęli, żeby ich wnukowie odziedziczyli bogactwo obu rodów. Ale oni postanowili nie mieć dzieci.

– Och… Och!

Skinęłam głową.

– Właśnie. A to było już dobre kilka lat temu.

– To się nazywa upór.

– To prawda – przyznałam i odwróciłam się znowu do lustra. – Myślałam o tym wszystkim i o Delii Grace. Nie była ideałem, ale tak wiele przeszła. Cieszę się, że po tym wszystkim będzie mogła zostać królową. Ale gdyby moje imię znalazło się w tamtym dokumencie, sprawa byłaby bardziej skomplikowana i nie wystarczyłoby, że po prostu wyjadę z zamku.

– Myślisz, że Jameson naprawdę ją poślubi?

– Jeśli ktokolwiek potrafiłby zaplanować sobie drogę do tronu, to właśnie ona.

– Jeśli to nastąpi, chciałabym zobaczyć te uroczystości. Wyglądasz ślicznie – dodała Scarlet, patrząc na moje włosy. – Przypomina mi to, jak wyglądałaś, kiedy się poznałyśmy.

– Chyba zostawię je rozpuszczone i włożę jedną z moich sukni. Chciałabym dzisiaj wieczorem czuć się sobą.

– Znam to uczucie – uśmiechnęła się Scarlet. – Proszę – oznajmiła, sięgając do swojego kufra. – Przypomnijmy wszystkim, że niewiele brakowało, a zasiadłabyś na tronie.

Wyjęła diadem, który widziałam wcześniej na jej głowie – w kształcie wachlarza ze złota i z szafirów – i stanowczo mi go nałożyła. Obie przyjrzałyśmy się mojemu odbiciu.

– Będzie wyglądać prześlicznie z moją złotą suknią – przyznałam. – Ale skłamałabym, gdybym powiedziała, że nie tęsknię za dniami, kiedy nosiłam do tej sukni rubiny.

Scarlet stanęła za mną i objęła mnie w talii.

– Nikt nie chce cię zmusić, żebyś wybierała, Hollis.

– Etan chciał.

– Cóż, Etan na przestrzeni lat kilka razy spadł na głowę podczas turniejów, więc powinnaś go zignorować. Możesz być jednym i drugim, Hollis. Możesz cenić jedno i drugie.

Odetchnęłam głęboko.

– To by było miłe.

– Masz mnóstwo czasu, żeby nad tym popracować. A na razie musimy się udać na ucztę.

Szybko włożyłam suknię, a Scarlet ją zasznurowała. Miałam wrażenie, że na nowo uczę się oddychać i że patrzę w lustrze na dziewczynę, która oczarowała Jamesona.

Pewna siebie, ramię w ramię ze Scarlet weszłam do centralnej komnaty, żeby dołączyć do reszty rodziny.

– Ależ prześlicznie wyglądacie! – Ciocia Jovana położyła dłoń na sercu. – Tak bardzo się cieszę, że znowu mam przy sobie młode dziewczyny.

Etan także obserwował nasze wejście. Zarost z popołudnia już zniknął, a jego włosy były zaczesane odrobinę staranniej niż zazwyczaj, ponieważ wykąpał się po turnieju. Nadal był przepełniony zadowoleniem z powodu zwycięstwa i ku mojemu zdumieniu uśmiechnął się, kiedy podeszłam bliżej.

Rodzina rozmawiała swobodnie, poprawiając fałdy ubrań i wygładzając kołnierzyki. Musieliśmy wyglądać idealnie. Potrząsnęłam głową, zachwycona nimi, chociaż się denerwowałam. Potem odwróciłam się do Etana.

Nie wyglądał tak okropnie, kiedy się uśmiechał. Niektórzy mogliby nawet nazwać go przystojnym. Poczułam się spokojniejsza na myśl, że idę tam w towarzystwie osoby, której mogę zaufać.

– Wyglądasz uroczo – skomentował cicho.

Westchnęłam.

– A ty ujdziesz w tłoku.

Roześmiał się, a ja wsunęłam palce pod jego ramię wyciągnięte w moją stronę.

Rozdział 20

Kiedy weszłam do sali tronowej, wszystkie oczy skierowały się na mnie. Albo może raczej na mojego towarzysza.

– Dobry wieczór, Etanie.

– Miło cię znowu widzieć, Etanie.

– O, Etan! Doskonale dzisiaj wyglądasz.

Chór komplementów towarzyszył mu na każdym krępującym kroku, jaki musieliśmy zrobić, żeby przejść na koniec sali.

Etan odpowiadał na nie, dopóki potrafił, a potem tylko patrzył pod nogi i śmiał się do siebie.

– Nigdy się nie ożenisz; już to widzę – prychnęłam.

– Byłoby z mojej strony haniebne, gdybym złamał tyle serc – zażartował.

– Byłoby z twojej strony haniebne, gdybyś się doczekał potomstwa – odparowałam.

Roześmiał się tak głośno, że połowa sali obejrzała się, żeby sprawdzić, co go tak rozbawiło. Zobaczyli, że bohater wieczoru potrząsa głową, słuchając dziewczyny z Koroanii.

Zgodnie z przewidywaniami nastrój był radosny. W sali panował także znacznie większy gwar niż poprzedniego dnia i coraz bardziej nieprzyjemny zaduch. Jednakże muzycy grali, a stoły uginały się od wykwintnych potraw, więc starałam się cieszyć tym wieczorem, dopóki mogłam.

Był tylko jeden niewielki problem.

Spodziewałam się, że Valentina i ja będziemy musiały długo czekać, zanim nadarzy się okazja do rozmowy, albo też, że może obserwować nas więcej oczu, niż mogłabym przypuszczać. Nie spodziewałam się tego, że Valentina może w ogóle nie być obecna w sali.

Kilka razy oglądałam się na główny stół, podejrzewając, że może jej nie zauważyłam, ponieważ zmieniła miejsce. Potem rozejrzałam się po sali z nadzieją, że spaceruje po niej, żeby witać się z gośćmi. Ani jedno, ani drugie nie okazało się prawdą.

– Gdzie ona jest? – szepnął Etan. – Myślisz, że Quinten przechwycił ten liścik?

Popatrzyłam na króla, ale on nie zwracał na nas uwagi. Rozmawiał z siedzącą obok jego syna przyszłą synową.

– Nie sądzę. Nawet jeśli, nie zawierał żadnych konkretów i nie był podpisany, więc nic nie powinno nam grozić. Nie wiem jednak, gdzie może być Valentina…

– Chciałem przeprosić – powiedział cicho Etan. – Za to, że źle ją oceniłem. Nie miałem pojęcia, że znajduje się w aż tak trudnej sytuacji.

– Skąd miałeś to wiedzieć? Quinten trzyma ją z dala od wszystkich, a ona robi dobrą minę do złej gry. Myślę, że miałaby powody obawiać się o swoje życie, gdyby ktoś się zorientował, jak nieszczęśliwe jest to małżeństwo.

Etan westchnął.

– Czyli nie jest do niego przywiązana? Ani trochę?

Potrząsnęłam głową.

– Myślę, że dawniej była jedną z tych dziewczyn, które większą uwagę zwracają na koronę, niż na tego, kto ją nosi. Nie potrafię jej za to winić.

Nadal rozglądałam się po sali, ale czułam, że Etan przygląda mi się, być może zastanawiając się, czy ten opis pasuje także do mnie. Dawniej wydawało mi się, że całkowicie trzeźwo oceniam sytuację, ale teraz nie byłam tego taka pewna. Nawet jeśli miałam za tym tęsknić, być może lepiej byłoby dla mnie zapomnieć całkowicie o zamku Keresken.

– Etanie! Tutaj jesteś! – Podeszła do nas dziewczyna z orlim nosem i wydatnymi kośćmi policzkowymi. Ciągnęła za sobą drugą dziewczynę. – Czy miałeś okazję poznać moją kuzynkę Valayę? To jej pierwsza wizyta na dworze i była po prostu oczarowana twoim dzisiejszym popisem.

– Któż by nie był – zażartował Etan i wstał, żeby z nimi porozmawiać.

Przewróciłam oczami, ale nikt nie zwracał na mnie uwagi. Rozejrzałam się znowu po sali – ani śladu Valentiny.

– Mamy nadzieję, że zaczniesz spędzać więcej czasu na dworze – szczebiotała Valaya. – Obie z Raisą bardzo na to liczymy.

Niemal jak na komendę kolejna młoda dama pojawiła się za plecami Raisy, trzepocząc rzęsami do Etana.

– Jak możemy sprawić, że kochany Etan zostanie tym razem z nami? Muszę powiedzieć, że bez ciebie dwór jest zupełnie inny.

Gdzie były te damy wczoraj? Gdzie były, zanim zaczęły się szepty i zanim strzaskano kopie? Jak sądzę, to nie miało znaczenia.

Etan mógł protestować, ile chciał, ale jeśli choć trochę kochał swoją rodzinę, w końcu musi się ożenić, żeby zachować jej ciągłość. Nawet jeśli nie udowodnilibyśmy niczego Quintenowi, przedłużenie tej gałęzi rodu stanowiłoby niewielkie zwycięstwo. A jeśli Etan miał kogoś poślubić, musiała to być Izoltanka z rodu równie starego jak jego ród, nieugięta, śliczna i inteligentna. A także zdolna trzymać go w ryzach, bo inaczej niech niebiosa mają nas w swojej opiece.

Przyszły jeszcze dwie damy, ale żadna z nich nie była Valentiną. Nagle poczułam, że w sali jest o wiele za gorąco. Bez słowa wstałam i wyszłam na korytarz.

Z głównego holu pałacu można było wyjść na cztery strony. Jeden korytarz prowadził do sali tronowej, drugi do szerokich schodów do skrzydła, gdzie rezydował król oraz dworscy dostojnicy. Trzeci do skrzydła, w którym mieściły się komnaty dla pozostałych gości, takich jak my. Ostatni prowadził na zewnątrz.

Powitało mnie chłodne nocne powietrze i żwirowany podjazd otoczony kamiennymi słupami. Król Quinten musiał się dzisiaj czuć naprawdę bezpiecznie, ponieważ jedyni strażnicy, jakich widziałam, stali przy bramie. Nikt nie patrolował pałacowych terenów i nikt nie pilnował samego wejścia. Pomimo tumultu panującego w środku tutaj było całkiem spokojnie.

Stałam ze splecionymi ramionami, zastanawiając się nad rzeczami, na jakie nie byłam gotowa, i zadając sobie pytania, na które nie znałam odpowiedzi, aż znajomy głos przywołał mnie do rzeczywistości.

– Hollis?

Odwróciłam się i zobaczyłam, że Etan wyszedł z pałacu z niepokojem malującym się na twarzy. Szybko rozwiałam jego obawy.

– Proszę, kogo my tu widzimy! Lord Zwycięzca Turnieju, Pogromca Starszych Panów i Mistrz Wielkich Kopii. Czemu zawdzięczam ten zaszczyt?

Etan przewrócił oczami i się uspokoił.

– Ha, ha. Zauważyłem, że wyszłaś, i uznałem, że możesz potrzebować kogoś, kto zaprowadzi cię w miejsce stosowne do zwymiotowania. Chciałem tylko pomóc.

Uśmiechnęłam się.

– Na szczęście dla ciebie czuję się doskonale. Po prostu było tam trochę za gorąco. Możesz wracać do tłumu wielbicielek, jeśli tylko pragniesz.

Skrzywił się ze znużeniem i podszedł bliżej.

– To było najdłużej ciągnące się puste chichotanie, jakie słyszałem w życiu. Nadal dzwoni mi w uszach.

– Och, daj spokój. Nie poznałam jeszcze mężczyzny, który nie lubiłby znajdować się w centrum uwagi. Nawet ktoś tak skromny jak Silas wyraźnie rozkwitał w towarzystwie.

Etan przechylił głowę i zastanowił się nad tym.

– Silas i ja jesteśmy różni.

Skinęłam głową.

– Zauważyłam.

Popatrzył na mnie z góry, uważnie, jakby chciał mnie o coś zapytać bez słów. Intensywność tego spojrzenia była dla mnie za trudna do wytrzymania, więc z uśmiechem odwróciłam wzrok.

– Następnym razem musisz zrobić coś głupiego, na przykład upuścić kopię albo jeździć w kółko. Wtedy dadzą ci spokój.

Przez chwilę milczał, a potem splótł ręce za plecami i także się uśmiechnął.

– Obawiam się, że to całkowicie niemożliwe. Jak sama widziałaś, jestem zbyt utalentowany. Nie potrafiłbym wyglądać głupio, nawet gdybym się postarał.

Przewróciłam oczami.

– Skoro mowa o tym, co głupio wygląda, nie miałam okazji ci podziękować. Nie chciałam tego przyznawać, ale zanim wziąłeś ode mnie chusteczkę, czułam się trochę nie na miejscu. Wiem, że nie chodziło ci właściwie o to, żeby poprawić mi nastrój, ale dzięki tobie poczułam się częścią tego święta i bardzo to doceniam.

Wzruszył żartobliwie ramionami.

– Przynajmniej tyle mogłem zrobić dla dziewczyny, która zwymiotowała do królewskiego wazonu. O czym niektórzy zdążyli już usłyszeć, choć doprawdy nie mam pojęcia, kto rozpuścił te plotki.

Roześmiałam się i szturchnęłam go lekko.

– Tak przy okazji, nie musisz zatrzymywać tej chusteczki. Chętnie ją odzyskam.

– Och. – Popatrzył w posadzkę, a potem na mnie. – Obawiam się, że zgubiłem ją podczas turnieju. Przepraszam.

Potrząsnęłam głową.

– Nic nie szkodzi. Mam jeszcze dwie albo trzy przywiezione z Koroanii, obrębione złotą nitką. – Odwróciłam się, słysząc śmiech dobiegający z głębi korytarza.

Zobaczyłam trzy pary, które opuściły salę tronową, żeby świętować z dala od tłumu.

– Zamierzasz tam wracać? – zapytałam. – Założę się, że połowa niezamężnych kobiet w sali czeka na ciebie.

Etan potrząsnął głową i odwrócił wzrok.

– Mówiłem ci już, co o tym myślę.

– To nie jest takie złe. Ta godzina, przez którą byłam zamężna, wydawała mi się cudowna – powiedziałam z melancholijnym uśmiechem.

– Jak ty to robisz? – zapytał Etan. – Jak potrafisz patrzeć z uśmiechem na coś tak tragicznego?

– Ponieważ... – Wzruszyłam ramionami. – Mimo wszystkiego złego, co się wydarzyło, Silas mnie uratował. Nigdy nie będę tego żałować.

– Po co ci był ten ratunek? Utknęłaś w obcym kraju z przypadkową rodziną – ściszył głos – która może niedługo stracić życie w walce, która okaże się nie do wygrania.

– Nie chodzi o to, po co mi to było... Chodzi o to, przed czym mnie uratował.

Etan patrzył na moją twarz zdradzającą wszystkie emocje, jakie przypłynęły na myśl o niebezpieczeństwie, w jakim się znajdowałam.

– Naprawdę niewiele brakowało, żebym została królową. Jameson przy każdej okazji uczył mnie protokołu dworskiego, ludzie zabiegali o moją przychylność i miałam zostać matką następcy tronu Koroanii. On uczyniłby ze mnie drugą Valentinę – powiedziałam, wskazując zamek. Oczy zapiekły mnie na myśl o tym, że tak mogłoby wyglądać moje życie. – Nie wiem, ile czasu by to potrwało, ale stałabym się pustą skorupą – zaszlochałam. – Nie wiedziałam nawet, że nie kocham Jamesona, dopóki nie zjawił się Silas i nie pokochał mnie dokładnie taką, jaka jestem.

– Dziewczyną ubierającą się bez gustu, pozbawioną taktu i zbyt skłonną do płaczu?

Roześmiałam się przez łzy.

– Tak! – Otarłam oczy i nos. – Przy nim nigdy nie musiałam udawać kogoś, kim nie byłam. Przy Jamesonie miałam wrażenie, że każda sekunda mojego życia musi być perfekcyjna jak na uwiecznionym obrazie. Kiedy byłam z Silasem, nasze życie było chaotyczne, ale dobre. Naprawdę mi go brakuje.

– Mnie też. A także Sullivana i Saula. Moich sióstr. Przyjaciół, których straciłem na froncie. Codziennie za nimi tęsknię. Można tęsknić za ludźmi i żyć dalej. Czasem to jest konieczne.

Skinęłam głową i musnęłam szybko palcami pierścionki, które nosiłam na szyi.

– Powiedziałam mu, że tak zrobię, chociaż czasem wydaje mi się dziwne, że mogę zrobić cokolwiek bez niego. Mam nadzieję, że nadal byłby ze mnie dumny. I mam nadzieję, że zwyciężymy, ponieważ nie wiem, co się ze mną stanie, jeśli będzie inaczej.

– To znaczy, poza oczywistym ryzykiem śmierci?

Roześmiałam się.

– Tak! Ponieważ gdybym wróciła do Koroanii, oczekiwałby mnie los gorszy od śmierci.

– Co masz na myśli?

Westchnęłam. Uznałam, że Etan powinien wiedzieć o wszystkim.

– Musiałabym wracać do zamku. Jameson wezwał mnie, a ja odmówiłam, żeby przyjechać tutaj. Trudno to wyjaśnić, ponieważ kocham Koroanię i kocham Keresken, ale gdybym wróciła… Obawiam się, że całkowicie porzuciłby Delię Grace. Po tych plotkach, które słyszeliśmy na granicy, nie mogę nie brać pod uwagę takiej możliwości. Jeśli tak ją traktuje, chociaż nadal mam szczerą nadzieję, że to nie jest prawda, to obawiam się, że zrezygnowałby z niej dla mnie. A ja nie chcę sprzeciwiać mu się jako poddana, ale nie chcę także zostać jego narzeczoną. Nie po raz kolejny. Obawiam się, że powrót do zamku oznacza, że będę należeć do niego, a ja nie mogę... nie mogę...

Łzy znowu napłynęły mi do oczu. Miałam wrażenie, że toczy się jakiś wyścig. Gdyby Jameson pospieszył się i po prostu poślubił Delię Grace, to może dałby mi spokój. Ale nie chciałam jego uwagi, korony ani niczego podobnego.

– Hollis, wszystko będzie dobrze.

– Nie będzie – zaprzeczyłam. – Wiem, że mi nie wierzysz, ale ja nie chcę Jamesona. Ani trochę.

Etan zmarszczył brwi.

– Dlaczego ty możesz mówić źle o nim albo o Koroanii, ale złościsz się, kiedy ja to robię?

Uniosłam ramiona i zaraz je opuściłam.

– Ponieważ Koroania jest moja! Jest moja, więc mnie wolno mówić o tym, jak okropne są nasze prawa albo nasz król. Kiedy ty tak robisz, jest mi nieprzyjemnie, ponieważ to była moja ojczyzna i nadal jest to część mnie, więc to brzmi tak, jakbyś twierdził, że ja także jestem okropna. Tak jakbym już nie wiedziała, że uważasz, że jestem okropna.

– Nie jesteś... – Prychnął gniewnie, kiedy ocierałam łzy. – Nie jesteś okropna.

– Dopiero co żartowałeś z moich ubrań – przypomniałam.

– Wiem... Przepraszam.

– Tak jakbyś ty był wyjątkowym modnisiem.

– Hej!

– Dlaczego w ogóle tak ci się tutaj podoba? Mamy lato, a ciągle jest zimno!

– Hollis.

– Musisz przestać traktować mnie tak surowo, Etanie. Nie mogę...

Nagle nie mogłam powiedzieć niczego więcej, ponieważ usta Etana dotknęły moich.

Całe moje ciało stało się gorętsze i zaczęło mrowić od ekscytacji nieoczekiwanego pocałunku.

Moje napięcie nieoczekiwanie zniknęło, rozproszone przez słodkie pocałunki Etana Northcotta. Nigdy wcześniej nie byłam na tyle blisko, żeby poczuć jego zapach, ale miał swój… kojarzący mi się w jakiś sposób z przebywaniem pod gołym niebem. Przytrzymał mnie za ramiona, żebym się nie ruszyła, ale jego dłonie były pełne delikatności. To wydawało się prawdziwym cudem, ponieważ widziałam, do czego te dłonie są zdolne. Wszystko to wydawało się prawdziwym cudem.

Kiedy Etan w końcu się ode mnie odsunął, nadal przytrzymywał mnie pewnie. Na jego ustach błąkał się leciutki uśmiech, który błyskawicznie zniknął. Coś zalśniło w jego oczach, jakby sam nie potrafił uwierzyć, co właśnie zrobił.

– Przepraszam – powiedział cicho. – Nie wiedziałem, co innego mógłbym zrobić, żebyś przestała się ze mną kłócić.

Wypuścił mnie, nadal mocno zmieszany.

Potrafiłam myśleć tylko o tym, że udało mu się osiągnąć zamierzony cel: odebrało mi mowę.

Jednak Etan nie odszedł. Wyglądał, jakby czekał, aż coś powiem – cokolwiek.

Zmusiłam mój umysł, żeby przestał się zastanawiać, jak dokładnie należałoby określić jego zapach, i zaczął znowu działać.

– Ja… muszę wracać do środka. Muszę sprawdzić, czy Valentina już przyszła.

Etan otworzył szerzej oczy, jakby zapomniał, że to była najważniejsza sprawa tego wieczoru.

– Tak. Tak, oczywiście. – Obciągnął koszulę i się wyprostował. – Idź pierwsza, ja za chwilę do ciebie dołączę.

Wydawał się tak zdezorientowany, że nie powiedziałam mu, co czułam podczas tego pocałunku. Nie powiedziałabym, że nadal to czuję ani że zostawił mnie cudownie oszołomioną. Nie powiedziałam mu, że nawet odpowiada mi upajające uczucie znalezienia się w centrum uwagi Etana Northcotta.

Przełknęłam to uczucie i zatrzasnęłam je w sercu. Nie mogłam myśleć o tym, co przed chwilą czułam albo mówiłam, ani nawet o tym, co to mogło znaczyć, jeśli cokolwiek znaczyło.

Kiedy weszłam do sali tronowej, przyszedł czas na wykonanie powierzonego mi zadania.

– Proszę, proszę, proszę, bądź tutaj – szepnęłam do siebie. – Nie mogę znowu wyjść na zewnątrz, więc proszę, bądź tutaj.

Rozejrzałam się po sali wypełnionej rozbawionym tłumem i w końcu, na szczęście, zobaczyłam Valentinę siedzącą przy głównym stole.

Rozdział 21

Wieczór mijał powoli. Ja i Valentina parokrotnie wymieniałyśmy spojrzenia, ale za każdym razem potrząsała głową, tak szybko i dyskretnie, że nikt by tego nie zauważył. Czekając na nią, rozglądałam się po sali za moją rodziną, trochę niespokojna, ponieważ byłam całkiem sama. Chociaż za każdym razem znajdowali się w innym miejscu, dwie rzeczy pozostawały niezmienne.

Po pierwsze, Julien jak cień towarzyszył rozmawiającej z różnymi osobami Scarlet i wyglądał, jakby zbierał się na odwagę, żeby się z nią przywitać, ale nie potrafił się na to zdobyć. Po drugie, Etan był bezustannie otoczony wianuszkiem dam i wyglądał, jakby bawił się tak świetnie jak jeszcze nigdy, przyjmując ich komplementy i nie obiecując niczego w zamian.

Jak sądzę, naprawdę chodziło mu tylko o to, żeby mnie uciszyć.

Powoli położyłam dłoń na swojej talii, zdumiona uczuciem bolesnej pustki i rozczarowania, które ścisnęło mnie w środku.

W końcu, kiedy trupa tancerzy rozpoczęła występ, Valentina wstała i podeszła do okna. Stanęła na uboczu i przypatrywała się popisom, w których zaledwie miesiąc wcześniej tak chętnie bym uczestniczyła, a ja wyglądałam przez okno, jakbym podziwiała księżyc.

– Bardzo za tobą tęskniłam – powiedziała, trzymając puchar przy ustach.

Już wcześniej używała tego podstępu.

– Ja także tęskniłam za tobą. Bardzo się zmartwiłam, kiedy nie zobaczyłam cię tu wcześniej. Czy ktoś się czegoś domyślił?

– Nie – odparła krótko Valentina. – Musiałam dodać czegoś do napoju mojej damy dworu. Nigdy nie odstępuje mnie na krok, więc nie mogłabym z tobą porozmawiać, gdyby tu przyszła. Potrwało dłużej, niż się spodziewałam, zanim zasnęła.

Roześmiałam się cicho z absurdalności tej sytuacji i z przyjemnością zobaczyłam leciutki uśmiech na twarzy Valentiny.

– Przykro mi z powodu dziecka – powiedziałam.

Uśmiech zniknął.

– To było straszne. Jak za każdym razem. Bezustannie żałowałam, że ciebie tutaj nie ma. Potrzebuję przyjaciółki, Hollis.

– Jesteś całkiem sama?

Niemal niedostrzegalnie skinęła głową.

– Ja przynajmniej mam rodzinę. Okropnie mi przykro, że ty nie masz nikogo.

– Och, nie chciałam, żeby to zabrzmiało samolubnie. Tak mi przykro z powodu Silasa. – Valentina westchnęła. – To smutny skutek tego, że przez cały czas jestem sama. Potrafię myśleć tylko o sobie.

– Nie bądź niemądra. Przeszłaś tak wiele, ale nawet gdyby było inaczej, zrozumiałabym. Mimo wszystko ja także myślałam o tobie. Przez cały czas.

W oczach Valentiny zalśniły łzy.

– Potrzebuję twojej pomocy, Hollis. Jak ci się udało uciec z zamku Keresken?

Nie odważałam się na nią patrzeć.

– Nie do końca uciekłam. Powiedziałam Jamesonowi, że wyjeżdżam. Ale jeśli pytasz o to, o co mi się wydaje... Rozumiem, że twoja sytuacja stała się znacznie trudniejsza.

Kątem oka zobaczyłam, że Valentina dotyka lekko skroni.

– Czy jesteś w niebezpieczeństwie? – zapytałam.

– Nie wiem, ale ten ślub oznacza, że Quinten nie wiąże już ze mną żadnych nadziei. Szczerze mówiąc, nie sądzę zresztą, żebym była w stanie spróbować jeszcze raz. Ale nie wiem, co się stało... Czy coś wiesz... Czy Silas...

– Wiem o Mrocznych Rycerzach i przypuszczam, że to oni go zamordowali. Sądzę także, że zostali przysłani przez króla. Dlatego potrzebuję twojej pomocy. To będzie ryzykowne, ale jeśli dasz nam to, czego potrzebujemy, będziemy mogli cię w jakimś stopniu ochronić.

Valentina wypiła łyk z pucharu.

– Czego potrzebujecie?

– Dowodu. Musimy mieć pewność, że to on zlecał mordowanie swoich poddanych. Jakichś dokumentów, czegokolwiek, co dałoby Eastoffe'om lub Northcottom prawną podstawę do przejęcia tronu.

Valentina się roześmiała.

– Nigdy nie uda się odebrać tronu temu człowiekowi.

– Ten człowiek jest stary, a jego syn jest jedną nogą w grobie. Jeśli nie zdoła spłodzić prawowitego następcy…

– Może w tej sprawie mogłabym coś udowodnić – powiedziała Valentina.

– Co masz na myśli?

Milczała przez dłuższą chwilę.

– Mogę się dostać do gabinetu Quintena. Wiem, gdzie trzyma swoje najważniejsze dokumenty, chociaż nie jestem pewna, co się w nich znajduje. Możliwe, że nie będzie tam żadnych śladów… Jeśli będzie jakaś szansa, przekażę ci, co się da, podczas jutrzejszych uroczystości. Ale będziesz musiała znaleźć sposób, żeby mnie stąd wydostać, Hollis. Nie mogę tutaj zostać.

– Masz moje słowo.

– To dobrze. Włóż jutro suknię z izoltańskimi rękawami. – Z tym słowami Valentina oddaliła się, żeby swobodnie obejść salę.

Udało nam się. Zdobyliśmy sprzymierzeńczynię, która miała szansę przysłużyć się naszej sprawie. Przynajmniej ta część planu została wykonana.

Spojrzałam na matkę i skinęłam głową, a ona i wujek Reid popatrzyli na siebie z wyraźną ulgą. Scarlet, która najwidoczniej obserwowała mnie przez cały czas, zobaczyła mój triumfalny wyraz twarzy i lekko skinęła głową. Ciocia Jovana później dowie się o wszystkim.

A Etan… Zwycięski Etan nadal był otoczony kolorowym wianuszkiem pań chłonących z zachwytem każde jego słowo. Pomiędzy puszczaniem do nich oka i całowaniem ich dłoni spojrzał na mnie ukradkiem. Uśmiechnęłam się i skinęłam mu ledwie dostrzegalnie, a on porozumiewawczo potrząsnął głową.

Być może to, co wydarzyło się przed pałacem, miało tam pozostać. W tym zamku był król, którego musieliśmy obalić.

Rozdział 22

Bardzo długo leżałam w łóżku, przesuwając palcami po wargach. Wydawało mi się, że są inne w dotyku. Ja także byłam inna.

Próbowałam ustalić moment tej przemiany, ponieważ byłam pewna, że musiał istnieć. Kiedy przeszłam od pragnienia, aby Etan zniknął z powierzchni ziemi, do pragnienia, aby znalazł się w tym samym pokoju i żartował sobie ze mnie? Właśnie tego teraz chciałam. Chciałam, żeby tu wszedł i pokłócił się ze mną, rzucił mi jakieś wyzwanie albo potrząsnął głową, gdy zrobię coś dobrze. I pocałował mnie. Rozpaczliwie pragnęłam, żeby mnie pocałował.

Nie potrafiłam określić tej chwili i nie potrafiłam stwierdzić dlaczego. Ale czułam to, choć byłam przygnieciona zmartwieniami, poczuciem winy i nadzieją: moje serce biło mocniej dla Etana Northcotta.

Nie umiałabym powiedzieć, jak głębokie było to uczucie, ale sprawiało, że czułam się niekomfortowo. Tuż przed pocałunkiem rozmawialiśmy o moim zmarłym mężu. Miałam poczucie, że lekceważę wszystko, czym był dla mnie Silas, pozwalając, by moje serce przebudziło się dla kogoś innego, w dodatku tak szybko. To prawda, między mną a Silasem także wszystko potoczyło się szybko. Uciekliśmy razem zaledwie kilka dni po pierwszym spotkaniu, a dwa tygodnie później wzięliśmy ślub. W tym momencie dłużej byłam wdową po Silasie niż jego ukochaną. Ale nie chciałam traktować tamtego związku, jakby nigdy nie istniał.

Ponieważ istniał, podobnie jak Silas, który naprawdę mnie uratował, a ja byłam tutaj teraz po części dlatego, żeby jego śmierć nie poszła na marne.

Nie mogłam zapomnieć o tym wszystkim z powodu jednego impulsywnego pocałunku, o który nie prosiłam.

Przewróciłam się na bok i zaczęłam płakać. Płakałam, ponieważ tęskniłam za Silasem i miałam poczucie, że go zdradzam, i płakałam, ponieważ pragnęłam pójść do Etana. Płakałam, ponieważ to wszystko, co musiałam czuć przez ostatnie miesiące, to było zbyt wiele dla mojego serca.

– Co się stało? – szepnęła Scarlet.

Otarłam oczy, ale nie odwróciłam się do niej. Obawiałam się, że wyczyta coś z mojej twarzy.

– Nic takiego. Myślę tylko o wszystkim.

– Wiem. Tak wiele się wydarzyło.

– Naprawdę cię kocham, Scarlet. Nie wiem, co bym bez ciebie zrobiła. – Sięgnęłam za siebie, szukając w ciemności jej dłoni.

Scarlet, moja siostra, wzięła mnie za rękę. Czułam, że powinnam poprosić ją o wybaczenie, ale gdybym to zrobiła, musiałabym się przyznać do wszystkiego, a nie potrafiłam tego zrobić. Jeszcze nie teraz.

– Ja także cię kocham. Podobnie jak matka, ciocia Jovana i wujek Reid. Nawet Etan. On także cię kocha.

– Wiem – chlipnęłam i wytarłam nos.

Scarlet milczała przez chwilę.

– Wydaje mi się, że nie wiesz.

Minęło kilka uderzeń serca, zanim w pełni dotarło do mnie znaczenie jej słów.

Otworzyłam szeroko oczy, usiadłam i odwróciłam się do niej.

– Scarlet Eastoffe... o czym ty wiesz?

Scarlet westchnęła i także usiadła.

– Wiem, że Etan od lat się praktycznie nie uśmiechał, ale przy tobie zaczął się śmiać. Wiem, że nie prosił nigdy dam o chusteczki, ponieważ nie chciał się dzielić swoimi zwycięstwami, ale ciebie poprosił. Wiem, że nie lubi przyznawać, że nie ma racji, ale dla ciebie potrafił to zrobić. Wiem też, że nigdy, przenigdy nie patrzył na nikogo tak, jak patrzy na ciebie. Hollis, już od dawna wydawało się, że on żyje jakby w odrętwieniu... Ale zmienił się, kiedy przyjechałaś.

– Naprawdę? – zapytałam bez tchu.

Scarlet skinęła głową.

– Rozpromienia się, kiedy cię widzi.

Przełknęłam gulę w gardle. Nie wiedziałam, czy rzeczywiście mogę przypisywać sobie zasługi za jakiekolwiek pozytywne zmiany, które w nim zaszły, ale chciałam móc to zrobić. Chciałam, żeby zawdzięczał to tylko mnie.

– Może masz rację, Scarlet, ale to nie ma znaczenia. On nie myśli o tym, żeby się ustatkować. Cały czas flirtuje.

Widziałaś te tłumy dziewcząt, które dzisiaj robiły do niego słodkie oczy.

– Czy wyczuwam w tobie cień zazdrości?

– Nie! – odparłam aż za szybko. – Ale bądźmy szczere: on sam mi powiedział, że nie chce się żenić. A gdyby kiedyś to zrobił, z pewnością wybrałby dziewczynę z Izolty, a nie mnie. A nawet gdyby miało się stać inaczej, i tak nie mogłabym z nim być.

Scarlet zmarszczyła brwi.

– Dlaczego nie?

Odwróciłam wzrok.

– Z powodu Silasa.

Scarlet złapała mnie za ramię i zmusiła, żebym na nią spojrzała, a w jej głosie brzmiało coś przypominającego gniew.

– Czy myślisz, że matka zatrzymała cię w ogrodzie, żebyś mogła spędzić resztę życia tak, jakbyś zginęła tam razem z nim? Myślisz, że chciałyśmy cię zostawić w Koroanii, żebyś mogła dłużej opłakiwać jego śmierć? Czy to, co opowiedziałyśmy ci o naszym dotychczasowym życiu, niczego cię nie nauczyło?

Słuchałam jej oszołomiona. Scarlet mówiła dalej:

– Widziałaś, jak działamy. Kiedy jeden plan zawiedzie, przygotowujemy kolejny. Kiedy nie możemy czegoś zrobić, szukamy nowej nadziei. Kiedy nie mogliśmy zostać w Izolcie, stworzyliśmy dla siebie nowy dom. My po prostu żyjemy. Naszym celem zawsze było przeżycie. Powiedziałam ci, że zamierzam to wszystko przetrwać żywa i wolna, i mówiłam szczerze. To się nie zmieni, nawet jeśli coś się stanie z tobą, matką i wszystkimi pozostałymi. Nosisz teraz nazwisko Eastoffe. Chcesz wiedzieć, jaką rolę masz do odegrania w tej rodzinie? Twoją rolą jest żyć.

Moje oczy napełniły się łzami. Przypomniałam sobie, jak matka przyciskała mnie do ziemi w ogrodzie i nie pozwoliła wrócić do środka.

– Matka także coś takiego powiedziała. Mówiła, że Silas miał związane ze mną plany. Że miałam przeżyć.

Scarlet skinęła głową.

– Oczywiście, że miał. Ona o tym wiedziała, ja o tym wiedziałam, wszyscy o tym wiedzieliśmy. Dlatego jeśli się zakochałaś, Hollis, korzystaj z tego życia. Tylko tego pragnąłby dla ciebie Silas.

Łzy znowu zaczęły spływać mi po policzkach.

– Wiem. Nie uratował mnie z zamku, żebym była nieszczęśliwa. Ale nawet jeśli ty nie masz nic przeciwko temu, żebym zrobiła następny krok, to co z innymi? Poza tym… szczerze mówiąc, Scarlet, nie jestem nawet pewna, czy Etan mnie zechce.

Scarlet wzruszyła ramionami.

– Myślę, że tak. Myślę też, że cała rodzina będzie się cieszyć waszym szczęściem. Minęło tak wiele czasu, odkąd mieliśmy okazję coś świętować. Straciliśmy nasze domy, ja straciłam ojca i braci, ciocia Jovana i wujek Reid stracili córki. Z powodu choroby, nie króla – dodała szybko. – Mimo to żadne z nas nie chce rozpatrywać nieszczęść, jakie na nas spadły. Jeśli to jedyne, co cię powstrzymuje…

Otarłam łzy.

– Nie, nie jedyne. Mam wielkie plany, pamiętasz? Wędrowne artystki, kozy. Nie zamierzam z tego rezygnować.

Scarlet się roześmiała.

– Jesteś niemądra, Hollis. – Przytuliła mnie i uściskała mocno. – Powinnyśmy się trochę przespać. Jutro będzie ważny dzień.

Westchnęłam.

– Owszem. Cokolwiek się stanie, Scarlet, będę przy tobie.

– Wiem.

Położyła się z powrotem, wyraźnie rozczarowana, że nie chciałam po prostu przyznać, że chcę być z Etanem, ale on wyrażał się na ten temat jasno i wiedziałam, że nie warto nawet próbować. Poza tym czekały na nas inne sprawy, inne możliwości, które miał przynieść zbliżający się świt.

Rozdział 23

Następnego dnia rano zwlekałam z wyjściem z sypialni tak długo, jak mogłam, ponieważ denerwowałam się na myśl o spotkaniu z Etanem. Czy zamierzał się przede mną tłumaczyć? Przeprosić? Udać, że nic się nie wydarzyło?

To ostatnie było zdecydowanie moim planem, chyba że on sam podjąłby temat. Scarlet mogła mieć jakieś podejrzenia, ale nie wiedziała o pocałunku. Nikt nie wiedział i tak powinno zostać.

– Gotowa? – zapytała Scarlet.

Potrząsnęłam głową.

– Nie martw się. Valentina nas nie zawiedzie, jestem tego pewna.

Prawie zapomniałam o Valentinie. Wyprostowałam się i spróbowałam nie dawać po sobie poznać, jak bardzo się denerwuję.

– Chodźmy.

W centralnej komnacie czekała na nas tylko matka.

– Jesteście, dziewczęta. Obie wyglądacie dzisiaj bardzo elegancko. – Przygładzała włosy, jakby musiała poprawić fryzurę. Nie musiała. – Wydaje mi się, że tę ceremonię ślubną zaplanowano wyjątkowo wcześnie, ale pewnie uznali, że dzięki temu świętowanie będzie mogło potrwać cały dzień. Pogoda jest bardzo ładna, akurat na taką okazję, nie uważacie?

Scarlet podeszła i położyła rękę na jej dłoniach.

– Owszem, mamo. Dzień zaczął się ślicznie, a będzie jeszcze lepszy.

Matka przełknęła ślinę, ale zaraz skinęła głową i uśmiechnęła się lekko.

– Ja także się denerwuję – przyznałam.

Weszła ciocia Jovana, a tuż za nią wujek Reid.

– Czy ktoś mówi, że się denerwuje? Dzięki niebiosom. Ja nie mogę usiedzieć w miejscu, odkąd się obudziłam.

– Wierciłaś się także przez sen, a ja mogę pokazać siniaki, żeby to udowodnić. – Wujek Reid uśmiechnął się, a żona żartobliwie szturchnęła go w ramię. – Kogo jeszcze brakuje? Etana?

Jakby usłyszał swoje imię, wyszedł pospiesznie z sypialni, przeczesując włosy jedną ręką, a drugą zapinając pasek.

– Już jestem. Przepraszam. Źle spałem.

Cudownie. Nie ja jedna.

Nie spojrzałam na niego. Nie byłam na to gotowa.

– Mamy jeszcze czas, synu. Spokojnie – powiedział wujek Reid. – Myślę, że wszyscy powinniśmy się uspokoić. Naszykujmy się i chodźmy.

Po raz pierwszy od zawarcia naszej umowy zawahałam się przed podejściem do Etana. Ale to nie miało znaczenia – on podszedł do mnie pierwszy.

Kiedy się zbliżył, moje serce zaczęło bić jak młotem. Gdy zdołałam oderwać wzrok od posadzki, zobaczyłam... Jak miałabym opisać to, co zobaczyłam? Napięcie zawsze widoczne w układzie jego szczęki zniknęło, a niepokój i podejrzliwość, stale dostrzegalne w jego oczach... Nie było po nich śladu. To nadal był Etan, ale w jakiś sposób zmieniony.

Zazwyczaj odwracał się do drzwi i bardzo formalnym gestem podawał mi ramię. Dzisiaj jednak po prostu wyciągnął do mnie rękę.

– Chodź, paskudna wiedźmo, bo się spóźnimy – zażartował bez złośliwości.

Uśmiechnęłam się z ulgą. Uznałam, że sobie poradzę.

– Gdzie ty w ogóle spałeś? Wyglądasz, jakbyś spędził noc w stajni. – Położyłam dłoń na jego dłoni i upomniałam się, że ciepło, które poczułam, było tylko w mojej głowie, a on z pewnością go nie zauważał.

Jako krewni rodziny królewskiej mieliśmy zająć pierwsze ławki w świątyni. Razem z Etanem minęliśmy tłumy ludzi wypełniające wnętrze do ostatniego miejsca. Etan życzliwymi skinieniami głowy witał liczne osoby, które go pozdrawiały.

Dźwięki organów w tle wydawały się bardziej złowieszcze niż romantyczne, ale to chyba pasowało do tej okazji. Przy ołtarzu ustawiono kilka bukietów, jednak poza tym wnętrze było puste. Nawet w oknach brakowało kolorów. Zdecydowanie pasowało to do tego, co myślałam o tej uroczystości. To wnętrze wyglądało tak, jak zawsze wyobrażałam sobie Izoltę: wilgotne, ciemne i zdecydowanie mniej przyjazne niż w Koroanii. Ale także i tutaj odnalazłam ciepło.

Na sygnał, którego nie zauważyłam, król i królowa przeszli nawą główną. Quinten wyglądał jak zawsze na rozzłoszczonego i podpierał się ozdobną laską. Oczy Valentiny błądziły po wnętrzu świątyni, chociaż nie miałam pojęcia, czego wypatrywała. Jedna jej dłoń spoczywała na dłoni Quintena, a drugą położyła na brzuchu, jakby starała się przekonać obecnych, że jest przy nadziei. Przeszli przez świątynię, idealnie królewscy, i zajęli miejsca na dwóch tronach ustawionych z prawej strony ołtarza.

Niedługo potem weszli ramię w ramię książę Hadrian i księżniczka Phillipa. W tym momencie wszyscy wstali, więc nie mogłam się im przyjrzeć, dopóki nie znaleźli się całkiem blisko.

Nieszczęsny książę Hadrian miał już czoło błyszczące od potu – najwyraźniej przejście przez świątynię tak go wyczerpało. Jego bladość kontrastowała tym mocniej z różanymi policzkami i promienną cerą księżniczki Phillipy.

– To kolejna dziwna sprawa – szepnął do mnie Etan. – Jej ojciec nie żyje, a królem jest jej starszy brat, który mimo to nie przyjechał, żeby osobiście wydać ją za mąż. Nie przysłał nawet żadnego dostojnika na swoje zastępstwo. To może oznaczać, że ta uroczystość nie ma dla niego znaczenia, chociaż nie umiem sobie wyobrazić dlaczego. Łączą się więzami pokrewieństwa z największym królestwem na kontynencie, co powinno im dawać wyjątkowe poczucie bezpieczeństwa. Wszystko, co związane z tym ślubem, wydaje się pozbawione sensu. Jego przyspieszenie, towarzyszące mu uroczystości… Wszystko.

Etan odetchnął głęboko, jakby zastanawiał się nad tym, co widzi, i próbował przeanalizować dostępne informacje. Jeżeli doszedł do jakichś wniosków, wyraz jego twarzy niczego nie zdradzał.

– Usiądźcie, proszę – oznajmił kapłan z pogodnym wyrazem twarzy. – Spotkaliśmy się tu dzisiaj, żeby złączyć nie tylko dwie dusze, ale także dwa królestwa. W obliczu wieczności trudno byłoby powiedzieć, która z tych rzeczy ma większą wagę. W takim momencie wszyscy powinniśmy popatrzeć z refleksją na swoje życie, na nasze małe królestwa, które stworzyliśmy wokół siebie.

Od kiedy usiedliśmy, trzymałam dłonie na piersi, bawiąc się nerwowo moimi pierścionkami. Te słowa sprawiły, że zapomniałam o niepokoju i położyłam je na ławce, zaciskając palce na jej krawędzi.

– Jest rzeczą mądrą i godną tworzyć własne królestwo, wznosić budowle i pozostawić dziedzictwo dla przyszłych pokoleń. Jest rzeczą godną pochwały tworzyć, krzewić i pielęgnować to, co się posiada. Dlatego tak wielu z nas dąży do wielkości, tak wielu stara się zdobyć sławę. Wszyscy chcemy, aby nasze maleńkie królestwo miało nazwę. Chcemy, żeby zostało zapamiętane.

Kapłan rozejrzał się po wnętrzu i zatrzymał wzrok na Hadrianie. Nie wiem, co wyczytał z jego twarzy, ale zmarszczył brwi i zaczął mówić znacznie szybciej.

– Być może jednak jeszcze ważniejsze są inne maleńkie królestwa otaczające wasze królestwo; te, z którymi możecie się zjednoczyć. To także cenne i godne pochwały: zawierać sojusze, łączyć się w związki. Jaki jest bowiem cel istnienia królestwa, wielkiego czy małego, jeśli pozostaje osamotnione? Jaką wartość ma zamek, w którym zamieszkuje tylko jeden człowiek?

Etan także przesunął dłonie z kolan na ławkę. Jego prawa ręka dotykała mojej lewej, tak że czułam jej ciepło, a wydawało mi się, że także jego miarowy puls. Czy ten dotyk był nieprzypadkowy?

– Dlatego pomódlmy się teraz i pobłogosławmy związek księcia Hadriana i księżniczki Phillipy, dwóch dusz i dwóch królestw.

Być może dlatego, że ramiona Hadriana zaczęły wyraźnie opadać, kapłan skrócił na tyle, na ile to możliwe, przysięgę małżeńską i wygłaszał modlitwy w takim tempie, że trudno było za nim nadążyć. A potem, wyjątkowo szybko, stali się mężem i żoną, księciem i księżniczką, kluczem do zapewnienia sukcesji królowi Quintenowi.

Wszyscy wiwatowaliśmy tak, jak to było konieczne, ale czułam, że moje serce zaciska się boleśnie. Wiedziałam, ile odebrał mi Quinten, i trudno było mi patrzeć, jak sam dostaje to, na czym mu zależało.

Kiedy król, królowa, ich syn oraz nowa synowa wychodzili ze świątyni, wstaliśmy i oczekiwaliśmy na swoją kolej. Poszliśmy w ich ślady, kiedy tylko znaleźli się za drzwiami. Przed świątynią rodzina królewska zatrzymała się, żeby zaczekać na nas i przyjąć gratulacje od wszystkich obecnych na ślubie gości, zanim zaczną się uroczystości weselne.

Wujek Reid i ciocia Jovana podeszli do nich jako pierwsi. On się skłonił, a ona dygnęła – doskonale panowali nad wszystkimi uczuciami gniewu, rozczarowania i smutku. Kiedy ja podeszłam do rodziny królewskiej, zobaczyłam, że jako pierwszy stoi król Quinten, dalej młoda para, a na końcu Valentina. Nie rozumiałam, dlaczego Quinten nie ma żony u boku, ale po krótkim zastanowieniu wszystko stało się dla mnie jasne: zostali uszeregowani według ważności w jego oczach.

– Gratuluję, Wasza Wysokość. To dla mnie zaszczyt, że mogłam być tutaj obecna – powiedziałam.

– Nie wątpię.

Nie spojrzał nawet na mnie, tylko gestem polecił przejść do księcia Hadriana.

– Wasza Wysokość, mam nadzieję, że czeka was wiele szczęśliwych lat razem.

Zdałam sobie sprawę, że nigdy nie słyszałam, żeby książę Hadrian się odezwał. Zakładałam, że umie mówić, ale po prostu nigdy niczego nie powiedział w mojej obecności. Dzisiaj było tak samo. Skinął mi głową i ułożył usta w coś podobnego do uśmiechu, podczas gdy Phillipa odpowiedziała za nich oboje.

– Dziękujemy za te miłe słowa. Słyszałam, że jesteś blisko rodziny królewskiej. Mam nadzieję, że będziemy częściej widywać cię na dworze.

– Być może, Wasza Wysokość. To zależy wyłącznie od mojej matki – odparłam wymijająco, niepewna, czy mogę zaufać tej księżniczce, a potem podeszłam do Valentiny.

Wyciągnęła dłoń, jakby oczekiwała, że ją ucałuję. Kiedy jej dotknęłam, ścisnęła mocno moje palce i przyciągnęła mnie do siebie.

– Zabierz to natychmiast do swojej komnaty i ukryj. Bądź obecna na weselu. Nie zapomnij o mnie.

Z rękawa ręki, którą przyciskała do brzucha, wyjęła plik papierów i wsunęła je do szerokiego rękawa mojej sukni. Położyłam na nich dłoń, żeby je przytrzymać, a potem dygnęłam stosownie i głęboko.

Etan czekał już na mnie z wyciągniętą ręką.

– Nie teraz. Muszę pójść na chwilę do naszych komnat. Spotkamy się na weselu.

Poszłam do zamku razem z coraz liczniejszymi gośćmi i znalazłam Scarlet.

– Potrzebuję klucza do twojego kufra – powiedziałam cicho.

Bez jednego pytania wyjęła go z kieszeni i wsunęła do mojej, a ja natychmiast po wejściu do holu skierowałam się korytarzem do naszego apartamentu. Kiedy tylko zamknęłam za sobą drzwi, wyciągnęłam z rękawa plik listów. Pozwoliłam sobie na chwilę głębokiego podziwu dla Valentiny. Nie tylko zdołała zdobyć potrzebne nam informacje, ale ukrywała je, stojąc tuż obok osoby, której je wykradła.

Kusiło mnie, żeby je od razu przejrzeć i dowiedzieć się, co takiego zdobyliśmy, ale Valentina kazała mi być na weselu, więc zamierzałam jej posłuchać. Miała oczywiście rację, powinnam być teraz na widoku.

Kufer Scarlet był stary i dopiero po kilku próbach udało mi się go otworzyć. Kiedy to wreszcie zrobiłam, schowałam listy zawinięte w kłębek pończoch na samym dnie i znowu zamknęłam go na klucz. Potem, jakby miał być dzięki temu bezpieczniejszy, wsunęłam kufer pod łóżko.

Odetchnęłam głęboko i wygładziłam suknię. Przyszedł czas, by świętować królewskie zaślubiny.

Rozdział 24

Sala tronowa została przystrojona specjalnie na tę okazję. Wszystko było tutaj białe – zasłony, kwiaty, wstęgi – tak że wnętrze stało się jasne i czyste. Stoły poustawiano tak, by pozostawić miejsce na tańce, a młoda para siedziała już przy stole głównym i witała się ze wszystkimi, którzy podchodzili.

– Czujesz się już lepiej, Hollis? – zapytała matka głośno.

Nie wiedziałam, kto nas obserwuje, jednak dostosowałam się do niej.

– Tak. W świątyni zrobiło mi się odrobinę za gorąco, ale teraz czuję się już znacznie lepiej.

– Napij się czegoś – nalegał Etan i wstał, żeby ustąpić mi miejsca.

– Dziękuję.

– Zamierzam opychać się słodyczami, aż zrobi mi się niedobrze – zapowiedziała Scarlet.

– To doskonały plan. – Popatrzyłam na świętujących dworzan. Dopiero teraz miałam chwilę, żeby rozejrzeć się po sali, i zobaczyłam, że obecnych można łatwo podzielić na dwie grupy: tych, którzy się uśmiechali, i tych, którzy tego nie robili.

Byli tacy, którzy z grzeczności mieli uszczęśliwione miny, kiedy ktoś się do nich zbliżył, ale w znakomitej większości wydawało się, że ludzie nie są tak zachwyceni tą wyjątkową okazją, jak być powinni.

Czy coraz więcej z nich się wahało po tym, jak Silas zginął z rozkazu Quintena? Czy gdyby pokazać im dowody, większość tu obecnych poparłaby wujka Reida?

Pomyślałam o kufrze pod łóżkiem. Koniecznie chciałam się dowiedzieć, co zawierają te listy, i miałam niewypowiedzianą nadzieję, że sprawy w końcu zaczną się układać po naszej myśli.

Etan nachylił się do mnie, a jego oddech musnął moje ucho.

– Czy Valentina spełniła obietnicę?

Nie powiedział niczego o poprzednim wieczorze, nie powiedział, że chciałby mnie znowu pocałować, nie powiedział, że żałuje wszystkiego. Wiedziałam tylko, że kiedy był blisko mnie, cała skóra zaczynała mnie mrowić w nadziei, że mógłby mnie dotknąć. Zapisałam już w pamięci jego zapach, w nocy doszedłszy do wniosku, że jeśli wiatr ma zapach, to właśnie taki. Wiedziałam, że gdyby pociągnął mnie do kąta i pocałował, byłabym uszczęśliwiona.

Skinęłam tylko głową, a Etan wyprostował się z uśmiechem.

Muzyka zmieniła rytm, a wolna przestrzeń na środku sali opustoszała.

– O, Hollis! – zawołał wujek Reid. – Czy mogłabyś zatańczyć pierwszy taniec z Etanem?

– Jak to?

– To tradycja – wyjaśniła ciocia Jovana. – Przedstawiciele najświetniejszych rodów tańczą na cześć młodej pary.

– Ale ja nie znam kroków – pisnęłam z przerażeniem. – Dlaczego Scarlet nie…

Gdzie zniknęła Scarlet? Rozejrzałam się po sali i zobaczyłam, że trzyma jakiś przysmak, a naprzeciwko niej stoi bardzo wysoki i zawstydzony Julien, uśmiechając się i próbując podtrzymać konwersację na temat tego, co właśnie jedli. Wyglądali przeuroczo. Nawet gdybym mogła tam podbiec i ją odciągnąć, nie zrobiłabym tego.

Odwróciłam się do Etana.

– Wątpisz w to, że potrafię cię poprowadzić? – zapytał żartobliwie, z uśmiechem na ustach.

Te usta…

– Jedynymi partnerami, z którymi cię widziałam, byli inni uczestnicy turnieju, a ja wolałabym stąd wyjść o własnych nogach, jeśli to możliwe.

Matka się roześmiała, ale Etan, niezrażony, wyciągnął do mnie rękę.

– To po prostu wolta. Jeśli znasz kroki, to sobie poradzisz.

– Och! Uwielbiam woltę.

– Doskonale. W takim razie nie będę ci potrzebny.

Spojrzałam na niego kątem oka.

– Mówisz tak, jakbyś kiedykolwiek był.

Etan się uśmiechnął.

Inne pary wyszły już na parkiet. Stanęłam w środku razem z innymi damami, podczas gdy panowie zajęli miejsca po stronie zewnętrznej, tworząc kształt kwiatu. Kiedy zagrała muzyka, Etan i ja wyminęliśmy się, obeszliśmy i zamieniliśmy miejscami z parą obok. Taniec był tak pełen ruchu, że nie wymagał żadnych rozmów. Dlatego po prostu tańczyliśmy obok siebie.

Etan zgodnie z obietnicą czekał na mnie dokładnie tam, gdzie powinien, i dokładnie w tym momencie, w którym powinien. Pasmo włosów opadało mu na czoło, więc odrzucał je, nie odrywając ode mnie wzroku. Uśmiechałam się tak, że czułam ten uśmiech aż w czubeczkach palców u stóp. Przeszliśmy do części, w której powinniśmy się znaleźć obok siebie, więc Etan objął mnie mocno.

Popatrzył na mnie i nasze oczy się spotkały. Coś w jego spojrzeniu mówiło mi, że chciałby mi o czymś powiedzieć, właśnie teraz, kiedy cała rodzina nie zaglądała nam przez ramię. Przyglądał się uważnie mojej twarzy, być może próbując ocenić, jak zareaguję, gdyby się odezwał. Próbowałam bez słów mu przekazać, że przyjmę jego przeprosiny, wyjaśnienia czy cokolwiek, co chciałby mi powiedzieć. Byłam przygotowana na wszystko.

On tylko się uśmiechnął.

Taniec zbliżał się do końca – i całe szczęście, bo zaczynało mi brakować tchu. Jeszcze trzy podniesienia jedno po drugim i będzie po wszystkim. Po raz ostatni obeszłam Etana i trafiłam prosto w jego oczekujące ramiona. Uśmiechał się, gotów pokazać, jak doskonale sobie radzi. Wybiłam się, kiedy mnie podniósł, i odchyliłam głowę z uśmiechem. Obserwujący nas tłum wzdychał z zachwytu na widok skoordynowanych tancerzy, a wiele osób biło brawo. Etan podniósł mnie po raz drugi, a ja roześmiałam się, kiedy jęknął z udawanym wysiłkiem, jakbym była zbyt ciężka, żeby podnieść mnie więcej niż raz. Podczas trzeciego podniesienia spojrzałam na niego z góry i stwierdziłam, że wydaje się... szczęśliwy.

Pomyślałam o dniu, w którym się spotkaliśmy po raz pierwszy. Musiał być wtedy naprawdę niezadowolony, zmuszony przywieźć swoją rodzinę do siedziby swojego wroga, do ojczyzny człowieka, który odpowiadał za śmierć jego przyjaciół. Przypomniałam sobie, jaki był wściekły, kiedy wtargnęłam do jego domu, pojawiłam się w miejscu, które powinno należeć tylko do niego. Pomyślałam o tym, ile gniewnych słów wymieniliśmy. Gdzie to wszystko zniknęło? Teraz on unosił mnie tak ostrożnie, że gdyby nawet cały zamek zatrząsł się w posadach, ja byłabym bezpieczna w jego rękach.

Ludzie nie byli imionami, którymi się przedstawiali. Nie byli swoimi rodami ani krajami. Byli tylko sobą, ale trzeba było przebić się przez wszystko pozostałe, aby to zobaczyć.

Zakończyliśmy taniec teatralnym ukłonem. Oklaskiwali nas wszyscy, łącznie z młodą parą. Etan, nie wypuszczając mojej ręki, sprowadził mnie z parkietu.

– Od wieków tak nie tańczyłam – przyznałam, zadyszana. – Nie wiedziałam nawet, jak bardzo mi tego brakowało.

– Chcesz powiedzieć, że Scarlet jeszcze nie próbowała cię podnosić? – zapytał Etan z udawanym niedowierzaniem.

– Jakoś nie znalazła się odpowiednia okazja.

– No trudno.

Podprowadził mnie do okna. Patrzyliśmy, jak na parkiet wyszły kolejne pary, żeby zatańczyć do nieco spokojniejszej melodii.

– Dziękuję – powiedziałam.

– Za co? – zapytał.

– Nie jestem pewna. Może za wszystko.

Etan się roześmiał.

– W takim razie nie ma za co. – Westchnął, chociaż nadal się uśmiechał, i dodał: – Chciałem cię przeprosić. Za wczorajszy wieczór. Nie wiem, co we mnie wstąpiło.

Zaczynało mi wchodzić w nawyk całowanie chłopców, których nie powinnam całować.

– Cóż, przerwałeś tym dalszą kłótnię, więc należą ci się gratulacje. Nie musisz za nic przepraszać. Ta wizyta w zamku była bardzo… interesująca.

– Jeszcze się nie skończyła.

Potrząsnęłam głową, otwierając szeroko oczy.

– Jeszcze dużo przed nami.

– Nie mogę się doczekać, aż się dowiem, co takiego zdobyła Valentina. Przypuszczam, że ojciec przeczyta to jako pierwszy.

– Musimy znaleźć sposób na zabranie jej z zamku. Obiecałam jej to.

Etan skinął głową.

– Jeśli będzie trzeba, sam mogę ją wywieźć na prowincję. Jeśli nam się nie uda, król nie zostawi jej w spokoju. Gdyby zdołał ją znaleźć, zapłaciłaby za tę ucieczkę.

– W takim razie musimy dopilnować, aby jej nie znalazł.

Etan popatrzył na mnie. Jego uśmiech zniknął bez śladu.

– Masz moje słowo.

To mi w zupełności wystarczyło.

– Dziękuję.

– Hollis, mam dla ciebie pewną propozycję.

– Och, nie mogę się doczekać, żeby ją usłyszeć.

Oparłam się łokciami o parapet i popatrzyłam na niego z naciskiem. Czy w jego oczach zawsze były iskierki srebra?

– Czy myślisz, że kiedy wszystko zostanie już zrobione i powiedziane, moglibyśmy kontynuować naszą znajomość nie jako przymusowi wspólnicy zbrodni, ale jako przyjaciele? – zapytał z nadzieją.

Gdyby zaproponował mi to w Koroanii albo nawet w Pearfield, skakałabym z radości. Ale teraz? Teraz czułam się, jakby kopia właśnie wysadziła mnie z siodła. Etan i ja mieliśmy przed sobą zupełnie inne drogi i zupełnie inne cele.

Z bólem serca, które z każdym uderzeniem przypominało mi, że nie możemy stać się dla siebie nikim więcej, uśmiechnęłam się do niego.

– Zawsze pragnęłam zostać twoją przyjaciółką, Etanie.

– Doskonale. W takim razie chyba powinniśmy zatańczyć jeszcze raz – powiedział szybko Etan i pociągnął mnie na parkiet. – Wywołajmy skandal towarzyski, Hollis. Ci nieszczęśnicy potrzebują jakichś tematów do rozmowy.

Roześmiałam i bez wahania poszłam za nim, zapamiętując, jakie to uczucie, kiedy trzymał moją dłoń w swojej dłoni.

Rozdział 25

Czekałam z niespokojnym napięciem, aż wujek Reid przejrzy listy. Po raz pierwszy widziałam, jak Scarlet się modli. Wiedziałam trochę o jej wierze od Silasa – pamiętałam przysięgę, którą na jego prośbę wymieniliśmy, a także tradycje koncentrujące się bardziej na ludziach niż na zapisach w księgach. Nie byłam nigdy osobą, którą można by nazwać religijną, i nie byłam nawet pewna, jak należałoby się modlić. Gdybym wiedziała, na pewno już dawno bym tego spróbowała.

Mimo to złożyłam ręce i powiedziałam jedyną rzecz, o jakiej mogłam myśleć:

– Proszę. – To nie było wiele, ale nigdy chyba nie mówiłam aż tak szczerze. Siedziałam z pochyloną głową i pokornym sercem. – Proszę.

Chwilę później wujek Reid wynurzył się ze swojej sypialni, trzymając plik rozłożonych listów. Wszyscy niecierpliwie zerwaliśmy się na nogi.

– Hollis, czy Valentina czytała coś z tego, co ci przyniosła?

– Nie wiem.

Wujek Reid westchnął i położył listy na stole przed nami.

– Miejmy nadzieję, że nie. Żadna kobieta nie powinna się dowiedzieć, ile jej mąż zapłacił za zamordowanie jej rodziny.

Zachłysnęłam się.

– Znalazłeś coś takiego?

Skinął głową. Wiedziałam, że chciał dowodów – wszyscy ich chcieliśmy. Czym innym jednak było tak szczegółowe zapoznawanie się z nimi.

– Część z tego nie ma większego znaczenia, ale kilka pozwala powiązać króla bezpośrednio z wieloma głośnymi morderstwami popełnionymi w ostatnich czasach przez tak zwanych Mrocznych Rycerzy, w tym ze śmiercią rodziców Valentiny. Mamy tu nazwiska ofiar i wydaje mi się, że możemy ustalić co najmniej dwóch z morderców. Jeśli Valentina zdołała to znaleźć i ukryć w ciągu jednej chwili, nie wątpię, że jest tego znacznie więcej.

Widać było, że mówi to z ciężkim sercem. Ja czułam się podobnie. Było jednak pytanie, które po prostu musiałam zadać, chociaż nie potrafiłam znaleźć odpowiednich słów.

Znalazła je matka.

– Jest tam coś o Dashiellu? Albo o moich chłopcach?

Wujek Reid potrząsnął głową.

– Wiele śmierci pozostaje jeszcze niewyjaśnionych, chociaż to nie znaczy, że Quinten nie jest za nie odpowiedzialny. Ale te morderstwa nie są najbardziej szokującymi dowodami, jakie dostaliśmy – oznajmił ze znużeniem.

– Co mogłoby być jeszcze gorsze? – zapytał Etan.

Wujek Reid powoli sięgnął do trzymanego pliku papierów i wyjął pojedynczy list.

– Zastanawialiśmy się, dlaczego ten ślub był do tego stopnia na pokaz. Po to, żeby utrwalić w pamięci ludzi jego moment. Tak aby wszyscy w królestwie uwierzyli, że Phillipa poczęła dzisiaj dziecko. W rzeczywistości król zapłacił jej sowicie, żeby weszła do rodziny królewskiej. Zapłacił także fortunę pewnej wieśniaczce za dziecko, które zostało poczęte mniej więcej miesiąc temu.

– Nie – wyszeptała Scarlet.

Wujek Reid skinął głową.

– Tak bardzo chce zatrzymać tron, że przez całe jej życie zmuszał królową Verę do starania o kolejne dzieci. Próbował także zmusić do tego Hadriana, rok po roku, dopóki nie stało się jasne, że stan zdrowia nigdy mu na to nie pozwoli. Ten nieszczęsny chłopak żyje tak długo tylko dzięki postępom naszej medycyny. Gdyby urodził się w Morlandii albo Katalii, już dawno by umarł.

Widziałam, że wujek Reid potrząsnął niespokojnie głową – być może po raz pierwszy zobaczył Hadriana tak, jak ja widziałam Valentinę – jak pionek w cudzej grze.

– Kiedy zaczął się obawiać, że nasze rody mogą być silniejsze, zaczął też nas osłabiać. Odbierał nam ziemie, cieszył się, kiedy traciliśmy dzieci, i wypędzał nas z kraju. Poślubił Valentinę ze względu na jej młodość, ale kiedy okazało się, że ona także nie może dać mu lepszego następcy tronu, zrezygnował ze związanych z nią planów na rzecz Phillipy, która wydaje się przynajmniej na tyle sprytna, żeby wiedzieć, kim jest jej teść. Zażądała pieniędzy oraz gwarancji, że kiedy upłynie stosowny okres żałoby po nieuniknionej śmierci

Hadriana, będzie mogła poślubić, kogo tylko zechce. Ma to wszystko na piśmie – powiedział wujek Reid i znowu potrząsnął głową. – Jeśli Hadrian umrze, to nie będzie miało znaczenia. Ludzie i tak uwierzą, że Phillipa nosi jego dziecko.

Nie potrafiłam powstrzymać dreszczu, który mnie przebiegł. Quinten był tak podły, tak wyrachowany. Rozgrywał wszystkie pionki na planszy tak, aby nie stracić korony i zadecydować o tym, komu przypadnie ona w przyszłości.

– Mamy teraz niepodważalne dowody, ojcze. Co robimy? – zapytał Etan.

Wujek Reid milczał przez długą chwilę, a potem wstał i wrócił do swojej sypialni. Kiedy stamtąd wyszedł, niósł ukryty w pochwie miecz.

– Czy to…? – zapytała matka, nie kończąc zdania.

Wujek Reid skinął głową.

– To miecz Jedrecka. Uczestniczył w wielu wojnach i obdarzył rycerskim tytułem wielu mężnych. To miecz królewski, a my go użyjemy, aby poprowadzić naszych sprzymierzeńców do bitwy.

Czekałam, żeby wujek Reid podszedł do drzwi, zrobił coś… Ale on zbliżył się do Etana i podał mu miecz.

Etan spojrzał szybko na mnie, a potem przeniósł wzrok na swojego ojca. Zawahał się, podczas gdy ja patrzyłam na to oszołomiona.

Kiedy myślałam o osobach, które mogłyby zasiąść na tronie, oczywistymi kandydatami byli Scarlet i wujek Reid. Matka była tylko spowinowacona z rodem królewskim, a Etan pozostawał synem swojego ojca. Ale jak się teraz nad tym zastanawiałam – wcześniej ludzie popierali Silasa, a nie jego ojca. Być może po kimś tak starym jak Quinten mieli nadzieję na władcę, który będzie miał całe życie, żeby naprawić wszystko, co w kraju popsute. Etan z pewnością był taką osobą.

– Nie zapytałeś mojej kuzynki, czy tego nie chce – przypomniał Etan. – Ja byłbym gotów złożyć hołd królowej Scarlet. – Odwrócił się do niej z niemal błagalnym spojrzeniem.

Ja także odwróciłam się, żeby na nią popatrzeć. Zrozumiałam, że na moich oczach tworzy się historia. Scarlet uśmiechnęła się z wdziękiem i ostrożnie podeszła do Etana.

– Nie – powiedziała cicho. – Nie chcę miecza, bitwy ani korony. Chcę jedynie życia, które mogłoby należeć tylko do mnie, a wiem, że jako królowa nie będę miała na to szansy.

– Czy jesteś pewna? – zapytała z naciskiem matka.

– Tak, jestem pewna. Miałam wiele czasu, żeby to przemyśleć. Nie chcę władzy ani zobowiązań. Nigdy też nie zakwestionuję twoich praw do korony, Etanie. Przysięgam, że pozostanę wobec ciebie bezwzględnie lojalna.

Etan znowu rzucił mi spojrzenie, zanim zwrócił się do ojca.

– Ja nie chcę... nie mogę...

– Etanie, przeszliśmy tak długą drogę – przypomniał mu ojciec.

– Dlaczego nie ty?

Twarz wujka Reida była całkowicie spokojna.

– Być może gdybym był młodszy... Ale nie potrafię prowadzić ludzi. Nie tak jak ty.

– Jesteś niezwykle odważny, synu – powiedziała ciocia Jovana.

– Oraz inteligentny – dodała Scarlet.

– Masz imponujące doświadczenie wojskowe, a także charyzmę, jaką może się pochwalić bardzo niewielu – zgodziła się matka.

– Jesteś urodzonym przywódcą, Etanie – oznajmiłam, obawiając się, że mogę powiedzieć za dużo. Mimo to mówiłam dalej, ponieważ wiedziałam, że Etan potrzebuje to usłyszeć bardziej niż kiedykolwiek. – Jesteś pełen żaru, silny i zdolny do współczucia, nawet jeśli się do tego nie przyznajesz. – Etan popatrzył na swoją rodzinę, a potem znowu na mnie. – Cokolwiek myślisz o tym, jakaś część mojego serca należy do Izolty i cieszyłabym się, gdybyś został moim królem.

Etan przez długą chwilę patrzył mi prosto w oczy, a na jego twarzy malowały się lęk, nadzieja i rozpacz. W końcu, niemal jakby sprawiało mu to fizyczny ból, wyciągnął rękę i wziął miecz od swojego ojca.

– Co mam robić? – zapytał.

– Wracaj do naszej posiadłości – polecił wujek Reid. – Zbierz armię. Zabierz ze sobą część tych listów, a nasi sprzymierzeńcy będą gotowi walczyć o prawdę. Przekażemy po cichu wiadomość arystokratom niezadowolonym z obecnej sytuacji i wyjaśnimy, co się dzieje, a także zaproponujemy stanowiska na twoim dworze, jeśli nas poprą. Jestem wprawdzie pewien, że mamy przewagę liczebną, ale musisz być ostrożny. Jeśli powiesz coś niewłaściwej osobie…

Etan skinął głową.

– Wiem.

– Jedź od razu – nalegał wujek Reid. – Będziemy czekać na twój powrót.

– Zaczekaj. – Etan uniósł dłoń. – Najpierw musimy stąd zabrać Valentinę. – Popatrzył na mnie. – Jeśli ma mieć szansę na ucieczkę, muszę ją zabrać ze sobą teraz. Mogę to zrobić, ale będę potrzebować twojej pomocy.

Nie wahałam się.

– Zrobię wszystko, co konieczne.

Rozdział 26

Potrzebowałam trochę czasu, żeby znaleźć pokojówkę, która odważyłaby się pójść do komnat królowej i przekazać jej wiadomość. Biedna Valentina – nawet służba obawiała się do niej zbliżać. W końcu zdołaliśmy jej przesłać wiadomość, że dziewczyna z Koroanii ma coś, co do niej należy, i chciałaby jej to oddać.

Valentina pojawiła się u nas ubrana w koszulę nocną i płaszcz wyszywany srebrną nicią.

– Wasza Wysokość. – Wujek Reid powitał ją ukłonem. – Chcielibyśmy przeprosić, że działamy tak bez uprzedzenia, ale jeśli jesteś gotowa do ucieczki, to nasza jedyna szansa.

Valentina popatrzyła na mnie.

– Hollis?

Podeszłam do niej i ścisnęłam jej dłonie.

– Valentino, oddałaś ogromną przysługę swojemu krajowi. Ocaliłaś dzisiaj bardzo wiele ludzkich istnień. Nigdy nie zdołamy ci za to podziękować.

Jej oczy napełniły się łzami.

– Nie byłam pewna... czy to wystarczy?

Skinęłam głową.

Przymknęła oczy i pozwoliła, żeby łzy spływały po jej policzkach.

– Kto zajmie jego miejsce?

Popatrzyłam na Etana.

Valentina odwróciła się – wymienili długie spojrzenia. Ona miała właśnie porzucić koronę, on zamierzał ją wziąć. Ich pozycje miały się na zawsze zamienić i może dlatego połączył ich ten dziwny i niemal piękny moment zrozumienia.

– Będziesz mógł liczyć na moje nieustające poparcie, sir.

Skinął jej głową z pełnym szacunkiem.

– Weź mój płaszcz – powiedziałam, wyciągając go i podając Valentinie. – Za kilka chwil wyjedziesz stąd konno z Etanem, który ma udawać, że odwozi swoją kuzynkę do domu. Zabierze cię do Pearfield, a tam zorganizuje przewiezienie cię do Koroanii. Te dokumenty – uniosłam plik papierów – pomogą ci przekroczyć granicę i zawierają instrukcje dla mojej służby. Hester się tobą zaopiekuje. Mamy też dość złota. – Położyłam wszystkie dokumenty na stole obok niej.

Valentina wpatrywała się w nie, jakby wszystko dopiero do niej docierało.

– Jeśli on się domyśli, zabije cię, Hollis. Ja tylko... chcę, żebyś to wiedziała, zanim odjadę.

Mimo tego ostrzeżenia Valentina zdjęła swój płaszcz i włożyła mój. Na jej twarzy malował się lęk.

– Wiem o tym i mimo to postanowiłam to zrobić. Na tym świecie została mi już tylko garstka ludzi, na których mi zależy, a ty jesteś jedną z nich. Chcę ci pomóc.

W oczach Valentiny znowu zalśniły łzy. Popatrzyła na pełne życzliwości twarze obecnych. Zastanawiałam się, ile czasu minęło, odkąd ktoś potraktował ją tak serdecznie.

– Jak kiedykolwiek zdołam wam podziękować?

– To my mamy wobec ciebie dług wdzięczności – zapewnił ją wujek Reid. – Mamy także nadzieję, że zechcesz nam wybaczyć. Powinniśmy dostrzec wcześniej, że potrzebujesz pomocy, a niczego nie zauważyliśmy. Gdyby nie Hollis, nadal uważalibyśmy, że stoisz po stronie Quintena.

Valentina spojrzała na mnie ze łzami w oczach. Być może powinnyśmy były powiedzieć sobie coś więcej, zapewnić się nawzajem o naszej wdzięczności i przyjaźni, ale nic takiego nie przeszło mi przez gardło. Nie chciałam się z nią żegnać w żaden sposób, ponieważ to by zabrzmiało zbyt ostatecznie. Gdybym mogła siłą woli sprawić, że kiedy to wszystko się skończy, Valentina będzie u mojego boku, zrobiłabym to.

– Przyślij wiadomość, gdy dotrzesz do pałacu Varinger. Chciałabym tylko wiedzieć, że jesteś bezpieczna.

Valentina spojrzała na mnie, mrużąc oczy.

– Myślałam, że ty także niedługo tam przyjedziesz.

Etan patrzył w tym momencie w posadzkę – i całe szczęście. Gdybym zobaczyła te stalowoszare oczy z iskierkami srebra, mogłabym stracić całą pewność siebie i kilka kolejnych kawałków serca. Odbierał mi je po kawałeczku swoimi półuśmiechami i rzucanymi ukradkiem spojrzeniami. Co ze mną będzie, kiedy on zawładnie całym moim sercem, a ja zostanę z niczym?

– Oczywiście, przyjadę, ale jeszcze nie wiem kiedy. Dbaj o siebie – powiedziałam i podeszłam, żeby pocałować ją w policzek.

– Musimy jechać – odezwał się Etan.

Cofnęłam się, czując zimny dreszcz, który nie miał nic wspólnego z nieustannie wiejącym izoltańskim wiatrem.

– Powodzenia, synu. – Wujek Reid położył dłoń na ramieniu Etana i podał mu kilka obciążających króla listów. – Będziemy na ciebie czekać.

Etan skinął głową i potrząsnął dłonią ojca. Mieliśmy nadzieję, że ludzie za nim podążą, ale gdyby mu się nie udało... Nie dowiemy się o tym, dopóki nie będzie o wiele za późno.

Etan przytulił swoją matkę i szepnął jej coś do ucha. Widziałam, jak przechyla głowę, zastanawiając się nad jego poważną prośbą. Cofnął się i spojrzał jej w oczy. Tu chodziło o coś ważniejszego niż pożegnanie – zupełnie jakby składali sobie jakąś obietnicę. Etan odetchnął głęboko, kiedy ciocia Jovana powoli skinęła głową.

Potem podszedł do matki i ucałował ją w policzek.

– Pilnuj tutaj wszystkiego – polecił jej żartobliwie.

Uśmiechnęła się, a Etan zbliżył się do Scarlet.

– To twoja ostatnia szansa, żeby zostać królową. Przekażę ci to prawo bez namysłu, bez pytań i bez żalu.

Scarlet uśmiechnęła się całkowicie opanowana i dygnęła głęboko.

– Niech i tak będzie – stwierdził Etan, kiedy się podniosła.

Pocałował ją w czoło i przeszedł do mnie.

Staliśmy przed sobą, zdając sobie sprawę z niebezpieczeństw, jakie nas czekają. Było tyle rzeczy, które pragnęłam powiedzieć, ale nawet gdybyśmy byli sami, słowa nie przeszłyby mi przez gardło.

– Wrócę – szepnął Etan. – Proszę... proszę, dbaj o siebie.

– Ty też – odparłam bezgłośnie.

Wsunął palce we włosy na moim karku i pocałował mnie w czoło, przytrzymując na nim usta o jedną chwilę dłużej niż to konieczne. Potem popatrzył na Valentinę.

– Chodźmy, Wasza Wysokość. Nie mamy czasu do stracenia.

Valentina spojrzała na nas po raz ostatni i bez słowa wyszła na korytarz. Etan nie obejrzał się, a ja miałam nadzieję, że widok znikającej za drzwiami peleryny nie będzie moim ostatnim wspomnieniem po nim.

Rozdział 27

Żadne z nas nie spało tej nocy, ale następnego dnia nie byliśmy senni. Nie miałam pojęcia, ile czasu potrzeba, żeby zgromadzić armię, ale wiedziałam, że nie zaznam spokoju, dopóki nie zobaczę właściciela pary stalowoszarych oczu jadącego z powrotem do zamku.

Wątpiłam, aby ktoś z nas uważał inaczej. Wujek Reid działał potajemnie, ale bez zwłoki. Nie chciał zostawiać niczego na piśmie na wypadek, gdyby coś poszło nie tak, ale krążył po komnatach, przekazując informacje innymi arystokratom i upewniając się co do możliwego poparcia.

Nawet matka i ciocia Jovana przyjmowały gości – żony i córki najznakomitszych rodzin – którzy pragnęli potwierdzić, że zamierzają wspierać naszą sprawę. Pomagały także znajdować wymówki tym, którzy powinni już wyjechać, ale postanowili pozostać w zamku trochę dłużej.

Nie znałam tych osób, a chociaż moja obecność nie przeszkadzała, nie czułam się na tyle swobodnie, żeby włączać się do rozmowy. Wiedziałam, że się nie uspokoję, dopóki Etan nie wróci i dopóki nie doprowadzimy planu do końca. Do tego czasu wszystko mogło się zdarzyć.

Siedząc przy oknie i obserwując zachód słońca na horyzoncie, podzieliłam się szeptem moimi zmartwieniami ze Scarlet, która usiadła obok mnie.

– Nic mu nie jest, prawda? – zapytałam.

– Nie, nic mu nie jest – zapewniła mnie Scarlet.

Przełknęłam gulę w gardle i znowu rozejrzałam się po okolicy. Usłyszałam pochrapywanie. Wujek Reid był pogrążony w modlitwie, ale matka chyba zasnęła w fotelu. Nie oglądałam się na ciocię Jovanę.

– Nikt nie oskarży go o to, że jest zdrajcą, nie zamorduje go gdzieś w odludnym miejscu i nie pochowa w nieoznaczonym grobie, prawda?

Scarlet spojrzała na mnie zmrużonymi oczami.

– To bardzo precyzyjne obawy, Hollis.

– Ten obraz cały czas mnie prześladuje. To, jak on próbuje powiedzieć prawdę, ale nikt mu nie wierzy. A jest tylko jednym człowiekiem przeciwko tak wielu. Tak bardzo się boję, że on może już być martwy, a my o niczym nie wiemy.

– Musisz w niego wierzyć, Hollis.

Oderwałam wzrok od horyzontu, żeby spojrzeć na moją siostrę, która położyła mi rękę na ramieniu i mówiła dalej:

– Etan… jest silny. Może aż za silny. Walczy o słuszną sprawę, więc nie pozwoli się pokonać. Poza tym…

Zacisnęła wargi, jakby obawiała się, że powie za dużo. Spojrzała szybko na zajętych swoimi sprawami członków rodziny i na wszelki wypadek zniżyła głos do szeptu.

– Poza tym na pewno wróci do ciebie.

– Cśśś – szepnęłam z naciskiem i także rozejrzałam się, czy nikt nas nie słyszy. – Już o tym rozmawiałyśmy.

– Owszem, ale najwyraźniej mnie nie słuchałaś.

– Mówiłam ci, jemu nie zależy na mnie w taki sposób, jak myślisz. – Usiadłam prosto. – Zapytał mnie, czy możemy w końcu stać się dla siebie przyjaciółmi. Przyjaciółmi, Scarlet. Nie było żadnych deklaracji wiecznej miłości, żadnej prośby, abym zaczekała, aż pomści swoją rodzinę, żadnej obietnicy. Przyjaciółmi.

Scarlet oparła podbródek na rękach spoczywających na kamiennym parapecie.

– A jak myślisz, dlaczego poprosił cię o coś takiego, droga siostro?

Ponieważ tylko w ten sposób mógł ocalić twarz po tym, jak popełnił kardynalny błąd i mnie pocałował – pomyślałam.

– Ponieważ przynajmniej nie czuje już do mnie nienawiści i chciał, żebym to wiedziała, zanim nastąpi nasze nieuniknione rozstanie – odpowiedziałam.

Scarlet uśmiechnęła się, jakbym była najgłupszą osobą pod słońcem.

– Ponieważ sądzi, że odtrąciłabyś go, gdyby odważył się poprosić o cokolwiek więcej.

Westchnęłam.

– A mnie się do tej pory wydawało, że jesteś spostrzegawcza. – Zwróciłam z powrotem wzrok na zamkową bramę.

– Zrobiłabyś to?

– Co takiego?

– Odtrąciłabyś go?

– Co masz na myśli?

Scarlet prychnęła.

– Gdyby Etan zadeklarował ci wieczną miłość i poprosił, żebyś na niego zaczekała...

– A, o to ci chodzi... Ale nie zrobił tego.

– Na litość boską, Hollis, pytam, co byś powiedziała, gdyby to zrobił.

– Nie, czy to jasne? – Znowu zniżyłam głos, ponieważ kątem oka dostrzegałam, że ktoś uniósł głowę. Odetchnęłam, żeby się uspokoić, i wyszeptałam: – Na pewno nie powiedziałabym o tym nikomu, ponieważ nie chciałabym, żebyście uznali, że nie kochałam Silasa, ale nie... nie odtrąciłabym go. Gdybym tylko mogła, sama wysłałabym mu zaproszenie.

Scarlet przykryła moją dłoń swoją.

– Z całego serca wierzę, że gdyby Silas był tutaj, do końca życia starałabyś się go uczynić jak najszczęśliwszym. Wiem, że byłabyś wierna i troszczyłabyś się o niego aż do przesady. Nie możesz sobie wyrzucać, że nie miałaś okazji, żeby tego dowieść. My na pewno nie mamy ci tego za złe. Jesteś wolna, Hollis.

– Nie jestem. Wiem, że matkę by to zabolało. – Bawiłam się pierścionkiem na palcu; tym, który od niej dostałam, przekazywanym z pokolenia na pokolenie od samego Jedrecka. Zasłużyłam na prawo noszenia tego pierścionka, poślubiając jej syna. Nie mogłam o tym zapomnieć. – Poza tym jeśli Etanowi się uda, zostanie królem. Będzie musiał zawrzeć małżeństwo polityczne. Będzie musiał jak najszybciej założyć nową dynastię i jestem pewna, że każdy lord, którzy przysięgnie mu poparcie, będzie oczekiwać, że Etan poślubi Izoltankę z rodu równie starego jak jego własny.

– Ty także jesteś teraz Izoltanką, Hollis. A twój ród jest naprawdę stary.

Westchnęłam.

– To nie jest... Dlaczego tak się przy tym upierasz?

Scarlet wzruszyła ramionami i uśmiechnęła się szeroko.

– Już ci mówiłam, potrzebujemy jakiejś okazji do świętowania. Poza tym... – Rozejrzała się po komnacie i zniżyła głos. – Wszyscy już wspomnieli co najmniej raz czy dwa razy, jak bardzo zbliżyliście się do siebie podczas tego wyjazdu. Nie wiem, jak to się stało, ale zmiana jest wystarczająco duża, żeby każdy ją zauważył. Być może nie do końca potrafią oszacować jej znaczenie, ale coś widzą. Jeśli o tym mówią, to zawsze z uśmiechem.

Pomyślałam, że mogłaby istnieć szansa, iż nikt nie znienawidzi mnie za pokochanie Etana. Nie potrafiłam jednak poddać się jeszcze temu uczuciu. Wsparcie rodziny stanowiło dla mnie pociechę, ale nadal byłam przekonana, że Etan nie jest zainteresowany. Nazwał mnie przyjaciółką, nie był jeszcze gotów do małżeństwa, a nawet gdyby miał kogoś poślubić, wiązały się z tym oczywiste oczekiwania.

Będzie lepiej, jeśli zachowam dla siebie resztki mojego serca. Pewnego dnia jakiś nieszczęsny chłopak może je zechcieć.

– Muszę obserwować bramę, Scarlet. Na razie chcę tylko, żeby przeżył.

Scarlet potrząsnęła głową.

– To w niczym ci nie pomoże – zauważyła.

Westchnęłam. Miała oczywiście rację.

– Pomoże czy nie pomoże, nie zmienimy faktów dokonanych.

– Nie mów głupstw, Hollis. Miłość jest faktem.

Rozdział 28

Byłam niewyobrażalnie zmęczona, ale kiedy siedziałam, obserwując bramę, czułam tylko nerwową ekscytację, lęk wymieszany z nadzieją, pulsujące w moim sercu, żołądku i dłoniach. To wystarczyło, żebym nie zasnęła nawet na chwilę. Kiedy noc była najciemniejsza, wypatrywałam blasku pochodni. A kiedy atramentowe niebo zaczęło się stawać fioletowe, a potem różowe, potrafiłam myśleć tylko o tym, że on pojawi się lada chwila. Na pewno, prawda? Musiało mu się udać.

W końcu, kiedy napięcie stało się praktycznie nie do wytrzymania, na horyzoncie pojawiła się szarawa smuga.

Usiadłam prosto, a Scarlet zauważyła to i przysunęła się do mnie, żeby wyjrzeć.

– Co to... – zaczęłam.

– To jest armia, Hollis – odparła cicho, z podziwem.

Patrzyłyśmy jeszcze przez chwilę, żeby się upewnić, żeby zobaczyć zarys jego sylwetki. Potrzebowałam zaledwie sekundy. Kiedy znaleźli się prawie pod bramą, zabrzmiały trąbki. Etan wracał ze stosowną fanfarą.

– Jest tutaj! – zawołałam, jakby trąbki nie przyciągnęły wszystkich do okien. – Och, jest tutaj i ma ze sobą tylu ludzi!

Myślałam, że zdołam policzyć tych, którzy będą mu towarzyszyć, ale byłam kompletnie zaszokowana widokiem mężczyzn – oraz nielicznych kobiet – jadących konno i maszerujących w stronę zamku pod srebrną flagą.

– Nic mu się nie stało – powiedziała ciocia Jovana łamiącym się głosem.

Z jej oczu popłynęły łzy matki martwiącej się w głębi serca o swoje ostatnie żyjące dziecko.

– Wygląda tak królewsko – szepnęła matka, oszołomiona tym widokiem.

Scarlet mogła tylko skinąć głową, zgadzając się z nią.

Wszyscy zdumiewali się na widok rozmiarów armii Etana, ale ja potrafiłam patrzeć tylko na niego.

Siedział wyprostowany, a na jego twarzy nie widać było cienia wątpliwości ani lęku. Nie nosił korony, a ja nie byłam pewna, czy nawet gdyby miał ją do dyspozycji, zgodziłby się ją nałożyć, zanim wszystko zostanie przypieczętowane. Nosił jednak zbroję i jadąc do zamku, wydawał się znacznie bardziej królewski niż kiedykolwiek Quinten.

– Nadszedł czas – oznajmił wujek Reid. – Przygotujcie się. Zejdziemy powitać Etana, a po drodze musimy zawiadomić pozostałych.

Nosiłam tę samą sukienkę od wczoraj, a czerwień mogła nie być stosowna na tę okazję, ale było za późno, żeby coś zmieniać. Przeczesałam palcami włosy i przerzuciłam je przez ramię.

– Wyglądasz ślicznie – zapewniła mnie Scarlet. – Widzę, że się o to martwisz.

Przełknęłam gulę w gardle.

– Mamy poważniejsze zmartwienia. Chodźmy.

Wyszliśmy na korytarz, a ja zobaczyłam, że wujek Reid puka szybko trzy razy w drzwi każdej z mijanych komnat. Z jednej z nich wyszli natychmiast lord i lady Dinnsmor, a z innej wyłoniła się rodzina Juliena – Kahtrisowie. Kiedy zbliżyliśmy się do schodów, z góry zszedł lord Odavar – ten, który przywitał mnie tak życzliwie, gdy dowiedział się, że jestem wdową po Silasie – z tuzinami ludzi. Najwyraźniej wiele rodzin spędziło tę noc razem, więc w kilka minut mieliśmy przy sobie swoją armię.

Wyszliśmy na zewnątrz w momencie, gdy Etan podjechał do strażników. Och, jaki on był przystojny.

– Rzućcie broń – polecił.

Jeden odważny strażnik ośmielił się zawołać:

– Nie, sir! To jest zdrada!

Etan potrząsnął głową.

– Mój dobry człowieku, niemal żałuję, że tak nie jest. Niestety, to król Quinten dopuścił się zdrady stanu. Z jego rozkazu wymordowano rodzinę Jej Wysokości, a także jego własną. Popełniał zbrodnię za zbrodnią na swoich poddanych niezależnie od ich urodzenia. Mam listy pisane jego ręką i zapieczętowane jego pieczęcią, które zaświadczą o tym, że mówię prawdę. Ponieważ z urodzenia mam także prawa do tronu, przyszedłem tutaj dopilnować, by sprawiedliwości stało się zadość. Możecie złożyć broń teraz i dołączyć do nas lub zginąć w bezużytecznej próbie powstrzymania mnie.

Jego słowa były niezwykle precyzyjne i pełne pewności.

Czekałam, aż któryś ze strażników rzuci się na niego, aż wywiąże się walka. Zamiast tego jednak pierwszy z nich upuścił włócznię i bez słowa podszedł, aby dołączyć do Etana. Zaraz potem zrobiło to trzech kolejnych. W końcu, powoli, wszyscy strażnicy zeszli ze swoich posterunków. Towarzyszący Etanowi ludzie brawami powitali ich w swoich szeregach i w ten sposób wydawało się, że nie został już nikt, kto miałby bronić króla Quintena.

Odetchnęłam z ulgą, jednocześnie pełna wdzięczności i pod wrażeniem.

Etan obejrzał się, nie zsiadając z konia, i zawołał do swoich sojuszników:

– Moi wierni Izoltanie, dalej udam się sam i przyprowadzę tutaj króla Quintena, żeby przedstawić mu oskarżenia na waszych oczach, ponieważ to wam powinien był poświęcić swoje życie. Mam nadzieję, że nie będzie stawiać oporu i że wszyscy zostaniecie świadkami, ponieważ macie większe niż ktokolwiek prawo do poznania prawdy. Jeśli jednak odmówi, proszę was, Izoltanie, żebyście stanęli do walki!

Rozległ się ogłuszający wrzask. Miałam wrażenie, że cały kraj pojawił się tutaj, żeby wspierać Etana.

Etan zeskoczył z konia, a ja zobaczyłam, że jego oczy rozjaśniły się na mój widok.

Wchodząc po schodach, poświęcił cudowny moment tylko mnie. Zatrzymał się i popatrzył mi prosto w oczy, jakby prosił, żebym także go wspierała. A ja go wspierałam. Z całego serca.

– Synu! – zawołał wujek Reid i czar prysnął.

– Ojcze. Oni przyszli ze mną – powiedział Etan ze zdumieniem, ujmując wujka Reida za ramiona. – Tak wielu przyszło tutaj. Mam wrażenie, że za wielu. Nie mogę uwierzyć, że są tutaj.

Wujek Reid oparł czoło o czoło Etana.

– Ja mogę w to uwierzyć. Czy jesteś gotów?

– Chyba tak... Obawiam się, że on nie ustąpi bez walki. Nie chciałbym uciekać się do przemocy.

– Nie martw się, synu. On także nie. Nie teraz.

Etan skinął głową.

– Chciałbym, żebyś przy mnie był. I chciałbym, żeby poszła z nami także Hollis. Chcę, żeby on wiedział, kto doprowadził do jego klęski.

– Oczywiście – odparł wujek Reid.

Etan popatrzył na mnie.

– Będę przy tobie – zapewniłam go. – Zawsze.

Etan z uśmiechem odwrócił się do schodów i ruszył w górę stanowczym krokiem, doskonale wiedząc, dokąd się kieruje. Myliłam się, sądząc, że wszyscy strażnicy przeszli już na naszą stronę. Gdy wspinaliśmy się po spiralnych schodach, spotkaliśmy jeszcze kilku, ale na widok Etana część z nich rzuciła broń, a część po prostu uciekła. Najwyraźniej tłum na zewnątrz został już zauważony.

Nikt nie zatrzymywał nas w drodze do komnat królewskich. Etan otworzył drzwi szybkim i pewnym ruchem. Miecz – należący niegdyś do Jedrecka – trzymał w pogotowiu.

Król Quinten siedział w swojej komnacie, pochylony nad biurkiem, a obok niego stała księżniczka Phillipa, ze złożonymi przed sobą rękami i wyraźnym niepokojem malującym się na twarzy. Quinten podniósł głowę, ale nie sprawiał wrażenia zaskoczonego naszym widokiem.

– Królu Quintenie, zostajesz niniejszym aresztowany za liczne akty zbrodni przeciwko swoim poddanym. Przyszedłem tutaj, żeby wyprowadzić cię na zewnątrz, gdzie obywatele Izolty osądzą cię za twoje czyny. Kiedy podejmą stosowną decyzję, zajmę twoje miejsce na tronie zgodnie z prawem urodzenia, jakie przynależy mi jako potomkowi Jedrecka Wielkiego.

– To prawo należy do księcia Hadriana i jego potomka – przypomniała nerwowo Phillipa.

No tak – nie tylko Quinten musiał zostać odsunięty od władzy, ale także Hadrian i Phillipa. Quinten był w oczywisty sposób złym człowiekiem, ale nie byłam pewna, czy to samo można powiedzieć o Hadrianie. Pod wieloma względami współczułam mu. Co mogliśmy z nim zrobić?

Jak się okazało, Quinten miał już odpowiedź na ten problem.

Westchnął ciężko, potarł skronie i popatrzył na nas ze swojego miejsca.

– Masz ogromne szczęście, zgłaszając to prawo teraz, sir… Mój syn zmarł dziś rano.

Rozdział 29

Wujek Reid, Etan i ja znieruchomieliśmy. To był bolesny cios w chwili naszego triumfu. Jedyną winę Hadriana stanowiło to, że był synem Quintena. Co więcej, widać było, że Quinten jest tym zdruzgotany. Być może bolało go, że ostatecznie stracił szansę na przedłużenie władania swojego rodu, ale to, w jaki sposób oddychał ciężko i nie patrzył nam w oczy, podpowiadało, że w równym stopniu bolała go utrata syna.

– Ale, ale – odezwała się Phillipa, rzucając Quintenowi znaczące spojrzenie. – Ja mogę już nosić jego dziecko.

– Nie możesz – odparł spokojnie Etan. – Wiemy o tej małej intrydze.

Phillipa zacisnęła gniewnie wargi i popatrzyła na Quintena.

– Obiecywałeś mi bardzo wiele.

– Jeśli byłaś na tyle głupia, żeby w to uwierzyć, to tylko twoja wina.

Jej twarz poczerwieniała, nie z zażenowania, ale z wściekłości. Stała, oddychając ciężko i bez słowa domagając się naprawienia tej niesprawiedliwości. Niestety dla niej to nie miało nigdy nastąpić.

– Wstań – polecił Etan. – Nałóż koronę. Ludzie na zewnątrz muszą cię rozpoznać.

Quinten uniósł brew.

– Najwyraźniej sprowadziłeś tutaj imponującą rzeszę świadków.

– To nie są świadkowie – poprawił go Etan. – To armia. Mężczyźni i kobiety, biedacy i bogacze, gotowi w końcu zażądać, żebyś zapłacił za zbrodnie popełniane przez dekady.

Quinten nie próbował temu zaprzeczać, był tylko wyraźnie zły, że został tak osaczony. Wydawało się, że na jego głowie i ramionach spoczywa jakiś ciężar. Wstał i podszedł do korony spoczywającej na fioletowej poduszce. Przesunął zgiętymi palcami po ostrych złotych szpicach, tak jakby w tej jednej chwili wspominał całe swoje rządy. Chciałabym móc powiedzieć, że na jego twarzy odmalował się żal lub skrucha, ale tak nie było.

Nałożył koronę i odwrócił się do Etana.

– Jakże pochopnie mnie osądzasz. Zobaczysz, co się stanie, kiedy ktoś przyjdzie, żeby rzucić wyzwanie tobie. To w tej sytuacji nieuchronne. Ustanowisz dzisiaj precedens. Kiedy tylko okażesz najmniejszą słabość, znajdą się tacy, którzy zrobią wszystko, aby cię obalić. Mam nadzieję, że pożyję dość długo, by zobaczyć, jak twoje wzniosłe ideały rozsypują się w proch.

– Cóż, ponieważ nie mam zamiaru mordować swoich poddanych, raczej nie znajdę się w podobnej sytuacji – odparł wyzywająco Etan.

Na Quintenie nie zrobiło to wrażenia.

– Tak jak mówiłem, zobaczymy.

– Chodź. Poddani na ciebie czekają – powiedział wujek Reid i poprowadził Quintena do drzwi.

– A co z nią? – zapytałam, wskazując ruchem głowy Phillipę. Stała całkiem nieruchomo, jakby miała nadzieję, że będzie niewidoczna na tle kamiennych ścian.

Etan potrząsnął głową.

– Niech wraca do domu i wytłumaczy się swojej rodzinie oraz królestwu. To będzie dla niej wystarczająca kara.

Phillipa przełknęła nerwowo ślinę, ale nie wyglądała, jakby czuła się wdzięczna za ten wyrok. Odwróciłam się i ruszyłam za Etanem, podczas gdy wujek Reid prowadził króla Quintena kilka kroków przed nami.

– Nie mogłem im tego powiedzieć, ale powiem tobie: jestem przerażony – szepnął idący obok mnie Etan.

– Niepotrzebnie. Wszyscy cię uwielbiają.

Skinął lekko głową, jakby sam próbował siebie o tym przekonać.

– Zostaniesz ze mną? Nawet jeśli nie chcesz się zbliżać do tronu, nie uciekaj stąd. Jeszcze nie teraz.

Kiedy podchodziliśmy do podnóża schodów, wyciągnął do mnie drżącą rękę, a ja szybko uścisnęłam ją współczująco.

– Przykro mi, ale gdy zasiądziesz na tronie, to będzie koniec naszej przyjaźni. Zacznę znowu rzucać w ciebie zgniłymi odpadkami.

Roześmiał się cicho i wypuścił moją dłoń, bo zbliżyliśmy się do drzwi wejściowych. Okrzyki tłumu na zewnątrz były już teraz nieznośnie głośne, ale powstrzymałam się przed zatkaniem uszu. Etan wskoczył na jeden z cylindrycznych słupów otaczających podjazd i uniósł rękę, żeby uciszyć stojącą przed nim armię. Zobaczyłam niedaleko matkę i Scarlet, więc natychmiast wzięłam Scarlet za rękę. Obie obserwowałyśmy, jak rozegra się scena, do której od tak dawna dążyliśmy.

– Dobrzy ludzie, zgodnie z naszymi prawami staję dzisiaj przed wami, aby przedstawić dowody zdradzieckich aktów naszego króla wymierzonych przeciwko naszym rodakom. – Etan uniósł plik listów. – Mamy tutaj niezaprzeczalne dowody na to, że z rozkazu króla wymordowane zostały rzesze naszych obywateli. Mamy dowody podstępnych metod, jakich używał, aby utrzymać się przy władzy. Jego działania sprawiają, że utracił na zawsze prawo do noszenia korony. Królowa Valentina zrzekła się swojej władzy i opuściła kraj – oznajmił, a Quinten popatrzył na niego zaskoczony. – Dowiedziałem się także, że książę Hadrian zmarł dziś o świcie.

W tłumie rozległy się stłumione rozmowy.

– Jako potomek Jedrecka Wielkiego staję tutaj przed wami, aby zgłosić swoje prawo do tronu Izolty i aby poprosić o wasze błogosławieństwo, gdy odbiorę koronę temu nieprawemu człowiekowi. – Etan wskazał Quintena, który, o ile rozumiałam, właśnie przestał być królem.

Tłum zaczął wiwatować, gotów zakończyć lata terroru. Kiedy wszyscy się uciszyli, ktoś odważny wykrzyknął:

– Sprawiedliwość dla Eastoffe'ów!

Inni podchwycili ten okrzyk.

Na te słowa Quinten, który pochylał głowę, przytłoczony jednoczesną utratą żony, syna i korony, wyprostował się i uniósł dłoń.

– Przyznaję, że przez te lata dopuściłem się wielu czynów, które zapewne nazwiecie zbrodniczymi. Nie wątpię, że niebawem będę musiał się przyznać do nich wszystkich. Ale nie mam na swoich rękach krwi Eastoffe'ów.

Poczułam, że ciało Scarlet napina się na nowo. Matka z trudem zaczerpnęła oddech i zawołała:

– Kłamiesz!

– Nie kłamię – upierał się Quinten. – Czy zleciłem zabójstwo rodziców Valentiny? Tak, to miało miejsce. Lord Erstwhell, lord Swithins… cały ród z wybrzeża… W imię zaprowadzonego przeze mnie pokoju poleciłem zabić tylu ludzi, że nie zdołałbym ich zliczyć. Ale sir Eastoffe? Ten ambitny Silas? – Quinten potrząsnął głową. – Ja za to nie odpowiadam.

Staliśmy w milczeniu, a ja ściskałam pierścionki na szyi. Quinten z taką łatwością przyznawał się do swoich zbrodni, więc dlaczego zaprzeczał tej jednej… Chyba że mówił prawdę.

– Jeśli nie ty, kto to zrobił? – zapytała wyzywająco Scarlet.

– Potrzebowałem czasu, żeby się domyślić – odparł Quinten. Chociaż otaczały nas tłumy ludzi, w tym momencie dałoby się chyba usłyszeć brzęk upadającej szpilki. Wszyscy w ciszy i napięciu czekali, żeby poznać prawdę kryjącą się za tym morderstwem. – Teraz jednak wszystko nabrało sensu. Jeśli chcecie wiedzieć, powinniście zapytać ją.

Zamarłam ze zgrozy, gdy Quinten wskazał mnie ruchem głowy.

Rozdział 30

Jak śmiesz! – krzyknęłam. Z gniewu zakręciło mi się w głowie. – Kochałam Silasa! Nie mam nic wspólnego z jego śmiercią!

– Och, ależ masz, moja droga. Masz z nią bardzo wiele wspólnego – oznajmił Quinten całkowicie spokojnie. – Nie zrozum mnie źle. Wiadomość, że ród Eastoffe'ów został praktycznie zgładzony, przyniosła mi ogromną ulgę, ale nie wiedziałem o niczym, dopóki nie pojawiliście się w moim pałacu i nie powiadomiliście mnie o tym.

– Nadal nie rozumiem – wychrypiałam, tłumiąc łzy histerii, która ogarniała mnie z powodu tych absurdalnych oskarżeń. – Nie zabiłam Silasa.

Quinten uśmiechnął się okrutnie.

– Czy nie potrafisz sobie przypomnieć kogoś, komu zależałoby na śmierci tego chłopaka jeszcze bardziej niż mnie?

Świat przed moimi oczami stał się rozmyty, a moje ciało zaczęło drżeć. Tak. Tak, wiedziałam o kimś, kto mógłby chcieć śmierci Silasa Eastoffe'a.

– Jameson – wyszeptałam.

Kiedy powiedziałam to na głos, ludzie w tłumie podchwycili to imię i przekazywali je sobie szeptem, aż wszyscy się dowiedzieli.

Oczywiście, że to był Jameson. To tak wiele wyjaśniało – przede wszystkim to, dlaczego nikt w Izolcie nie wiedział o śmierci Eastoffe'ów. A także to, dlaczego tak szybko dostałam moją wdowią zapomogę.

– Och – wymamrotała Scarlet. Zasłoniła usta i potrząsnęła głową. – Och, Hollis. On miał pierścień. – Popatrzyła na mnie, a ja zrozumiałam, że kolejny kawałek układanki pojawił się całkowicie wyraźnie w jej wspomnieniach. – Ten mężczyzna, który złapał mnie w Abicrest, miał taki sam pierścień, jaki nosił twój ojciec. Koroański pierścień. Do tej pory tego nie pamiętałam. Poza tym… on mnie wypuścił. – Chwyciła pasmo włosów i pociągnęła, jakby chciała je wyrwać.

– I co z tego?

– Pomylił mnie z tobą! – powiedziała Scarlet, wreszcie rozumiejąc tamtą sytuację. – Miałaś być jedyną osobą, która zostanie przy życiu.

Czyli taki był plan Jamesona. Dowiedział się o Silasie i zlikwidował go – zlikwidował wszystkich – z nadzieją że z rozpaczy powrócę do pałacu. A ja zamiast tego uciekłam do Izolty.

– Teraz już wiesz – oznajmił Quinten, wyraźnie zadowolony z siebie. Uśmiechnął się krzywo, odzyskując pewność siebie mimo klęski, jaka go spotkała. – To interesująca kwestia: gdyby Eastoffe'owie byli naprawdę obywatelami Koroanii, oznaczałoby to, że Jameson jest winien takich samych zbrodni jak ja. Czy jemu także zamierzacie odebrać koronę? Wtrącić go do lochu?

Poczułam, że moja krew robi się lodowata, a całe ciało drętwieje. Jameson. To od początku była jego wina.

– Milczeć! – rozkazał Etan. – Jeśli król Jameson powinien odpowiedzieć za jakieś zbrodnie, zajmiemy się tym w przyszłości. – Popatrzył na mnie. Widziałam w jego oczach współczucie z powodu ciosu, jaki dostałam. Oszukał mnie ktoś, kto twierdził, że mnie kocha. – Dzisiaj jesteśmy tutaj, żeby rozmawiać o twoich zbrodniach i twojej koronie. Właśnie sam się przyznałeś do zamordowania rodziny Jej Wysokości oraz innych wymienionych z nazwiska dworzan. Masz uklęknąć i oddać koronę. Natychmiast!

Jakiś porywczy człowiek krzyknął:

– Uciąć mu głowę!

Chwilę później podchwycił to cały tłum.

Quinten spojrzał krzywo na Etana, zdjął koronę, bez słowa podał ją wujkowi Reidowi i stanął nieruchomo, oczekując wypełnienia swojego losu.

Ludzie byli żądni krwi, a ja nie potrafiłam się im dziwić. Quinten z nazwiska wymienił ich przyjaciół i sąsiadów, przyznając też, że ofiar było znacznie więcej. Zastanawiałam się jednak, co wyniknie z tego kręgu przemocy.

W oczach Etana na nowo pojawił się lęk. Co miał teraz zrobić? Korona Quintena miała zaraz spocząć na jego głowie, a jego nowi poddani wysuwali żądania. Patrzyłam, jak dobył z pochwy miecz Jedrecka i trzymał go całkiem nieruchomo. Czekałam, aż zeskoczy ze swojego miejsca, żeby jednym czystym ciosem zabić Quintena. Nie wątpiłam, że byłby do tego zdolny.

Zamiast tego jednak odwrócił się do swojej potężnej armii i uniósł miecz, domagając się ciszy.

– Zgodnie z prawem ten człowiek musi stanąć przed sądem. Nikt z nas nie jest dostatecznie bezstronny, żeby mianować się sędzią. Musimy więc zgromadzić trybunał złożony z arystokratów z państw ościennych, aby proces był jak najbardziej sprawiedliwy. Ponadto Quinten wydawał rozkazy, zlecając liczne morderstwa, ale dokonywała ich grupa, którą znamy pod nazwą Mrocznych Rycerzy. Potrzebujemy nazwisk, które tylko on zna. Nie będziemy działać teraz w gniewie, ponieważ wiemy, że potrafimy wznieść się ponad to. Kiedy ludzie będą opowiadać o tej chwili, powinni mówić o tym, że działaliśmy w imię sprawiedliwości i niczego więcej. – Odwrócił się do najbliższych strażników. – Odprowadźcie go do lochów. Osądzimy go w stosownym czasie.

Mówił z taką stanowczością, że uwierzyłabym w każde prawo, jakie by teraz przywołał. Wyglądał tak królewsko, tak władczo, stojąc na tym kamieniu z obnażonym mieczem w dłoni, że nikt nie ośmielił się zakwestionować jego woli.

– Synu? – odezwał się cicho wujek Reid. Etan spojrzał na niego. – Już czas.

Etan skinął głową, przełknął nerwowo ślinę i zeskoczył z kamiennego słupa. Popatrzył na mnie, a w jego oczach nadal była niepewność. Skinęłam mu szybko głową i uśmiechnęłam się, dając do zrozumienia, że nie powinien się wahać. Przykląkł, nie wypuszczając miecza, którego czubek wbił w ziemię jak laskę, na której mógł się oprzeć.

Popatrzył na swojego ojca, a potem skłonił głowę.

– Etanie Northcott, synu Reida Northcott, potomku Jedrecka Wielkiego, czy przysięgasz służyć ludowi Izolty i chronić go jako jego król?

– Przysięgam służyć wszystkim i chronić każdego aż do śmierci – oznajmił Etan.

Wujek Reid nałożył koronę na jego głowę.

– Powstań, królu Etanie.

Etan się wyprostował – wydawał się nawet jeszcze wyższy, a tłum zaczął radośnie wiwatować. Nowy król odetchnął kilka razy głęboko i znowu wspiął się na kamień, żeby spojrzeć z góry na zgromadzonych. Wiwaty stały się głośniejsze, ponieważ nawet ludzie w ostatnich szeregach widzieli teraz jego koronę.

– Moi po… – zaczął Etan, ale zabrakło mu tchu. Położył dłoń na sercu i wydawał się bliski łez, kiedy znowu przemówił. – Moi poddani, dziękuję za wasze wsparcie. Nie potrafię wyrazić mojej radości, iż tak wielkiego dobra udało się dzisiaj dokonać bez chociażby kropli krwi. Musimy to uczcić! Wszyscy, którzy tego chcą, mogą tutaj zostać. Rozkażę otworzyć pałacowe magazyny, żeby uświetnić ten dzień. Proszę z całego serca, aby ci, którzy muszą od razu wracać, po drodze do domu dzielili się wieściami o tych wydarzeniach i przekazali moje błogosławieństwo każdemu mieszkańcowi Izolty.

Ludzie, nadal wznosząc radosne okrzyki, zaczęli wchodzić do zamku i rozproszyli się po trawniku. Etan był otoczony tłumem, a ja patrzyłam, jak uśmiechał się z niedowierzaniem, gdy gratulowały mu kolejne osoby.

Król Etan. To do niego pasowało.

W tym zamieszaniu zabrać jego konia było po prostu banalnie proste.

Bez zwracania na siebie uwagi mijałam morze ludzi zmierzające w przeciwnym niż ja kierunku.

Dopiero daleko za murami pałacu tłum się przerzedził na tyle, że mogłam wsiąść na konia Etana.

Kiedy myślałam, że Quinten kazał zabić mojego męża, pragnęłam tylko jednego: patrzeć mu w oczy, kiedy przyzna się do tej zbrodni. A teraz pragnęłam tego samego od Jamesona.

Szturchnęłam konia obcasami i pogalopowałam przed siebie.

Rozdział 31

Miałam nadzieję, że jadę we właściwym kierunku. Z miasta wychodziła tylko jedna główna droga, a kiedy dotarłam do rozwidlenia, uznałam, że odnoga biegnąca na zachód skręci później na północ i zaprowadzi mnie do Koroanii. Ból serca nie pozwalał mi myśleć o niczym innym poza dotarciem do zamku Keresken.

Kiedy go opuszczałam, Jameson powiedział, że do niego wrócę. Czy już wtedy wiedział o Silasie? Czy może coś podejrzewał? Wydawało mi się, że aż do swojego wyjazdu utrzymywałam znajomość z Silasem starannie w tajemnicy. Czy Jameson zamierzał po prostu zniszczyć dowolną drogę życia, jaką mogłabym wybrać, pozostawiając mi tylko możliwość powrotu?

Pomyślałam o wszystkich, którzy zginęli w wyniku tej tragifarsy. Jameson wiedział o Mrocznych Rycerzach i postanowił upozorować ich najazd, żeby ukryć swoją potworną zbrodnię. Ponieważ chciał śmierci Silasa, musieli zginąć także wszyscy inni obecni na naszym weselu. Matka uszła z życiem, ponieważ byłyśmy w ogrodzie, a Scarlet oszczędzono tylko dlatego, że moje włosy były odcieniem odrobinę zbliżone do izoltańskiego blondu.

Łzy utrudniały mi widzenie, ale jechałam dalej. Nie wiedziałam, co mnie czeka. Nie miałam żadnego planu. Czego właściwie oczekiwałam, gdy rzucę już Jamesonowi w twarz oskarżenie? Wiedziałam, że się nie przyzna, ale teraz, kiedy wszystkie kawałki układanki były na swoim miejscu, nie miałam cienia wątpliwości. Zresztą nawet gdyby się przyznał, nic mu nie groziło. W odróżnieniu od Quintena nie zapracował na niechęć większości swoich poddanych. Jameson był młody, czarujący i powszechnie kochany. Co więcej, nie było nikogo, kto miałby oczywiste prawa do tronu, więc nawet gdyby utracił władzę, to tylko pogorszyłoby sytuację Koroanii...

Co ja właściwie robiłam? Byłam bezsilna. Nie miałam żadnej armii ani żadnych dowodów. Miałam tylko słowa zdetronizowanego króla oraz skradzionego konia.

Byłam jednak do głębi przekonana, że nie zaznam spokoju, dopóki nie pojadę do Jamesona, nie spojrzę mu w oczy i nie zażądam prawdy. Niezależnie od wszystkiego nie mogłam się zatrzymać.

Jechałam przed siebie, zauważając, jak szybko słońce przesuwa się po niebie, i przypominając sobie jazdę powozem do pałacu tydzień temu. Miałam wtedy podobne uczucie – jakbym zbliżała się coraz bardziej do tego, co może mnie zabić.

Różnica polegała na tym, że wtedy w powozie przede mną jechały matka i Scarlet, a obok siebie miałam Etana.

Och, Etan. Jakże miałam ochotę kopnąć go w łydkę za każdym razem, gdy go widziałam. To wspomnienie sprawiło, że się uśmiechnęłam. Chciałam koniecznie, żeby w każdej sprawie moje było na wierzchu. Teraz nie bardzo miałam już na to szansę. Trudno okazać się lepszym od króla.

Wiedziałam, że świetnie sobie poradzi. Miał wspaniałych rodziców, którzy mogli go wspierać, a także cel, w którego realizację mógł wkładać całą swoją pasję. Potrafił panować nad gniewem i miał dość uroku osobistego, żeby rozbroić każdego, kto odważyłby się do niego zbliżyć.

Naprawdę rozkwitnie w nowej roli.

Pomyślałam o tej niewidzialnej nici w moim sercu, która ciągnęła mnie do Silasa, a potem do matki i Scarlet. Jej koniec leżał teraz swobodnie u stóp Etana Northcotta i byłam pewna, że nigdy nie poczuję tego znajomego szarpnięcia.

Pod pewnym względami miałam nowy powód do żałoby – nadszedł koniec tak wielu rzeczy w moim życiu. Byłam jednak także wdzięczna z całego serca. W końcu wyjechałam z kraju. Stworzyłam rodzinę. Nawet jeśli w Koroanii zawiodłam, pomogłam w tym, aby w Izolcie sprawiedliwości stało się zadość. Kochałam i byłam kochana. To wszystko przekraczało rzeczy, do których sama wydawałam się zdolna. Dlatego jechałam w nieznane z sercem targanym wątpliwościami, ale też z wysoko uniesioną głową.

Co to takiego?

Usłyszałam coś, co przypominało pomruk grzmotu. Niebo nad moją głową było nadal czyste, nie zobaczyłam też niczego na polach przed sobą. Skąd dobiegał ten dźwięk? Co było jego źródłem?

– Hollis!

Zatrzymałam gwałtownie konia i obejrzałam się z niedowierzaniem.

Z oddali galopował do mnie Etan, z koroną na głowie i swoją armią za plecami.

Moje oczy napełniły się łzami. Przyjechał do mnie.

– Hollis!

Pomachałam do niego na znak, że czekam. Uniósł rękę, a towarzysząca mu rzesza jeźdźców zatrzymała się, podczas gdy on jechał dalej na spotkanie ze mną.

Zatrzymał wierzchowca, a ja odwróciłam się do niego. Patrzyliśmy na siebie, nie zsiadając z koni.

– Witaj – powiedział w końcu.

Roześmiałam się.

– Etanie Northcott, ty idioto…

– Dla ciebie Królu Idioto, jeśli pozwolisz.

– …co ty tu robisz?

Westchnął i popatrzył na mnie, jakby to było oczywiste.

– Moja najdroższa przyjaciółka, która, tak przy okazji, zazwyczaj jest naprawdę inteligentna, postanowiła odjechać w pojedynkę, żeby zażądać od pewnego króla przyznania się do rzeczy, którą bez wątpienia zrobił, ale na którą nie ma żadnych dowodów. Sama. Mam też powody przypuszczać, że nie ma pojęcia, co zamierza zrobić, kiedy już dotrze na miejsce. Nie wiem, czy wspominałem, że jest sama.

– Wspominałeś.

– To doskonale. W takim razie rozumiesz, dlaczego musiałem przyjechać.

Potrząsnęłam głową.

– Nie możesz jechać ze mną do Koroanii. Jesteś królem od kilku godzin? Wracaj do domu.

– A ty nie możesz uciec i samotnie zmierzyć się z Jamesonem – odparł Etan. – Wiem, że miewasz absurdalne pomysły, ale to już przesada nawet jak na ciebie.

Przewróciłam oczami.

– Tak chcesz to załatwić? Zamierzasz mnie po prostu obrażać?

– Wydaje się, że jeśli robię to odpowiednio często, zaczynasz myśleć racjonalnie. Czyli tak, zamierzam. Poza tym twoje włosy wyglądają okropnie.

– Co takiego? – zapytałam, unosząc dłoń, żeby ich dotknąć.

Etan uśmiechnął się złośliwie.

– Żartuję. Wyglądasz jak bogini jadąca na wojnę. Jesteś wspaniała.

Opuściłam dłoń, potrząsnęłam głową i uśmiechnęłam się wbrew własnej woli. Popatrzyłam na armię za plecami Etana.

– Nie mogę cię prosić, żebyś ze mną jechał. Nie mogę ich prosić, żeby ze mną jechali. To nie jest ich walka.

– Nikogo nie prosisz i nawet ja nikogo nie prosiłem – zapewnił Etan. – Powiedziałem tylko, dokąd jadę, no i… – Wskazał gestem towarzyszących mu konnych.

– Naprawdę?

Etan skinął głową.

– Poza tym jesteś wdową po obywatelu Izolty, a w pewnym sensie krewną obecnej rodziny królewskiej…

– Trudno to uznać. Najwyżej spowinowaconą.

– Owszem, spowinowaconą. Przez trwające jedną godzinę małżeństwo. Tak, wiem, jak wygląda twoja pozycja, ale mimo wszystko jesteś moją poddaną i znajdujesz się pod moją ochroną. Jesteś Izoltanką, Hollis, a ja nie pozwolę, żebyś w pojedynkę stawiała czoło wrogowi. Nie pozwolę, żebyś cokolwiek robiła w pojedynkę.

Przełknęłam łzy. Serce przypisywało tym słowom zbyt wielkie znaczenie, a ja chciałam je za to znienawidzić. Zamiast tego zrobiłam to, co zawsze w rozmowie z Etanem. Zaczęłam się z nim kłócić.

– Przypominam sobie, jak mówiłeś, że nigdy nie będę Izoltanką.

Etan wzruszył ramionami.

– To było łatwiejsze niż przyznanie, że już nią jesteś.

Przez chwilę patrzyliśmy sobie w oczy, a konie pod nami przestępowały z nogi na nogę.

– Jadę z tobą, czy tego chcesz, czy nie. Jeśli ciebie można nazwać zarówno Koroanką, jak i Izoltanką, tak samo można by określić mojego wuja i moich kuzynów. Zabijanie własnych poddanych to zbrodnia, a Jameson powinien zostać pociągnięty za nią do odpowiedzialności.

Przełknęłam gulę w gardle.

– Możemy nie wyjść z tego z życiem.

– Jeśli tak, umrę u twojego boku, a Scarlet zostanie królową. Ja zaś będę w chwili śmierci szczęśliwszy, niż kiedykolwiek wydawało mi się to możliwe.

Odetchnęłam z trudem.

– Zobaczymy, czy dotrzymasz mi tempa. Ten koń jest bardzo szybki. – Szarpnęłam wodze i ruszyłam przed siebie.

– Dlatego, że to mój koń! – zaprotestował Etan, unosząc dłoń, żeby dać znak swojej armii.

Jechaliśmy w milczeniu. Etan był tuż obok mnie, a jego armia niedaleko za nami. Nie przeszkadzało mi, że nie rozmawialiśmy – milczenie z Etanem pomagało mi się uspokoić. Mój mózg mógł snuć plany zależne od rozwoju wypadków. Zastanawiałam się cały czas, jak powinnam się zwrócić do Jamesona. Jeśli zależało mu na spotkaniu ze mną tak, jak twierdził Quinten, z pewnością spróbuje zabrać mnie gdzieś samą, żeby przywitać się ze mną z daleka od wścibskich oczu dworzan. Wtedy mogłabym zapytać go o ten atak – może nawet skłamać i powiedzieć, że pochlebia mi, iż zrobił dla mnie coś tak śmiałego. Gdybym go skłoniła, żeby się przede mną przyznał, można by go postawić w stan oskarżenia. Jako równorzędny monarcha, Etan miałby do tego prawo.

Musiałam tylko to osiągnąć.

Pierwsza przeszkoda pojawiła się na granicy – koroański patrol rozstawił szeroką barykadę pomiędzy drzewami, co sprawiło, że nie mieliśmy szans przejechać niezauważeni.

– Mam pomysł – powiedziałam do Etana.

Skinął tylko głową i się zatrzymał.

Jeden z żołnierzy wyszedł przed barykadę i wyciągnął przed siebie dłoń, jakby chciał nas powstrzymać, mimo że nie ruszaliśmy się z miejsca.

– Co to ma znaczyć? – zapytał groźnie, wskazując rzeszę ludzi za mną.

– Sir, nazywam się Hollis East…

– Lady Hollis? – zapytał. – Jak… dlaczego była pani w Izolcie?

– Musiałam zająć się niecierpiącymi zwłoki sprawami i wracam w sprawie równie wielkiej wagi. Król Quinten zrzekł się dziś rano korony, a jego miejsce zajął jego kuzyn, król Etan. Ponieważ relacje między Izoltą a Koroanią są sprawą najwyższej wagi, postanowił niezwłocznie spotkać się z królem Jamesonem. Mamy zostać natychmiast przepuszczeni.

Strażnik popatrzył na mnie i na Etana, zauważając złotą koronę na jego głowie.

– Król będzie chciał się z nami spotkać – zapewniłam.

Żołnierz mruknął coś do siebie.

– Możecie przejechać, ale nie wszyscy. – Wskazał towarzyszącą nam armię.

– Dla bezpieczeństwa Jego Wysokość musi być ochraniany przez swoich ludzi. Z pewnością wiecie, że Izoltanie nie zawsze są u nas mile widziani, a do zamku Keresken mamy spory kawał drogi.

Żołnierz westchnął.

– Dziesięciu.

– Setka – odparłam.

Strażnik potrząsnął głową.

– Nie muszę się z panią targować, milady.

Uniosłam wysoko głowę, przywołując całą swoją bezczelność.

– Ależ musisz. Z pewnością wiesz, jakie miejsce zajmuję w życiu króla Jamesona. Jeśli podróżuję z kimś z Izolty, także powinnam mieć gwarancję, że będę bezpieczna. – Spoglądałam na niego z góry, a mój głos był spokojny i pewny.

Strażnik westchnął z niecierpliwością.

– Dwudziestu.

– Pięćdziesięciu.

Żołnierz zmarszczył brwi.

– Niech będzie pięćdziesięciu. Jedźcie.

Etan pokłusował do swoich ludzi i wyjaśnił im wszystko przyciszonym głosem. Grupa pięćdziesięciu jeźdźców oddzieliła się od pozostałych. Kiedy byliśmy gotowi, przekroczyliśmy granicę Koroanii. Powracając na ojczystą ziemię, obejrzałam się na tych wszystkich ludzi, którzy nie tylko stanęli za Etanem dziś rano, ale byli gotowi wesprzeć teraz także mnie. Posłałam im pocałunek, a oni w milczeniu unieśli miecze w geście salutu.

Najwyraźniej nie zamierzali się stąd ruszać, dopóki nie powrócimy.

– Jesteś pewna, że gdzieś w twoim drzewie genealogicznym nie ma jakiegoś króla? – zapytał Etan.

– Co takiego? Nie ma. Dlaczego pytasz?

– Ponieważ gdybym nie wiedział, jak sprawy się mają, sam bym przed tobą przykląkł.

Uśmiechnął się i wrócił do swoich ludzi, by ich poprowadzić, kiedy jechaliśmy, żeby naprawić ostatnią niesprawiedliwość.

Rozdział 32

Jechaliśmy wiejskim traktem pełnym galopem i zwolniliśmy dopiero wtedy, gdy na horyzoncie pojawił się zarys zamku Keresken. Teraz patrzyłam na niego zupełnie inaczej. Rzeka, w której straciłam buty, wydawała się przerażającą fosą, mieszczanie byli bardziej wścibskimi znajomymi niż mile widzianymi sprzymierzeńcami, a zamek…

To miejsce, w którym przez tyle czasu żyłam i oddychałam, to miejsce, w którym Delia Grace została moją najlepszą przyjaciółką, a ja zakochałam się w Silasie, to miejsce, gdzie tańczyłam, spałam i marzyłam… widziane stąd przypominało więzienie.

– Wszystko w porządku? – Pytanie Etana wyrwało mnie z zamyślenia.

Przełknęłam ślinę i skinęłam głową.

– Boję się tam wracać.

– Hej – powiedział, zmuszając mnie, żebym na niego spojrzała. – Nie idziesz tam sama. Skoro udało nam się pokojowo zakończyć konfrontację z jednym królem, nie ma powodu, żeby nie udało nam się to samo z drugim.

Chciałam wierzyć, że to prawda. Teraz jednak widziałam Jamesona tak, jak zawsze postrzegałam Quintena – skoro był zdolny do tak zimnego okrucieństwa, jak mogłam ufać, że mnie okaże litość?

Minęliśmy most i pojechaliśmy traktem biegnącym zakosami do zamku. Na widok tylu zbrojnych niektóre kobiety prowadzące sklepy przy głównej ulicy chwyciły swoje dzieci i wciągnęły je do domów. Inne wpatrywały się we mnie, zdumione, jakby nie były pewne, czy naprawdę widzą kobietę, która porzuciła ich króla.

Spojrzałam na Etana, który wydawał się całkiem spokojny. Jechał do zamku Keresken, trzymając wodze jedną ręką, a drugą opierając na biodrze. Nie musiał oglądać się na swoich ludzi, ponieważ wiedział, że są tuż za nim. Był taki pewny siebie i opanowany. Wzięłam z niego przykład i się wyprostowałam. Minęliśmy ostatnie budynki miasta i znaleźliśmy się na podjeździe prowadzącym do zamku. Dziedziniec, który tamtej nocy, kiedy uciekłam z Silasem, wypełniały powozy, teraz był całkowicie pusty. Przy drzwiach stało dwóch strażników, a dwóch kolejnych czuwało na krańcach podjazdu.

Byli oczywiście zaskoczeni i unieśli włócznie na nasz widok.

– Stać! – zażądali.

– Zapewniam was, że wasz król chce się spotkać z nowym władcą Izolty – oznajmił Etan, stając w strzemionach. Jego korona zalśniła w blasku zachodzącego słońca. – Odsunąć się. Przywożę pilne wieści dla Jego Wysokości, a moi ludzie mają nad wami przewagę liczebną. Nie radzę wam popełnić głupstwa i lekceważyć moich rozkazów.

Przeszedł mnie zimny dreszcz. Strażnicy popatrzyli po sobie niepewnie. Po pospiesznej szeptanej naradzie jeden z nich spojrzał na nas.

– Zbrojni muszą tu zostać.

Etan skinął głową, a oni nas przepuścili. Tuż za bramą zeskoczyliśmy z koni i przywiązaliśmy je do słupów. Etan pogłaskał je po pyskach, a potem odwrócił się i wyprostował. Podał mi ramię… a ja zerknęłam na niego.

– O co chodzi? Dama potrzebuje towarzystwa. Równie dobrze możesz tam wkroczyć u boku króla – powiedział znowu tym swoim znajomym, pewnym siebie tonem.

Westchnęłam, wsunęłam mu rękę pod ramię i zadałam pytanie, którego nie miałam ochoty zadawać, ale próżność była silniejsza ode mnie.

– Nie kłam. Jak wyglądam?

Twarz Etana natychmiast złagodniała.

– Absolutnie olśniewająco. Jak księżyc – powiedział cicho. – Pewny siebie, uparty, odbijający blask dla wszystkiego, co go otacza i cudownie piękny dla tych, którzy nawet nie wiedzieli, w jak głębokiej ciemności się znajdują.

Przesunęłam dłonią po splątanych i potarganych przez wiatr włosach.

– Naprawdę?

– Oczywiście.

Zamknęłam oczy i razem z Etanem odwróciłam się, aby wejść do zamku. Odetchnęłam kilka razy głęboko i spróbowałam się skoncentrować. Wiedziałam, co muszę powiedzieć, ale obawiałam się, że nie wypadnie to tak, jak powinno. Dla nich – dla moich rodziców, Silasa, przypadkowych gości – musiałam zrobić co w mojej mocy, nawet jeśli poniosę klęskę.

– Tak przy okazji – zaczął Etan, kiedy weszliśmy do holu. Nasze kroki odbijały się echem w przestronnym wnętrzu. – Wiem, że powiedziałem, że nie zamierzam stanąć przed ołtarzem, i podtrzymuję opinię, że jesteś całkowicie nieznośna... ale będę cię kochał aż do ostatniego oddechu.

Popatrzył mi w oczy, nie odwracając wzroku. Na chwilę zabrakło mi tchu, jednak moja odpowiedź czekała od tak dawna, że przyszła mi bez trudu.

– Wiem, że powiedziałam, że nie zamierzam więcej zbliżać się do tronu, i uważam, że jesteś nadmiernie pewny siebie... ale będę cię kochać do samego końca.

Weszliśmy do sali wielkiej, zastając wszystkich w trakcie obiadu. Część osób tańczyła pośrodku sali – dziewczęta brały się za ręce i wirowały tak, jak Delia Grace i ja wiele razy robiłyśmy w dzieciństwie. Moja najdroższa przyjaciółka siedziała przy stole głównym, u lewego boku Jamesona. Miała na sobie tyle klejnotów, że chyba z trudem mogła się poruszać, i śmiała się tak, jak nigdy wcześniej nie słyszałam, z czegoś, co powiedział właśnie Jameson.

Etan i ja weszliśmy spokojnie do środka i zatrzymaliśmy się przy drzwiach. Wystarczyła chwila, żeby najbliższe osoby rozpoznały moją twarz i jego koronę. Wokół nas wybuchł gwar, który zaczął obejmować resztę sali. Tancerze rozstąpili się, a zaszokowani dworzanie pokazywali nas sobie palcami. W końcu hałas sprawił, że muzyka rozbrzmiewająca z galerii w górze ucichła, a Jameson zauważył naszą obecność.

Przyglądał nam się przez chwilę, jakby próbował zrozumieć, dlaczego dwie osoby wywołały taki chaos. W końcu popatrzył prosto na mnie i zmierzył mnie wzrokiem, żeby się upewnić.

– Hollis? Hollis Brite, czy to ty?

Zobaczyłam, że z oczu siedzącej obok niego Delii Grace zniknęła cała radość, i byłam zła na siebie, że stałam się tego przyczyną.

– Wiedziałem, że do mnie wrócisz – powiedział przyciszonym głosem. – Wiedziałem, że w końcu tak się stanie.

Oczywiście, że wiedziałeś – pomyślałam. – *Sam wszystko tak zorganizowałeś.*

Dłoń Etana nadal spoczywała na mojej dłoni. Przesunął uspokajająco kciukiem po moich palcach. Odetchnęłam głęboko i odsunęłam się od niego.

– Wasza Wysokość, chciałabym zaprezentować Jego Wysokość Etana Northcotta, króla Izolty – powitałam go, wskazując Etana.

Jameson otworzył szeroko oczy, uradowany.

– Chcecie powiedzieć, że ten staruch w końcu umarł? Podobnie jak Hadrian?

– Książę Hadrian zmarł dzisiaj rano – poinformowałam go. – Były król został zdetronizowany przez swoich najbliższych krewnych i obecnie przebywa w więzieniu za zdradę stanu.

Jameson odchylił głowę do tyłu i się roześmiał. On się śmiał.

– To jeszcze lepiej. Och, Wasza Wysokość jest tutaj mile widziany. Proszę dołączyć do naszej uczty! Zaraz rozkażę, żeby przyniesiono talerze i krzesła. Możemy świętować wstąpienie na tron nowego króla Izolty oraz powrót mojej drogiej Hollis.

Jameson skinął na paziów, którzy rzucili się wykonać rozkazy. Uniosłam dłoń, a Jameson ku mojemu zdumieniu znieruchomiał. Popatrzył na mnie z zaskoczeniem.

– Przede wszystkim muszę z Waszą Wysokością porozmawiać – oznajmiłam. – Są pewne pytania, na które pragnę uzyskać odpowiedź. Nie ma powodów do świętowania, ponieważ nie ma między nami zgody, a dopóki do niej nie dojdziemy, nie usiądę z Waszą Wysokością przy jednym stole.

Jameson zaśmiał się, przechylając głowę na bok.

– Hollis Brite – odezwał się ze słodyczą w głosie. – Dostawałaś ode mnie najpiękniejsze suknie i najbardziej wykwintne jedzenie. Rozkazałem, żeby moi rodacy oraz zagraniczni goście traktowali cię jak królową. Przystroiłem twoją pospolitą główkę klejnotami koronnymi. – Jego głos stawał się coraz bardziej donośny z każdym słowem. – Kiedy zaś odtrąciłaś moją szczodrość i postanowiłaś wyjechać, pozwoliłem ci odejść bez sprzeciwu. Na jakiej podstawie twierdzisz, że powstała między nami jakakolwiek niezgoda?

– Czy mam powiedzieć to na głos? – Postąpiłam kilka kroków do przodu, chociaż czułam, że Etan idzie tuż za mną. – Czy mam powiedzieć całemu dworowi, kim naprawdę jesteś?

– A kim jestem?

– Mordercą! – krzyknęłam tak głośno, że miałam wrażenie, iż zatrzęsły się kamienne ściany.

Zapadła cisza równie ciężka, jak boleśnie nieznośna. Czułam, że oczy wszystkich obecnych przesuwają się ze mnie na Jamesona i z powrotem. Dworzanie umierali z ciekawości, jak to się skończy.

– Słucham? – zapytał lodowato.

Powtórzyłam to pewnym głosem.

– Jesteś mordercą, Jamesonie Barclayu. Niezależnie od tego, czy nosisz koronę, jesteś tak samo zepsuty jak pospolity przestępca. I powinieneś klęczeć przed nami ze wstydu za czyny, jakie popełniłeś.

Ktoś niedaleko mnie przełknął głośno.

Po chwili lód w oczach Jamesona stopniał, a on uśmiechnął się do mnie.

– Moja lady Hollis, sądząc po twoim wyglądzie, masz za sobą okropny dzień. Nie wiem, co ci się wydaje…

– Nic mi się nie wydaje. Wiem, że rozkazałeś zamordować Silasa Eastoffe'a. Wiem, że rozkazałeś zamordować moich rodziców. Wiem, że to twoi ludzie pojawili się na moim weselu i że masz na rękach krew swoich poddanych.

Obok siebie słyszałam miarowy oddech Etana.

Jameson znowu przechylił głowę.

– Ponieważ kocham cię z całego serca, jestem gotów zignorować te fałszywe oskarżenia. Jednak ostrzegam, że dalsze kłamstwa sprawią, iż przestanę być tak wspaniałomyślny.

– To nie są kłamstwa – oznajmiłam spokojnie.

– Jakie masz dowody? – zapytał, rozkładając szeroko ręce. – Jestem gotów się założyć, że dysponuję znacznie bardziej kompromitującymi dowodami dotyczącymi ciebie, niż to, co możesz mieć przeciwko mnie.

Skinął na jednego z kapłanów stojących przy drzwiach do jego komnat.

– Przynieście mi ten pergamin ze złotą pieczęcią z mojego biurka. – Jameson spojrzał na mnie, a potem szybko na Etana. – Oraz mój miecz! – zawołał za kapłanem.

– Byłeś jedyną osobą w całej Koroanii i Izolcie, która od razu wiedziała o ich śmierci i o tym, że zostałam wdową – ciągnęłam, ignorując jego demonstracyjne zachowanie. – Ponieważ tylko ty wiedziałeś o tym od początku. Jedyną osobą, która uszła z życiem z tego domu, była moja szwagierka Scarlet. Stało się tak dlatego, że dzięki moim włosom bardziej przypominam izoltańską blondynkę niż koroańską brunetkę.

Napastnicy, którzy wymordowali gości, nosili srebrne pierścienie koroańskiej arystokracji. Ci, którzy zamordowali moją rodzinę, są prawdopodobnie w tej sali. – Mój głos zadrżał.

Gniew i żal mieszały się z czymś większym, niż potrafiłabym nazwać.

– Oddychaj – szepnął Etan.

Posłuchałam go.

– To wszystko poszlaki, Hollis. Niczego nie dowodzą. – Jameson powiedział to z takim opanowaniem, jakby spodziewał się, że ten dzień może nadejść i miał przygotowane odpowiednie przemówienie. – Jeśli ktoś ma tutaj powody do rzucania oskarżeń, to tylko ja. A jeśli ktoś tutaj złamał prawo, to tylko ty. Ponieważ, w odróżnieniu od ciebie, ja mam dowody na piśmie. Mam dowód na to, że ty, moja pani, nigdy nie powinnaś była wyjść za mąż. Ponieważ byłaś już poślubiona mnie.

Rozdział 33

W sali rozległy się stłumione szepty, ale ja nie ruszyłam się z miejsca, ponieważ wiedziałam, że musi to być piramidalne kłamstwo. Chwilę później kapłan powrócił, niosąc dwie rzeczy. Pierwszą z nich był zwój ze złotą pieczęcią. Drugą miecz – ale nie jeden ze zwyczajnych mieczy, jakich Jameson miał bez liku. Miał złote ostrze i rękojeść wysadzaną klejnotami.

Zamierzał grozić mi bronią wykutą rękami Silasa.

– Czy wiesz, co to jest? – zapytał Jameson z krzywym uśmiechem, unosząc zwój.

Nie umiałam odpowiedzieć.

Po krótkiej chwili ciszy Jameson złamał złotą pieczęć i rozwinął pergamin, pokazując nam niezwykle długi dokument z kilkoma podpisami.

– Hollis, niemal od samego początku chciałem, żebyś została moją żoną. Wiedziałem, że będziesz moja. Byłaś jednak tak niedoświadczona, nieobyta, że wiedziałem także, iż potrzebujemy czasu, aż wszyscy wokół zobaczą cię taką, jaką ja cię widzę. – Roześmiał się. – Popatrz tylko na siebie teraz! Nawet w takim stanie wyglądasz, jakbyś miała zaraz zasiąść na tronie, królewska i lśniąca jak słońce.

– Nie jestem słońcem – mruknęłam, ale on mnie zignorował.

– Musiałem cię mieć, ale skoro prawo nakazywało nam czekać, nagiąłem je na swoją korzyść. Twoi rodzice byli tak mili, że wyrazili na to zgodę.

Moje serce zamarło. Nie. Nie mogli mi tego zrobić.

– Jestem pewien, że z takiej odległości nie widzisz daty na tym dokumencie – oznajmił Jameson. – Ale patrz tylko... tutaj. – Wskazał jeden z wierszy. – Cóż takiego tu mamy? Ach, to przecież data Święta Korony.

– Co to jest, Hollis? – zapytał cicho Etan.

– Kontrakt narzeczeński. Moi rodzice zgodzili się mnie zaręczyć. Takie kontrakty są formalne, skomplikowane i tylko król może je anulować – wyjaśniłam, spoglądając na Etana i czując, że poniosłam całkowitą klęskę. – Zgodnie z tym dokumentem jestem jego żoną. Byłam jego żoną od dnia, w którym uciekłam.

– Sama widzisz, Hollis – stwierdził stanowczo Jameson. – Jesteś moja, a teraz będziesz zmuszona podporządkować się prawu. Zajmiesz swoje miejsce obok mnie... tak jak od początku mówiłem. – Odwrócił się do Delii Grace, która siedziała bez słowa przez cały czas. Ponieważ nie ruszała się z miejsca, ściskając w szoku poręcze swojego krzesła, polecił jej: – Możesz odejść.

Przez te wszystkie lata wiele razy widziałam, jak ją szykanowano, i ogarnął mnie najgłębszy wstyd na myśl, że jestem przyczyną najgorszego publicznego upokorzenia w jej życiu. Na dobre i złe Delia Grace była bardzo długo moją jedyną towarzyszką i była mi bliska w sposób, którego nic nie mogłoby wymazać.

Łzy spływały jej po twarzy, kiedy w milczeniu wstała z miejsca, dygnęła przed Jamesonem i przeszła pod ścianę sali. W nieoczekiwanym geście życzliwości Nora czekała tam już na nią z otwartymi ramionami i objęła ją, gdy tylko się zbliżyła. Delia Grace stała twarzą do ściany i pozwalała się przytulać, starając się nie pokazywać swojej twarzy zebranym.

– Nie krępuj się, Hollis – powiedział Jameson, wskazując miejsce obok siebie.

Usłyszałam rozkaz króla, żeby zasiąść u jego boku na miejscu, którzy moi rodzice, pełni najlepszych chęci, postanowili zabezpieczyć dla swojej jedynej córki. Och, teraz o wiele lepiej rozumiałam ich wściekłość, gdy odmówiłam powrotu do pałacu. Co innego mieli zrobić?

– Pospiesz się, kobieto.

Usłyszałam obok gniewny pomruk Etana.

– Wydałem ci rozkaz, Hollis Brite!

To był punkt zwrotny. Kiedy po raz trzeci nie zwrócił się do mnie moim nazwiskiem po mężu, straciłam cierpliwość. Popatrzyłam na tego zepsutego człowieka i uniosłam wysoko głowę.

– Przypominam, że nazywam się teraz Hollis Eastoffe i jestem obywatelką Izolty. Nie możesz mi rozkazywać. Nigdy do ciebie nie należałam i nigdy nie będę do ciebie należeć.

Jameson stał za wielkim stołem głównym, całkiem sam.

– Hollis, chciałem być dla ciebie dobrym mężem. Wspaniałomyślnym i życzliwym. Ale ty nie ułatwiasz nam rozpoczęcia dobrego wspólnego życia.

– Nie chcę być twoją żoną! – krzyknęłam.

– Ale już nią jesteś! – odkrzyknął. Żyły na jego szyi i skroniach nabrzmiały groteskowo, kiedy rąbnął o stół pięścią, w której ściskał zwój. – Dlatego dobrze ci radzę, żebyś zachowywała się stosownie.

– Co będzie, jeśli ona po prostu odmówi? – zapytał spokojnie Etan. – Jako suwerenny władca mogę zapewnić tej damie na moim dworze bezpieczeństwo, na jakie najwyraźniej nie może liczyć tutaj.

– A kim ty jesteś, żeby tak do mnie mówić? – zapytał Jameson.

Niezrażony Etan odparł:

– Przed chwilą powiedziałem. Suwerennym monarchą. A jeśli sposób, w jaki obojętnie odprawiłeś tę młodą damę – tu skinął głową Delii Grace – może podpowiadać, jak na twoim dworze traktowane są kobiety, zabieram lady Hollis Eastoffe ze sobą do Izolty.

Jameson uniósł miecz – miecz Silasa – i wycelował go w Etana.

– Zamierzasz mnie zostawić dla tego uzurpatora? – zagrzmiał.

– Zostawiłabym cię dla byle żebraka – odparłam z nienawiścią. – Jesteś tchórzem i mordercą, a ja nie zostanę twoją żoną.

Jameson wskoczył na swoje krzesło.

– To już się dokonało – upierał się. – Nie możesz tego podważać. Nie możesz mi się sprzeciwiać!

Wszedł na stół, gotów rzucić się na Etana i mnie w ataku furii.

Etan dobył miecza, ale to okazało się niepotrzebne.

Chociaż wszystko stało się tak szybko, ten moment wydawał się rozciągać w nieskończoność, tak jakbym mogła zobaczyć wszystkie elementy tej sceny, zanim jeszcze się wydarzyły.

Jameson, pełen złości i zniecierpliwienia, stracił równowagę, zeskakując ze stołu. Potknął się i upuścił złoty miecz. Zachodzące słońce zalśniło na ostrzu, a ja potrafiłam myśleć tylko o tym, że dzieło Silasa wygląda pięknie, nawet spadając na posadzkę. Miecz uderzył w nią rękojeścią, a jego szpic skierował się w stronę Jamesona. Dokładnie w czasie, gdy ten zachwiał się na skraju podwyższenia, z którego zawsze z dumą obserwował wielbiących go dworzan, ostrze przeszyło go na wylot.

Widziałam, jak wchodziło w jego ciało, i wiedziałam, że nie ma sposobu, żeby uratować go przed jego własnym błędem, więc odwróciłam się, by wtulić twarz w pierś Etana. Nawet jeśli Jameson zadał mi tyle bólu, nie chciałam patrzeć na kolejną śmierć. Stałam tak przez chwilę, żałując, że nie mogę równie łatwo odciąć się od krzyków, które rozległy się w sali, i bolesnego rzężenia umierającego Jamesona. Kiedy wszystko w końcu ucichło, odwróciłam się.

Jameson leżał w kałuży krwi ze złotym mieczem w piersi.

Kapłan podszedł do niego i przyłożył dłoń do jego nosa, żeby sprawdzić, czy oddycha. Po chwili się wyprostował.

– Król nie żyje – zawołał. – Niech żyje królowa.

Stałam bez słowa, podczas gdy wszyscy dworzanie w sali odwrócili się do mnie.

Rozdział 34

Etan bez wahania przyklęknął przede mną, ucałował moją dłoń i dotknął nią swojej skroni.

– Wasza Wysokość – wyszeptał.

Poczułam dreszcz, który zaczął się w koniuszkach palców u stóp, a następnie przebiegł przez całe moje ciało, każdy jego fragment, aż do nasady włosów.

Zaraz potem otoczyli mnie kapłani, a strażnicy stanowczo wyprosili z sali wszystkich dworzan. Wielu z nich zasłaniało oczy, żeby nie patrzeć na martwe ciało, a jeszcze liczniejsi rozmawiali ukradkiem, zastanawiając się, jak tak doniosłe wydarzenie mogło się zdarzyć w tak krótkiej chwili.

– Wasza Wysokość, proszę pozwolić z nami. Mamy wiele do omówienia – powiedział kapłan.

Zwracał się do mnie. To ja byłam „Waszą Wysokością". Odetchnęłam z trudem. Byłam, w czysto formalnym sensie, żoną Jamesona. Nawet jeśli nasze małżeństwo istniało tylko na papierze, byłam królową. Ponieważ Jameson nie pozostawił następcy, to oznaczało, że korona przypadła mnie. Wyobrażałam sobie wiele możliwych zakończeń tego dnia, ale takie nie przyszło mi do głowy. Nie potrafiłam przyjąć do wiadomości, że dostałam właśnie całe królestwo.

Skinęłam głową, oszołomiona. Odwróciłam się do Etana, spodziewając się, że pójdzie ze mną.

Uśmiechnął się do mnie ciepło.

– Przykro mi, Hollis, ale nie sądzę, żeby ci panowie życzyli sobie obecności innego króla, kiedy będą omawiać sprawy stanu ze świeżo upieczoną królową. Poza tym… moje królestwo oczekuje na mój powrót.

– Ale…

Nie. Nie było żadnego ale. Etan miał rację.

Znowu uniósł moją dłoń do ust.

– Kiedy wszystko się uspokoi, porozmawiamy. Pamiętaj jednak, że zawsze będziesz miała sprzymierzeńca w Izolcie.

Jak mogłam pozwolić mu odejść? Po tym wszystkim, przez co przeszliśmy, po wszystkim, co w końcu zdołaliśmy sobie powiedzieć, jak miałam przeżyć choćby minutę bez niego?

– Etanie… Ja nie mogę…

– Owszem, możesz. Popatrz na wszystko, co zrobiłaś do tej pory – uspokoił mnie. – Idź i zrób to, co konieczne. Nawet jeśli mnie tu nie będzie, nie jesteś tutaj sama. Możesz liczyć na moje wsparcie, na wsparcie całej Izolty. Powiem wszystkim, że wstąpiłaś na tron, i napiszę do ciebie, kiedy tylko będę mógł.

Moja dłoń nadal była w jego dłoni. Etan czekał.

To ja musiałam go wypuścić.

Po raz ostatni ścisnęłam mocno jego dłoń i opuściłam ręce. Potrzebowałam całej siły woli, żeby nie zacząć płakać przy nim. Dygnęłam, a on skłonił się w odpowiedzi.

Etan opuścił salę, zamek i mój świat.

– Wasza Wysokość – powiedział ponaglająco ten sam kapłan. – Proszę pozwolić ze mną. Muszę powiedzieć Waszej Wysokości o wielu sprawach. W cztery oczy.

– Mam nadzieję, że pewnego dnia Wasza Wysokość mi wybaczy, iż uczestniczyłem w czymś takim – oznajmił kapłan Langston. – Wszyscy jesteśmy winni Waszej Wysokości najgłębsze przeprosiny.

Podniosłam znowu pergaminową kartę i popatrzyłam na nią z niedowierzaniem. List, napisany własnoręcznie przez Jamesona, dokładnie wskazywał, gdzie i kiedy ma się odbyć moje wesele, i szczegółowo opisywał zleconą misję. Myliłam się, sądząc, że ci, którzy zamordowali moją rodzinę, mogą znajdować się w sali wielkiej. Jameson celowo zwrócił się do szlachciców, którzy nadal mieli swoje tytuły, ale nie pozostał im żaden majątek. Oni musieli słuchać jego rozkazów ze względu na swój status, a jednocześnie życiowe okoliczności sprawiały, że rozpaczliwie potrzebowali pieniędzy. Sumy wypłacone każdemu z nich – również wymienione w liście – wystarczyłyby do przywrócenia świetności całej rodzinie.

– Nie powinienem był doręczać tych listów, ale czułem się w obowiązku wykonywać królewskie rozkazy. Podejrzewałem, co w nich jest, chociaż nie byłem pewien. Na wszelki wypadek ukryłem jeden z listów. Kiedy tylko usłyszałem, co się stało z mężem Waszej Wysokości, złamałem pieczęć i przeczytałem list. Zrozumiałem wtedy, że pewnego dnia stanie się niezbędny jako dowód oskarżenia przeciwko królowi.

Ukryłem go z nadzieją, że nikt go nie znajdzie aż do dnia, gdy pojawi się ktoś, kto mógłby ujawnić całą tę sprawę. Dlatego błagam Waszą Wysokość, by pozwoliła mi dopilnować wymierzenia sprawiedliwości, nawet gdyby miało mnie to kosztować życie.

Potrzebowałam chwili, żeby zrozumieć, że on czeka na moją odpowiedź. Odchrząknęłam i spróbowałam się zastanowić.

– Moja siostra Scarlet twierdzi, że część z tych napastników została zabita, a ich ciała spłonęły w pożarze. Myślę, że to wystarczająca kara dla ich rodzin. Pozostałych będziemy musieli przesłuchać. Z wyjątkiem tego jednego, do którego nie wysłałeś listu.

Kapłan skinął głową.

– Jeśli chodzi o ciebie, sama wiem najlepiej, jak przekonujący potrafi być Jameson. Jak sam mówiłeś, wykonywałeś tylko swoje obowiązki. Chcę, żeby ludzie zdolni do wymordowania swoich współobywateli stanęli przed sądem, ale poza tym chciałabym, żeby cała sprawa jak najszybciej stała się przeszłością.

Langston skłonił się przede mną.

– To niezwykle wspaniałomyślne, Wasza Wysokość.

Potrząsnęłam głową.

– Czy musisz mnie tak nazywać? Nie urodziłam się w rodzinie królewskiej i ta sytuacja wydaje mi się naprawdę dziwna.

Kapłan wyciągnął kodeksy prawne i jeszcze raz rozłożył elegancki kontrakt podpisany przez moich rodziców.

– Jego Wysokość był ostatnim z rodu. Nie miał żadnych bliskich krewnych, więc nie istnieje nikt, kto miałby niepodważalne prawa do tronu. Z wyjątkiem Waszej Wysokości. Być może nie słowem i czynem, ale w świetle prawa była Wasza Wysokość jego żoną. Nie mogę cię zmusić do przyjęcia korony, nikt nie może tego zrobić, ale błagam o zastanowienie się nad konsekwencjami ewentualnej odmowy. Ryzykujemy wojnę domową, jeśli uzurpatorzy zaczną walczyć o tron. Jeśli nie będziemy mieć jednego niekwestionowanego władcy, kraje ościenne mogą najechać nasze ziemie z zamiarem zagarnięcia ich i włączenia w swoje granice. Możemy stracić całą Koroanię.

Wstałam i podeszłam do okna, żeby się nad tym zastanowić. Moja matka zwykła mówić, że z poważną decyzją trzeba się przespać, ale ja na razie nie mogłam się położyć. Księżyc wstawał nad horyzontem. Musiało mi to wystarczyć.

Jak Etan opisywał księżyc? Że oświetla innych odbitym blaskiem i prowadzi tych, którzy nie wiedzą, że znaleźli się w ciemności.

Cokolwiek powiedział, było to piękne.

Czy naprawdę mogłam być kimś takim? Czy mogłam być przewodniczką? Czy mogłam być światłem?

Czy mogłam poprowadzić Koroanię?

W swoim życiu kochałam wiele rzeczy. Kochałam wolność i kochałam rodzinę. Kochałam tańczyć i popisywać się sukniami. Kochałam moją nową siostrę. Kochałam Silasa. Kochałam Etana.

Część tych miłości była płytka w porównaniu do innych, ale myśl o tym, że każda rzecz, którą mogłabym w życiu pokochać, zawsze będzie zajmować drugie miejsce po obowiązkach wobec Koroanii… była przerażająca.

Jeśli się zgodzę, zamknę tak wiele dróg przed sobą, tak wiele możliwych wersji przyszłości. Będę musiała służyć w pokorze swojemu narodowi i poświęcić życie na naprawianie niesprawiedliwości.

Jeśli odmówię, ryzykuję całą Koroanię.

Bałam się tutaj wrócić, ale teraz wiedziałam, że większość tego lęku wiązała się z Jamesonem. Jego już nie było, a pod jego nieobecność potrafiłam myśleć tylko o tym, że ktoś musi strzec tej ziemi – ziemi, której granice królowa Honowia wyznaczyła pocałunkami i której królowa Albrada broniła na polu bitwy.

Nie potrafiłabym porzucić Koroanii, ryzykować, że wpadnie ona w ręce kogoś, kto mógłby ją zniszczyć lub złamać jej ducha. Nie. Nie mogłam na to pozwolić.

Kiedy się odwróciłam, kapłan stał za mną, trzymając koronę Estusa.

Przyklękłam przed nim.

TRZY MIESIĄCE PÓŹNIEJ

Rozdział 35

Po raz drugi obeszłam stół.

– Nie, nie. – Wskazałam stojące pośrodku kwiaty. – W Izolcie są zwyczajowo używane na pogrzebach. Wymieńcie je. Wydaje mi się, że to już wszystko.

– Tak jest, Wasza Wysokość – odparł gorliwie kamerdyner. – A menu?

– Wszystko zostało zatwierdzone. Jeśli będą jakieś dalsze pytania, możecie je kierować do mojej pierwszej damy dworu.

Kamerdynerzy i paziowie skłonili się i odeszli, żeby zająć się ostatnimi przygotowaniami. Pozostała jeszcze tylko jedna rzecz, jaką należało się zająć, i powinna zostać zrobiona do końca dnia. O ile oczywiście wszyscy wywiążą się ze swoich obowiązków.

Wyszłam z komnaty, w której planowaliśmy uroczystości, na główny korytarz zamkowy. W odróżnieniu od poprzedzających mnie królów wolałam pracować tam, gdzie mogłam widzieć swoich poddanych. Mężczyźni kłaniali się, a kobiety dygały, kiedy szłam na dziedziniec. Tak jak się spodziewałam, wszystkie dziewczęta pracowały razem nad ogromnym układem tanecznym zaplanowanym przez Norę. Nigdy jeszcze nie widziałam takiego rozmachu i byłam pewna, że taniec wypadnie imponująco.

Nora zobaczyła, że je obserwuję, i spojrzała na mnie pytająco, żeby się dowiedzieć, co myślę. Uśmiechnęłam się do niej ciepło i skinęłam głową z satysfakcją. Taniec wyglądał naprawdę prześlicznie.

To był jej pomysł, żeby dziewczęta zrobiły coś wspólnie, a ja go bardzo doceniałam. O ile szczęśliwsza byłabym dawniej na dworze, gdybyśmy starały się stworzyć coś w grupie, zamiast przez cały czas rywalizować ze sobą.

Patrzyłam jak zahipnotyzowana na wirujące suknie, kiedy podszedł do mnie paź.

– Poranna poczta, Wasza Wysokość.

– Dziękuję... Andrew, prawda?

Uśmiechnął się do mnie.

– Tak, Wasza Wysokość.

Oddalił się szybko, a ja przejrzałam nazwiska na listach, żeby się dowiedzieć, kto do mnie napisał. Cały plik pochodził od różnych lordów i wiedziałam, że muszę skonsultować się z radą, zanim na nie odpowiem. Na końcu znalazły się trzy przeznaczone nie dla królowej, tylko dla Hollis... No dobrze, może jeden z nich był przeznaczony dla królowej. Oparłam się o niski mur otaczający dziedziniec i pochyliłam się nad listem, żeby go od razu przeczytać.

Wasza Wysokość,

Wasza Wysokość będzie z pewnością zadowolona na wiadomość o tym, że dzisiaj rano udało nam się obsadzić ostatnie stanowisko nauczycielskie. Mamy teraz stosownych edukatorów do wszystkich przedmiotów. W zeszłym tygodniu przydzieliliśmy uczniów do wszystkich pokojów w pałacu Varinger, więc za mniej więcej tydzień powinniśmy rozpocząć opracowane przez Waszą Wysokość kursy. Służba pracuje całymi dniami, a chociaż jest to zupełnie inna praca niż dawniej, wszyscy są uradowani, że mogą być potrzebni, a posiadłość na nowo ożyła.

Pierwsza dziewczynka przyjechała w tym tygodniu. To jedna z trzech sierot, które mamy przyjąć. Była bardzo wystraszona, ale pokojówki zaopiekowały się nią jak małym kotkiem i jestem pewna, że kiedy tylko spotka nowych kolegów, rozkwitnie.

Posiadłość jest w dobrych rękach. Zajmuję się wszystkim, co dotyczy domu i przynależnych do niego ziem, a wybrana przez Waszą Wysokość dyrektorka jest życzliwą i doskonale zorganizowaną kobietą. Jestem pewna, że kiedy Wasza Wysokość nas odwiedzi – na co wszyscy mamy ogromną nadzieję – będzie Wasza Wysokość zadowolona z tej szkoły. Będziemy nadal informować Waszą Wysokość o wszelkich problemach, jakie mogą wyniknąć w początkach naszej działalności, wydaje mi się jednak, że przyszłość tego projektu rysuje się w jasnych barwach.

To był genialny pomysł Waszej Wysokości. Pewnego dnia w całej Koroanii powstaną szkoły podobne do tej, a przyszłe pokolenia będą za to wdzięczne Waszej Wysokości. Modlimy się o zdrowie i długie rządy Waszej Wysokości. Zapraszamy jak najszybciej.

Wierna sługa Waszej Wysokości
Hester

Ogromny stary dom w końcu znalazł jakieś zastosowanie. Nie byłam pewna, czy szkoła z internatem dla dzieci z prowincji się sprawdzi, ale nie mogliśmy tego ocenić, dopóki nie spróbujemy. Nie łudziłam się, że potrafiłabym wyruszyć na wojnę lub ocalić niezliczone rzesze chorych... Jeśli jednak mogłam czynić dobro po troszeczku, miałam nadzieję, że kiedy moje rządy dobiegną końca, ludzie to właśnie zapamiętają.

Sięgnęłam po drugi list.

Wasza Wysokość,
Hollis

niezwykle podoba mi się w Wielkim Perinie. Klimat nie jest tutaj tak łagodny jak w Koroanii, ale jest coś w tym zapachu egzotycznych przypraw, urodzie i tajemniczości tego miejsca, co sprawia, że każdy dzień rozpoczynam z ciekawością. Cieszę się, że wyjechałam, że jestem nieznaną osobą w nowym miejscu. Poznałam tu wiele nowych osób i każdej z nich opowiedziałam wspaniałą historię o tym, jak zostałaś królową. Ośmieliłabym się stwierdzić, że jesteś najsłynniejszą żyjącą obecnie monarchinią.

Skoro już mowa o słynnych monarchach, co tam słychać w domu? Pamiętam, że zanim wyjechałam, mówiłaś mi o całym mnóstwie swoich pomysłów. Czy chociaż część z nich udało Ci się zrealizować? Wiem także, że zaprezentowano Ci Hagana jako potencjalnego kandydata na męża. Czy jesteście już zaręczeni? Czy może spotkałaś kogoś, kto bardziej Ci odpowiada?

Wszystko wskazuje na to, że początek Twoich rządów jest bardzo udany, Hollis. Wiem, że bardziej niż ktokolwiek na świecie zawsze chciałaś dowieść swojej wartości. Myślę, że zapiszesz się w historii naszego kraju, chociaż na to przyjdzie jeszcze poczekać. Myślę, że już to robisz. Mam taką nadzieję.

Ja ze swojej strony cieszę się, że mogę studiować w Wielkim Perinie literaturę, filozofię i sztukę. Wiele razy zastanawiałam się, czy nie uczynić tego miejsca moim domem. Nie jestem pewna, czy potrafiłabym ponownie wytrzymywać potępiające lub współczujące spojrzenia na dworze w Kereskenie. Jednakże myśl o tym, że miałabym pozostać za granicą, sprawia, iż serce zaczyna mnie boleć. Czy Ty czułaś się podobnie po wyjeździe do Izolty? Co takiego jest w ojczyźnie, że ciągnie nas do niej, nawet jeśli życie nie zawsze dobrze nam się tam układa?

Być może w przyszłym miesiącu wybiorę się z wizytą, żeby zobaczyć Ciebie i Twoje wielkie plany. Może wtedy, gdy znowu przejdę się po wspaniałych salach Kereskenu, będę potrafiła zdecydować, gdzie naprawdę powinnam być.

Wiem, że jesteś bardziej zajęta niż ktokolwiek na tym kontynencie, ale jeśli znajdziesz chwilę, proszę, napisz do mnie i opowiedz mi o swoich przygodach. Po tak długim czasie chciałabym się dowiedzieć o Tobie jak najwięcej. Przesyłam wyrazy miłości i oddania.

Twoja poddana za granicą
Delia Grace

Czytając ten list, czułam się, jakbym oddychała głęboko. Chociaż przed jej wyjazdem zdążyłyśmy porozmawiać o wielu sprawach, czułam, że moje życie na zamku nigdy nie wróci całkiem do normalności, jeśli jej nie będzie przy mnie. Nie było mowy o tym, żeby związane z nią skandale mogły przyćmić te związane ze mną, więc nie powinna się martwić o to, że będzie przyciągać powszechną uwagę. Zastanawiałam się jednak, czy jakaś jej część nie pragnie nadal, żeby wszystkie oczy były zwrócone na nią, o ile tylko będzie w nich wyłącznie podziw.

Może nigdy się tego nie dowiem. Ale nadal żywiłam nadzieję.

Odetchnęłam jeszcze raz i złamałam pieczęć na ostatnim liście.

Wasza Wysokość,

pragniemy zawiadomić, że przyjedziemy jutro koło południa, w czwartek siedemnastego. Obiecujemy, że nie zamierzamy robić scen ani żartować sobie z Waszej Wysokości. No dobrze: może będziemy żartować, ale niezbyt złośliwie. Nie tym razem.

Etan Rex

Uśmiechnęłam się. *Rex*. Niezwykle elegancko. Może także powinnam używać takiego podpisu w oficjalnej korespondencji? Ale na pewno nie *pluralis maiestatis*, z którego zamierzałam drwić bez końca, kiedy tylko Etan tu przyjedzie. Uniosłam list do nosa. Czułam na tym pergaminie zapach Izolty, a jeśli się skoncentrowałam – także zapach Etana.

Jechał tutaj i nadal potrafił żartować, więc niezależnie od wszystkiego przynajmniej to nam pozostało.

Nie miałam chwili spokoju. Moja pierwsza dama dworu przybiegła właśnie z głębi zamku.

– O co chodzi, Valentino?

Spojrzała na mnie rozpromieniona.

– Wszystko gotowe, Wasza Wysokość.

Odetchnęłam z ulgą.

– To doskonale.

Rozdział 36

Siedziałam przy toaletce w apartamencie królewskim, a Valentina po raz ostatni sprawdzała, czy wszystko wygląda jak należy. Nosiłam koronę wysadzaną szafirami oraz lśniący rubinami pierścień od matki, a pierścionki ślubne były w bezpiecznym miejscu i mogłam je zobaczyć, kiedy tylko chciałam. Zarówno Jameson, jak i Silas mieli swój udział w tym, jak znalazłam się tutaj, ale od tej pory szłam całkowicie własną drogą. Dlatego chciałam dzisiaj wyglądać idealnie.

Ze względu na swoją przeszłość Valentina jeszcze lepiej potrafiła wypatrywać wszelkich niedoskonałości niż Delia Grace i doskonale radziła sobie jako moja przyboczna. Co więcej, darzyłyśmy się bezgranicznym zaufaniem – czymś, co w przypadku Delii Grace zyskiwałam i traciłam wiele razy.

– Valentino, czuję się głupio, że nie zapytałam o to wcześniej, ale czy nie będziesz się czuła skrępowana podczas dzisiejszych uroczystości, skoro nie jesteś już królową?

Valentina zmarszczyła brwi z rozbawieniem.

– Ani trochę. Jestem o wiele szczęśliwsza jako twoja poddana, niż byłam jako ich królowa.

– Więc nie tęsknisz za tym? Ani nawet za Izoltą?

Zastanawiała się przez chwilę.

– Nie. Dom jest tam, gdzie go sobie stworzymy. A ja stworzyłam swój tutaj.

– Jesteś dla mnie za dobra – powiedziałam. – Kiedyś będę musiała znaleźć jakiś sposób, żeby ci za to podziękować.

Valentina potrząsnęła głową, a jej głos był spokojny, ale pewny.

– Uratowałaś mnie. Król Etan mnie uratował. To ja powinnam być wam wdzięczna. – Cofnęła się, żeby obejrzeć swoje dzieło. – Gotowe. Jesteś prześliczna.

– Nie przyznałabym się do tego przed nikim innym, ale bardzo się denerwuję.

– Byliście tak blisko, że nie ma mowy, żeby to spotkanie nie przebiegało pomyślnie.

Nie powiedziałam tego, co bym chciała – pomyślałam tylko, że właśnie dlatego, że byliśmy tak blisko, to spotkanie mogło być najtrudniejsze z dotychczasowych.

Valentina zastukała w drzwi, a strażnicy natychmiast otworzyli je przede mną. Weszłam do sali tronowej i z gracją skinęłam głową do wszystkich zebranych. Valentina szła tuż za mną. Przed podwyższeniem czekał na mnie Hagan, żeby podać mi ramię.

Hagan był, jak to określała Valentina, „mężczyzną idealnym". Wysoki, z ostro zarysowanym nosem i ciemnobrązowymi włosami, o szerokich ramionach, dzięki którym każdy strój wyglądał na nim znakomicie. Co najważniejsze, pochodził z jednego z najstarszych rodów w Koroanii. Dawno temu, kiedy moja matka próbowała wykorzystać krótkotrwałe w jej mniemaniu zainteresowanie Jamesona moją osobą, żeby wynegocjować dla mnie wejście do jakiejś rodziny arystokratycznej, nawet nie brała Hagana pod uwagę. Był dla mnie za dobry.

– Dzień dobry, Wasza Wysokość – przywitał mnie z ciepłym uśmiechem. – Cóż za interesująca kreacja. Wyglądasz pięknie.

– Dziękuję. – Ćwiczyłam oddychanie równym rytmem, kiedy prowadził mnie na początek sali.

Stał tam mój tron, a także drugi, przygotowany dla Etana. Hagan miał zająć miejsce po mojej prawej stronie, a po lewej od Etana czekał fotel przygotowany dla Ayanny. Słyszałam, że ponaglano go, żeby jak najszybciej znalazł partnerkę. On i ja znajdowaliśmy się w podobnej sytuacji – byliśmy ostatnimi z naszych rodów.

Spojrzałam na Valentinę, pytając ją wzrokiem, czy nadal wyglądam dobrze. Tak jakby coś mogło się zmienić w ciągu ostatnich trzech minut. Skinęła uspokajająco głową, a ja złożyłam dłonie przed sobą z nadzieją, że uspokoję tym żołądek. Zamiast tego dotknęłam pierścionka i szybko spojrzałam na niego – był prezentem od matki, pamiątką po Jedrecku. W korespondencji, którą często wymienialiśmy, Etan nie poprosił nigdy o jego zwrot, ale skoro byłam teraz królową Koroanii i nie miałam prawa czuć się obywatelką Izolty, być może powinnam go oddać. To była jedna z wielu drobnych kwestii, jakie należało poruszyć podczas tej wizyty.

Rozległa się fanfara obwieszczająca przybycie gości, a ja poczułam, że serce wyrywa mi się z piersi. Etan był tutaj. Będziemy oddychać tym samym powietrzem. Patrzyłam wyczekująco na przejście utworzone przez całą salę wielką, prawdopodobnie zdradzając się z tym, jak rozpaczliwie pragnęłam znowu go zobaczyć.

Najpierw zobaczyłam jego buty i to wystarczyło, żebym całkiem przepadła. Miał teraz krótsze włosy, ale jedno nieposłuszne pasmo nadal uparcie spadało mu na oczy. Nosił króciutką brodę, która wyglądała absolutnie czarująco jako obramowanie uśmiechu, który pojawił się na jego twarzy.

Potrząsnęłam głową. Nie powinno mnie dziwić, że pomyśleliśmy o tym samym. Podczas gdy dworzanie w jego orszaku byli ubrani w różne odcienie niebieskiego, Etan nosił czerwony płaszcz. Wyglądał jak płomień w ciemnościach nocy. Ja zaś wybrałam najbardziej niebieską suknię, jaką miałam, i przystroiłam włosy srebrem. Dla niego.

Podszedł i skłonił się przede mną, a ja zauważyłam wtedy drobną dziewczynę idącą tuż za nim. Miała włosy upięte w skomplikowaną fryzurę i wyraz anielskiego spokoju na twarzy.

Na chwilę zapomniałam, co mam zrobić. Dygnęłam przed nim troszeczkę za szybko. Westchnęłam – już zaczynałam popełniać błędy.

Zeszłam z podwyższenia, wyciągając ręce, a Etan z radością ujął je w swoje dłonie.

– Czy już nic lepszego nie miałaś? – zapytał, dotykając kołnierza mojej sukni. – Wyglądasz jak pudel.

– Zakładam, że ty po drodze zgubiłeś gdzieś swoją garderobę i dlatego zarzuciłeś końską derkę?

Roześmiał się.

– Sprawdza się z braku czegoś lepszego.

Uśmiechnęłam się, spojrzałam na jego orszak i podniosłam głos.

– Dziękuję wam za przybycie, drodzy przyjaciele. Zdaję sobie sprawę, że spotykamy się znacznie szybciej, niż się spodziewaliśmy. Doceniam waszą gotowość do odwiedzenia mojego kraju, a także wasze nieustające wsparcie bez względu na dzielącą nas odległość. Niektórzy z was przyjechali już kiedyś do tego pałacu ze względu na mnie, a ja o tym nie zapomniałam. Czujcie się jak u siebie w domu. Jesteście tutaj najmilej widzianymi gośćmi.

W sali rozległy się grzeczne brawa, a Etan wziął mnie pod rękę, kiedy szliśmy do podwyższenia. Tam czekał na mnie Hagan, a ja przypomniałam sobie, kto powinien służyć mi ramieniem.

– Wasza Wysokość, proszę pozwolić, że przedstawię sir Hagana Kaltratta. Będzie mi towarzyszyć podczas wizyty Waszej Wysokości.

Etan wyciągnął rękę.

– Cieszę się, że mogę pana poznać, sir. Mam nadzieję, że znajdziemy okazję, żeby trochę porozmawiać.

Hagan uścisnął dłoń Etana.

– Z największą przyjemnością. Słyszałem, że Wasza Wysokość jest niezrównany w turniejach. Będę wdzięczny za każdą dobrą radę.

Etan się roześmiał.

– Obawiam się, że zwyciężyłem tylko w jednym turnieju. Miałem szczęście. – Popatrzył na mnie. – Ogromne szczęście. Ale mimo to chętnie zmierzę się z tobą, sir, jeśli znajdziemy wolną chwilę.

– To wspaniale.

Etan wziął za rękę towarzyszącą mu dziewczynę i podprowadził ją do mnie.

– Wasza Wysokość, chciałbym przedstawić lady Ayannę Routhand. To jedna z najinteligentniejszych młodych dam na dworze izoltańskim i nie może się doczekać, aż Wasza Wysokość udzieli jej lekcji tańca.

Popatrzyłam na jego towarzyszkę.

– Doprawdy?

Ayanna skinęła głową.

– Teściowa Waszej Wysokości opowiedziała mi o wszystkich waszych przygodach. A lady Scarlet mówiła, jak tańczyłyście we dwie.

Ścisnęła ramię Etana.

– Czy one są tutaj?

– Coś je zatrzymało. Będą wieczorem – odpowiedział z uśmiechem rozbawienia.

– A twoi rodzice? – Musiałam pamiętać, żeby nie mówić o nich „ciocia" i „wujek".

– Zajmują się wszystkim pod moją nieobecność, ale jak zawsze przesyłają ci najgorętsze uściski.

Nie potrafiłam ukryć swojej radości. Etan był tutaj, a matka przyjedzie niedługo razem ze Scarlet. Nie wiedziałam nawet, jak bardzo za nimi tęskniłam, ale ta wiadomość sprawiła, że od razu poczułam się lepiej. Jednakże celem tej wizyty nie było znalezienie dla mnie okazji do radości, więc skinęłam na Etana, żeby wraz ze mną zajął miejsce. Hagan, jak zwykle nienagannie wychowany, podszedł do Ayanny i zabrał ją, żeby przedstawić najbardziej wpływowym rodzinom na dworze.

– Jest urocza – powiedziałam.

– Owszem. Urocza, zdolna... Ojciec ją polubił, a to już coś.

Skrzywiłam się.

– A ciocia Jovana?

Etan zmarszczył brwi.

– Ona odnosi się do Ayanny odrobinę chłodniej.

– Jestem pewna, że z czasem się to zmieni.

– Też tak sądzę. – Jednak coś w jego zaciśniętej szczęce podpowiadało mi, że to mało prawdopodobne. – Co tu się stało? – zapytał, wskazując ścianę. Obok witrażowych okien przedstawiających sceny z historii Koroanii wisiała zasłona. – Czy stłukła wam się jedna szyba?

– Nic się nie stłukło. Kazałam wybić nowe okno, a wieczorem je odsłonimy. Wtedy światło powinno być idealne.

– Ty wiesz takie rzeczy na pewno.

Uśmiechnął się i podprowadził mnie do tronów. Kiedy usiedliśmy, jego twarz spoważniała.

– Jak sobie radzisz, Hollis? Powiedz mi prawdę.

Przełknęłam ślinę.

– Wydaje mi się, że nieźle, ale nie mam porównania. W odróżnieniu od ciebie nie urodziłam się w rodzinie spokrewnionej z królewską, więc już dwa razy złamałam przypadkiem prawo, ponieważ nie miałam pojęcia, co robię. Kapłani odprawili za mnie tygodniowe modły.

To sprawiło, że Etan się roześmiał.

– Cóż, jeśli komuś przyda się modlitwa...

Udałam, że chcę go trzepnąć, ale także się uśmiechałam, ponieważ nawet jeśli się zmienił, był także dokładnie taki, jak go zapamiętałam.

– Radzę sobie coraz lepiej, jednak cały czas się boję, że coś popsuję. Dawniej, jeśli popełniałam błąd, mogłam tym wyrządzić szkodę tylko sobie i może kilku najbliższym osobom.

A teraz mogę skrzywdzić tak wielu ludzi, Etanie. To by mi złamało serce.

– W takim razie pisz do mnie – powiedział, kładąc dłoń na mojej ręce. Ten dotyk sprawił, że poczułam dreszcz. – Nie wiem wszystkiego, ale mam spore doświadczenie. Mogę ci pomagać.

Przechyliłam głowę na bok.

– Masz własny kraj, którym musisz się zajmować, o ile pamiętam dwukrotnie większy od mojego. Nie możesz przerywać tego, co robisz, żeby mnie ratować.

– Ale zrobiłbym to – szepnął. – Zrobiłbym... zrobiłbym o wiele więcej, gdybym tylko mógł.

Moje serce się ścisnęło.

– Wiem. Ja też. – Zniżyłam głos. – Nie mogę uwierzyć, że nie pomyślałam, co to będzie oznaczać... dla nas.

Etan wzruszył ramionami.

– Ja także o tym nie pomyślałem. W tamtej chwili byłem po prostu z ciebie dumny. Z tego, że zostałaś królową.

– Gdybym wiedziała, nigdy bym...

– Owszem, zrobiłabyś to – przerwał mi. – Bez zastanowienia przyjęłabyś koronę, ponieważ, wbrew mojej pierwszej opinii o tobie, nie jesteś tylko ozdobą. Jesteś odważna, być może aż do szaleństwa.

Roześmiałam się z tego.

– Jesteś także gotowa dać z siebie wszystko, niewzruszenie lojalna... masz tak wiele zalet, Hollis. Żałuję, że wcześniej ich nie dostrzegłem.

Odwróciłam spojrzenie. Całe uniesienie, jakie mi towarzyszyło, zaczęło znikać. Myślałam, że widok Etana po tak długim czasie będzie stanowić dla mnie pociechę... a teraz zastanawiałam się, jak długo to wytrzymam.

– Myślę, że dla dobra nas obojga to powinno być nasze ostatnie osobiste spotkanie.

Kiedy odważyłam się na niego spojrzeć, Etan wyglądał, jakby musiał powstrzymywać łzy.

– Myślę, że masz rację. Nie wiem, czy wytrzymałbym to przez resztę życia.

Skinęłam głową.

– Jestem nieco zmęczona. Chyba cię przeproszę na trochę, ale po południu będę chciała zapytać cię o wiele rzeczy. Mamy do zawarcia tyle umów. Myślę, że możemy razem zdziałać wiele dobra. Izolta zawsze będzie miała miejsce w moim sercu.

Etan uśmiechnął się, a na jego twarzy malowało się czarujące poczucie klęski.

– Wiem. A moje serce pozostanie w Koroanii.

Czułam dławienie w gardle. Nie potrafiłam się nawet pożegnać. Wstałam i dygnęłam grzecznie, a potem uciekłam do swoich komnat tak szybko, jak tylko mogłam, żeby nie wyglądało to, jakbym poczuła się czymś urażona.

Nie zamknęłam za sobą drzwi, więc po chwili weszła do mnie Valentina, a zaraz za nią dwóch kapłanów. Towarzyszyli mi jak cienie i zazwyczaj to mi nie przeszkadzało. Tak bardzo potrzebowałam pomocy, że byłam wdzięczna każdemu, kto mógł pokierować mnie w odpowiednią stronę. Nie byłam pewna, czy teraz mam na to ochotę.

– Wasza Wysokość? – zapytała Valentina, ponieważ usiadłam i zaczęłam głośno szlochać.

– Nie dam rady – powiedziałam. – Tak bardzo go kocham, Valentino. Jak ja mam żyć bez niego?

Valentina przytuliła mnie.

– To niesprawiedliwe – przyznała. – Zbyt wielu ludzi musi żyć bez tych, których kocha. Masz do dyspozycji wszystkie bogactwa tego świata, a mimo to nie możesz ziścić swojego marzenia. To okrutne, Hollis. Bardzo mi przykro.

– Wasza Wysokość? – zapytał Langston. – On chyba nie uraził niczym Waszej Wysokości, prawda?

Potrząsnęłam głową, nadal płacząc. Jak miałam wyjaśnić to, co wiedzieli ci, którzy byli mi bliscy – że sama odpowiadałam za swoje złamane serce?

Przytuliłam się do Valentiny. Czułam, że byłam okropnie głupia, przyjmując koronę i składając przysięgę, zanim zrozumiałam, że to znaczy, iż Etan na zawsze zniknie z mojego życia. Zanim zdałam sobie sprawę, że bycie monarchami oznacza, iż Etan i ja zostaniemy uwięzieni w naszych krajach bez możliwości ucieczki.

Kapłani nie wiedzieli, co zrobić z płaczącą kobietą. Nieraz już powiedzieli mi nie to, co powinni, więc teraz zazwyczaj milczeli, jeśli nie potrafili znaleźć właściwych słów.

– Wasza Wysokość – odezwał się Langston. – Wiem, że to niewiele, ale jest nam przykro. Kiedy wyjechałaś, wydawało nam się, że wiemy, jak wygląda złamane serce. Jameson był praktycznie niepocieszony, ale nigdy się nie załamywał. Był pełen gniewu, próżny, żądny zemsty… Zachowywał się zupełnie inaczej. – Podszedł bliżej i dodał cicho: – Jednak znamy siłę Waszej Wysokości, a poddani cię uwielbiają. Przetrwasz to.

Skinęłam głową i odpowiedziałam przez łzy:

– Oczywiście, że przetrwam. Przepraszam was. Odpocznę trochę i będę gotowa na popołudniowe rozmowy. Mamy tak wiele do zrobienia podczas tej wizyty, a ja nie zamierzam was zawieść.

Kapłani skłonili się i wycofali z komnaty, zamykając za sobą drzwi.

– No już – powiedziała Valentina. – Wypłacz się teraz. Nie możesz pozwolić, żeby inni zobaczyli twoje łzy.

– Jeśli ktokolwiek to rozumie, to właśnie ty.

Przytuliła mnie mocniej.

– Rozumiem. I nie pozwolę ci zawieść, Hollis.

Smutna prawda była taka, że już zawiodłam. I nie mogłam zrobić niczego, żeby to naprawić.

Rozdział 37

Obawiam się, że przygotowałam bardzo długą listę – ostrzegłam Etana, obchodząc wielki stół w moim nowym gabinecie.

Kapłani stali przy swoich biurkach z przygotowanymi księgami i zwojami na wypadek, gdyby trzeba było coś sprawdzić. Ayanna i Hagan siedzieli obok siebie i rozmawiali szeptem – przyszli narzeczeni dwojga monarchów.

– Ja także – powiedział Etan i położył na stole plik dokumentów. – Panie przodem.

Uśmiechnęłam się.

– Cóż, jeszcze zanim zostałam królową, zazdrościłam Izolcie rozwoju nauk medycznych. Chciałabym stworzyć jakiś program, który umożliwiłby zainteresowanym medycyną obywatelom Koroanii podejmowanie studiów w Izolcie. Oczywiście liczba uczestników byłaby ograniczona i wybieralibyśmy ich na podstawie zgłoszeń. Nie zamierzam zalać was tłumem kandydatów. Ale czy byłbyś gotów zgodzić się na coś takiego?

Etan się zastanowił.

– Może przysłałbym tutaj kilku najzdolniejszych medyków? Moglibyśmy zorganizować kursy rotacyjne, na zmianę w dwóch albo trzech koroańskich prowincjach. Ty wiesz najlepiej, gdzie to by się najbardziej przydało.

Zamrugałam.

– To niezwykle hojna oferta. Tak bez zastanowienia na pewno chciałabym coś zorganizować tutaj, gdzie mieszka najwięcej ludzi, którzy mogą potrzebować opieki medycznej, a także na najbiedniejszych terenach, gdzie dostęp do lekarza jest najbardziej utrudniony. Kiedy pierwsza grupa uczestników zostanie przeszkolona, może przejąć obowiązki nauczycieli i twoi ludzie będą mogli wrócić do domu.

Etan skinął głową.

– Weź pod uwagę, że będziemy potrzebowali trochę czasu, żeby znaleźć dziesięciu lekarzy gotowych przyjechać do Koroanii i podjąć się uczenia następców. Zajmiemy się także opłaceniem ich pensji i zakwaterowania.

Jeden z jego paziów zapisał to.

– Dziękuję – westchnęłam i wyprostowałam się odrobinę. – Łatwo nam poszło. No dobrze, twoja kolej. Czego byś chciał najbardziej?

Etan odwrócił się i patrzył na mnie przez długą chwilę. To nie był zbyt szczęśliwy dobór słów, ponieważ na to pytanie żadne z nas nie mogło udzielić szczerej odpowiedzi. Usłyszałam, że Hagan odchrząknął, więc w końcu odwróciłam wzrok.

Etan sięgnął po jeden ze zwojów.

– Oto projekt, na którym najbardziej mi zależy.

Rozwinął pergamin i położył na jego krawędziach dwa przyciski.

Zobaczyłam, że jest to mapa kontynentu. Zmrużyłam oczy i przesunęłam po niej palcami.

– Obawiam się, że nie rozumiem.

Etan wskazał cienką linię wyznaczającą granicę Koroanii i Izolty.

– Kiedy powiedziałaś Quintenowi, że powinien po prostu oddać te ziemie, był to jeden z najlepszych pomysłów, jakie w życiu słyszałem. Od kiedy w obu krajach na tron wstąpili nowi monarchowie – zaczął, rzucając mi znaczące spojrzenie – nie słyszałem o żadnych potyczkach na granicy. Wydaje się, że ludzie są teraz zajęci czym innym. Zanim jednak na nowo zacznie się kumulować wrogość, chciałbym wykorzenić jej źródło. Proponuję nową granicę i jestem gotów oddać te dwa tereny Koroanii. – Przesunął palcem po linii, a ja dopiero teraz zauważyłam, że wcina się odrobinę głębiej w Izoltę, niemal nie uszczuplając jej ogromu, ale zmieniając wszystko.

Pochyliłam się do Etana.

– Nie mogę nie zauważyć, że jak do tej pory wszystkie te decyzje są wyłącznie na moją korzyść – szepnęłam.

– Tylko tyle mogę zrobić, Hollis. Nie powstrzymuj mnie, proszę.

Gardło mi się zacisnęło. Tym razem to Ayanna odkaszlnęła.

Starałam się to ukrywać, starałam się nie wyglądać, jakby mój świat obracał się wokół jego uśmiechu. Byłam pewna, że każdy fragment mojej twarzy zdradza moje uczucia i jakkolwiek bym próbowała, nie mogłam na to nic poradzić. Obejrzałam się przez ramię na partnerkę Etana. Miałam przeczucie, że ona i Hagan nie mogą się już doczekać zakończenia tej wizyty.

– Niech tak będzie. Zgadzam się – powiedziałam cicho.

– Cudownie. Nauczyłaś się słuchać prostych instrukcji. Nie mogę się doczekać, aż napiszę o tym matce.

– Napiszesz? Czyli opanowałeś już sztukę alfabetu? Na pewno jest z ciebie bardzo dumna.

Rozmowy o handlu, drogach i sztuce ciągnęły się godzinami, a ja za nic nie mogłam zrozumieć, dlaczego nasi poprzednicy tak bardzo wszystko sobie utrudniali. Chociaż Etan i ja nie we wszystkim się zgadzaliśmy, a znawcy prawa musieli się wtrącać od czasu do czasu, wszystko szło naprawdę gładko.

Rozmawianie z przekonaniem, że ten król nie pragnie mnie zniszczyć, a ta królowa nie chce mojej klęski, wszystko zmieniało.

Możemy zmienić świat, jeśli tylko zdecydujemy, że nie będziemy się zachowywać, jakby wszyscy obecni byli naszymi wrogami.

Etan w końcu potarł czoło.

– Myślę, że wystarczy na dzisiaj. Możemy zostawić tutaj dokumenty i kontynuować jutro, jeśli będziesz chciała.

Skinęłam głową.

– Wydaje mi się, że na wieczór mamy zaplanowany bal, więc chciałabym przedtem trochę odpocząć.

– Wasza Wysokość nie musi tańczyć – zauważył Hagan. – Jestem pewien, że inne damy na dworze będą szczęśliwe, mogąc popisać się swoimi umiejętnościami przed naszymi gośćmi.

Ayanna wstała.

– Kilka dam z Izolty przygotowało układ taneczny na cześć Waszej Wysokości. Jestem pewna, że nie zrobi wielkiego wrażenia, jednak…

– Ależ skąd! – przerwałam z uśmiechem. – To niezwykle piękny gest. Nie mogę się doczekać, żeby to zobaczyć.

Popatrzyłam na Etana.

– To był wyłącznie jej pomysł – powiedział z dumą Etan.

Podobało mi się, że Ayanna potrafi myśleć o innych. Potrzebował kogoś, dla kogo będzie najważniejszy. Kogoś, kto umie przedkładać innych ponad siebie.

– Panowie, czy wybaczycie nam? Z przyjemnością oprowadziłabym lady Ayannę po ogrodach.

Ayanna uśmiechnęła się, ale otworzyła szerzej oczy i odetchnęła, jakby szykowała się do zostania sam na sam ze mną.

– Chodź – powiedziałam, wyciągając do niej rękę. – Na pewno będziesz zachwycona kwiatami.

Wyszłyśmy na zewnątrz, a potem spacerowałyśmy. Pokazywałam jej najpiękniejsze detale architektury oraz poszczególne i zróżnicowane skrzydła zamku – mojego domu.

Przez długi czas nie byłam pewna, gdzie był mój dom, ale teraz znajdował się tutaj. Prawda? Musiało tak być. Tutaj właśnie spałam, jadłam i rządziłam krajem. Przypuszczałam jednak, że o ile tylko pod tym samym dachem nie ma Etana Northcotta, żadne miejsce nigdy naprawdę nie stanie się moim domem.

– O czym Wasza Wysokość chciała ze mną rozmawiać? – odważyła się zapytać Ayanna. – Jestem pewna, że nie przyszłyśmy tutaj tylko po to, żeby podziwiać kwiaty.

– Cóż, pomyślałam, że będzie miło lepiej cię poznać. Jestem pewna, że na przestrzeni lat będziemy wymieniać korespondencję, nawet jeśli już więcej się nie spotkamy.

– Czy… nie zamierzacie się więcej spotykać?

– To mało prawdopodobne. – Zignorowałam to, że wyraźnie odetchnęła z ulgą. – Ale powiedz mi coś o sobie. Jak poznałaś Etana?

Uśmiechnęła się i wróciła myślami do tamtej chwili.

– Poprzez moich rodziców. Byłam chora podczas ślubu Hadriana, więc nie miałam okazji poznać Waszej Wysokości ani zobaczyć, jak Jego Wysokość wygrywa turniej, a potem powraca do zamku z armią. Kiedy wszystko się uspokoiło, a ja wróciłam do zdrowia, pojechaliśmy do Chetwin, żeby złożyć hołd nowemu królowi i zapewnić go o naszej lojalności. Od tamtej pory często bywałam w zamku, więc mieliśmy okazję spędzić razem dużo czasu. – Leciutko poruszyła ramionami. – A jak Wasza Wysokość go poznała?

Roześmiałam się.

– Och, to było tutaj, w sali tronowej. Obraził mnie, a ja odpowiedziałam zniewagą. To był piękny początek znajomości.

Ayanna się roześmiała.

– Naprawdę? Jeszcze nigdy nie słyszałam, żeby Etan kogokolwiek obraził.

Przewróciłam oczami.

– W takim razie masz szczęście. Najwyraźniej naszym sposobem komunikacji jest irytowanie się nawzajem.

Ayanna zatrzymała się i wypuściła moją rękę.

– A zatem jak to możliwe… Dlaczego Wasza Wysokość wydaje się tak szczęśliwa, kiedy jesteście w jednej komnacie?

Byłam pewna, że się zarumieniłam, ale mimo to próbowałam zaprzeczyć.

– Jest dla mnie jak rodzina. Poślubiłam jego…

Przerwała mi w pół słowa.

– Nie, znam tę historię. Ale on od tygodnia uśmiecha się do siebie. A podczas tego spotkania sięgał po różne rzeczy tylko po to, żeby dotknąć twojej ręki. Jeśli naprawdę bezustannie się sprzeczacie, dlaczego to wygląda, jakby… – Nie potrafiła dokończyć. – Wasza Wysokość, jestem dość silna, żeby wiedzieć o wszystkim. Potrafię się pogodzić z tym, że go utracę, ale chciałabym, aby ktoś powiedział mi prawdę.

Oto nadeszła jedna z wielu chwil, których się obawiałam. Chciałam jej powiedzieć, żeby nie walczyła o niego, bo gdyby przyszło do decyzji, ja wygrałabym za każdym razem, ale nie mogłam. Nie mogłam walczyć o Etana ani tracić czasu na odczuwanie do niej nienawiści.

Ayanna była jedyną osobą, która mogła się nim zaopiekować w moim zastępstwie, dlatego wybór był oczywisty. Musiałam być szczera i pokochać ją mimo wszystko. Musiałam ją wspierać.

Wzięłam ją za obie ręce.

– Prawda jest taka, że jest dla mnie najważniejszy na świecie. Nie będę tak okrutna, żeby cię okłamywać. Ale pierwszeństwo przed nim ma Koroania. Złożyłam przysięgę, że będę służyć Koroanii i nie mogę zrezygnować z mojego tronu. Podobnie jak w przypadku Etana, nie ma nikogo innego, kto mógłby go zająć. Dlatego nie musisz się obawiać. Ja będę tutaj, a on będzie tam, a po zakończeniu tej wizyty najprawdopodobniej nigdy więcej już mnie nie zobaczysz.

Ayanna spuściła wzrok, a potem spojrzała znowu na ogród. Kwiaty jeszcze kwitły, chociaż zbliżała się jesień. Niebawem wszystko tutaj miało pogrążyć się we śnie.

– Mówisz, że dla ciebie Koroania zawsze będzie miała pierwszeństwo przed Etanem. Ale dla Etana ty zawsze będziesz miała pierwszeństwo przede mną – powiedziała z rozpaczą.

– Nie – zaprzeczyłam. – Przeżyliśmy razem rzeczy niezrównanej wagi. To sprawiło, że połączyła nas głębsza niż zazwyczaj przyjaźń. Ale nasze drogi rozejdą się, a on poślubi ciebie. Z biegiem czasu wszystko się zmieni, możesz być pewna.

Nie tak sobie wyobrażałam naszą rozmowę. Chciałam po prostu poznać lepiej Ayannę. Jednakże znałam swoje miejsce na świecie – moje było tutaj, a Etana zupełnie gdzie indziej. Jeśli mogłam sprawić, że jego przyszła narzeczona nabierze pewności siebie, zamierzałam to zrobić.

– A co z Haganem? – zapytała. – Wydaje się niezwykle dobrym człowiekiem.

Znowu wzięłam ją pod ramię i ruszyłyśmy dalej. Może jeśli będziemy po prostu szły przed siebie, wszystkie problemy same się rozwiążą.

– Owszem. Jest naprawdę ideałem. Przystojny, troskliwy, zawsze myśli przede wszystkim o tym, co dla mnie dobre. Nie wyobrażam sobie, by ktokolwiek w Koroanii mógł być lepszym księciem małżonkiem. – Bardzo ostrożnie dobierałam słowa i zastanawiałam się, czy ona to zauważyła. – Hagan zostanie moim księciem, ty zostaniesz królową Etana, a ja chciałabym wierzyć, że będziemy mogły się zaprzyjaźnić.

Ayanna przechyliła głowę, żeby na mnie spojrzeć.

– Naprawdę?

Skinęłam głową.

– Mówię całkiem szczerze.

Uśmiechnęła się ostrożnie i niepewnie. Nie była złą dziewczyną. Pod pewnymi względami sprawy byłyby znacznie prostsze, gdyby się taką okazała.

– Robiłaś sobie kiedyś koronę z kwiatów? – zapytałam. – Chodź, upleciemy dla ciebie taką na wieczór.

Rozdział 38

Dzięki Silasowi nauczyłam się wielu rzeczy. Nauczyłam się, czym jest miłość. Nauczyłam się, że można być zarówno skorym do żartów, jak i do powagi. Natomiast z kwestii bardziej praktycznych nauczyłam się, jak wiele można zrobić z metalem.

– To naprawdę piękne – stwierdziła Nora. – Skąd wzięłaś to złote pióro?

Uśmiechnęłam się do swojego odbicia.

– A, dostałam od kogoś.

Ponieważ pomiędzy promieniami pióra były przerwy, moja szwaczka mogła z łatwością przepleść je złotymi nićmi i przyszyć do mojej sukni, gdzie błyszczało olśniewająco i zachwycało. Ktoś mógłby stwierdzić, że ozdabianie gorsetu czymś tak wielkim jest przesadą, ale skoro nie mogłam powiedzieć Etanowi wprost, jak rozpaczliwie za nim tęskniłam, zamierzałam wykorzystać wszystko, co mogłam, żeby mu pokazać, że zawsze jest w moim sercu.

Znowu nosiłam złotą suknię. Nie byłam tego pewna, ale wydawało mi się, że w tym kolorze podobam się Etanowi. A chociaż wypadało, żebym nałożyła koronę, wplotłam w nią kwiaty z ogrodu, żeby być jednocześnie Hollis i królową. Wieczorne przyjęcie miało być odrobinę mniej formalne, więc chciałam, żeby Etan mógł mnie zapamiętać właśnie taką, niezależnie od tego, co wydarzy się później. Z pewnością wydarzy się wiele rzeczy – dwa trony, dwa nieuniknione śluby i lata rządzenia w ościennych krajach, ale bez okazji do rozmowy.

Tak wiele już przetrwaliśmy, że poradzimy sobie także z tym.

Kiedy weszłam do sali wielkiej, uczta już się rozpoczęła.

Dwaj Izoltanie podeszli do mnie i przyklękli na jedno kolano.

– Wasza Wysokość, nie wiem, czy zostaliśmy zauważeni, ale towarzyszyliśmy królowi Etanowi, kiedy Wasza Wysokość przybyła, żeby rzucić wyzwanie Jamesonowi. Wiemy, że Wasza Wysokość przyczyniła się do tego, że na naszym tronie zasiada wreszcie sprawiedliwy król, i cieszymy się, że Koroania ma równie szlachetną królową. Chcieliśmy złożyć wyrazy uszanowania.

Skłonili głowy, okazując mi pokorę większą, niż na nią zasługiwałam.

– Panowie, tamtego dnia więcej niż raz ryzykowaliście życie. To ja powinnam wam dziękować.

– Ależ skąd – odparł jeden z nich stanowczo. – Słyszeliśmy o odwadze Waszej Wysokości. Jego Wysokość wyraża się o Waszej Wysokości w samych superlatywach.

Roześmiałam się.

– Cóż, wiem, jak trudno zasłużyć na jego pochwałę, więc potraktuję to jak największy komplement. Powstańcie, panowie, i dołączcie do zabawy. Mam nadzieję, że będziecie się tu czuli miłymi gośćmi.

Mężczyźni wyprostowali się, ale na ich twarzach malował się odrobinę dziwny wyraz. Ten, który dotąd milczał, wskazał niezgrabnym gestem salę.

– Byłem w Koroanii więcej razy, niż zdołałbym policzyć, ale nigdy nie czułem się tutaj tak swobodnie. Muszę to przypisać tak sprawiedliwej i wspaniałomyślnej królowej – powiedział.

– Dziękuję, sir. Te słowa wiele dla mnie znaczą.

Obaj skłonili się i odeszli, żeby zasiąść przy stole.

Hagan podszedł do mnie zaraz potem i towarzyszył mi dwa kroki z tyłu jak kaczątko. Zatrzymałam się, by na niego spojrzeć.

Był dokładnie taki, jak powiedziałam Ayannie. Uważny, przystojny – byłam też pewna, że okaże się dobrym ojcem. Nie miał wielkich ambicji i o nic nie prosił. O ile byłam w stanie stwierdzić, nie przeszkadzało mu, że żona będzie go przewyższać pozycją… Był najlepszym człowiekiem, jakiego potrafiłam sobie wyobrazić.

– Proszę spojrzeć, jak doskonale wszystko idzie, Wasza Wysokość – powiedział, rozglądając się po sali.

Zrobiłam to samo i stwierdziłam, że miał rację.

Kiedy poprzednio mieszkańcy Koroanii i Izolty spotkali się w tym zamku, wybuchały sprzeczki o błahe sprawy, a atmosfera przez cały czas była napięta. Widziałam, że dworzanie w błękitach wznosili toasty razem z tymi ubranymi na czerwono, ciemnowłosi klepali blondynów po plecach i zaśmiewali się z ich żartów. Wszyscy byli… szczęśliwi.

Byłam tak zatopiona w myślach, że ledwie zauważyłam, gdy ktoś przystanął przede mną.

– Wasza Wysokość.

Odwróciłam się i zobaczyłam, kto dygnął głęboko przede mną, ale nie odrywał ode mnie wzroku. Natychmiast zaczęłam płakać.

– Matko!

Podniosłam ją i rzuciłam się jej w ramiona.

Och, jak ja tego potrzebowałam. Potrzebowałam kogoś, kto by mnie przytulił i zatroszczył się o mnie tak, jak nikt inny by nie potrafił. Potrzebowałam kogoś, kto by mnie kochał.

– Moja kolej.

Podniosłam głowę i zobaczyłam Scarlet czekającą obok matki, więc ją także od razu uściskałam.

– Tak bardzo za tobą tęskniłam.

– Nie tak jak ja za tobą.

Przytulały mnie na samym środku sali wielkiej, a ja po raz pierwszy od tygodni czułam, że niczego mi nie brakuje. Wiedziałam, że będą musiały wrócić do Izolty, że nie mogę ich zatrzymać, ale przynajmniej dzisiaj miałam przy sobie rodzinę.

– Przepraszam, że się spóźniłyśmy – powiedziała Scarlet. – Jego Wysokość wyznaczył nam obowiązki na dworze i napotkałyśmy niewielki problem. Jest dla nas tak dobry, że nie chciałabym go zawieść.

Stojący za nią Julien skłonił się grzecznie i rozejrzał po sali, rozpromieniony. Cieszyło mnie, że nadal widzę go u boku Scarlet.

Wzięłam ją za rękę.

– Jak sobie radzi Etan? Powiedz mi to, czego on by mi nie powiedział.

Scarlet się uśmiechnęła – naprawdę się uśmiechnęła. Po tak długim czasie powróciła dziewczyna, która tańczyła w mojej komnacie.

– Radzi sobie doskonale, Wasza Wysokość. Nie musisz się o nic martwić. Pracuje nad odnalezieniem tych, którzy należeli do Mrocznych Rycerzy, i zajmuje się porządkowaniem miasta wokół zamku. Codziennie ma nowe pomysły, które mogą uczynić Izoltę lepszym miejscem. Ludzie przyjęli go z otwartymi ramionami, a w kraju panuje spokój. Nareszcie.

Moje ramiona się rozluźniły.

– Dzięki niebiosom. Niczego więcej nie mogłabym sobie życzyć.

Prawie niczego.

– Przepraszam?

Dreszcz przebiegł mi po plecach, gdy usłyszałam głos, który poznałabym w każdych okolicznościach. Odwróciłam się i zobaczyłam Etana.

– Pozwól, że na chwilę oderwę cię od rodziny. Wydaje mi się, że powinniśmy dać innym przykład, Wasza Wysokość. – Wyciągnął do mnie rękę.

Stojąca obok niego Ayanna uśmiechnęła się i pochyliła głowę, żeby dać mi znać, że nie ma nic przeciwko. Spojrzałam na Hagana.

Hagan uniósł ręce w powietrze.

– Kimże jestem, by sprzeciwiać się woli króla? – zapytał pogodnie.

– Niech będzie – odparłam z westchnieniem.

Kiedy Etan wyprowadził mnie na środek sali, zajmujące parkiet pary się rozproszyły. Staliśmy naprzeciwko siebie, a ja widziałam, jak uważnie przygląda się mojej twarzy, i byłam pewna, że robi to samo co ja – zapamiętuje każdy szczegół.

W końcu przeniósł spojrzenie na moją suknię.

– Zastanawiałem się, co się stało z tym piórem. Wyglądasz z nim jak wojowniczka. Nawet mi się to podoba.

Zabrzmiała muzyka, a salę wypełniły znajome nuty melodii, do której już kiedyś tańczyliśmy. Oczywiście. Etan skłonił się, ja dygnęłam i obeszliśmy się nawzajem.

– Wydaje mi się, że przynosi mi odrobinę szczęścia.

Znowu stanęliśmy naprzeciwko siebie.

– Ja także mam coś, co przynosi mi szczęście – powiedział Etan i postukał palcem w kieszonkę na piersi. Zobaczyłam znajomą chusteczkę obszytą złotą koronką.

Zrobiłam obrót, nie odrywając wzroku od kieszonki.

– Mówiłeś, że ją zgubiłeś.

Etan potrząsnął głową.

– Wcale jej nie zgubiłem. Po prostu nie chciałem jej oddać. – Zastanowił się i dodał: – Właściwie raz ją zgubiłem i przewróciłem całą komnatę do góry nogami, żeby ją znaleźć. Nigdzie się bez niej nie ruszam.

– Kiedy to stałeś się takim romantykiem? – zażartowałam.

– Zawsze taki byłem. Po prostu za bardzo mnie nienawidziłaś, żeby to zauważyć.

Wydęłam wargi z udawanym namysłem.

– Nienawidziłam cię w sumie przez jeden dzień. Chyba.

– Chciałbym móc powiedzieć to samo. – Etan potrząsnął głową. – Gdybym wiedział, jak niewiele czasu będziemy mogli spędzić razem i jakie to będzie miało dla mnie znaczenie, nie marnowałbym go.

– Mamy jeszcze jeden dzień. Nie powtarzajmy dawnych błędów.

Etan w milczeniu skinął głową. Tańczyliśmy dalej. Dlaczego w Izolcie ten taniec wydawał się o wiele dłuższy? Melodia dobiegała końca, a Etan miał mnie zaraz podnieść. To ostatnia wymówka w moim życiu, żeby znaleźć się w jego ramionach.

Uniósł mnie w powietrze, spojrzał mi w oczy… i nie opuścił mnie. Trzymał w górze i patrzył na mnie, dopóki muzyka nie umilkła.

Kiedy w końcu mnie postawił, goście zaczęli nas oklaskiwać, a ja nie mogłam złapać tchu.

Wśród tylu spojrzeń widziałam tylko jego spojrzenie. Czułam, że pochylam się do niego coraz bardziej, a Etan przełknął ślinę i obrócił głowę. Poczułam, że muszę natychmiast odwrócić od niego swoją uwagę.

– Myślę, że to równie dobry moment jak każdy inny. Chodź. – Wzięłam go za rękę i pociągnęłam do ściany z oknami.

Skinęłam głową Haganowi i Ayannie, którzy rozmawiali przyciszonymi głosami. Zastanawiałam się, jakimi sekretami się dzielą. Cokolwiek to było, przerwali, żeby do nas dołączyć. Czekali już na nas kapłani, jak zawsze wyprzedzając moje myśli.

– Langstonie, czy zechcesz odsłonić okno, żebym mogła zaprezentować je naszym gościom?

Langston początkowo wyrażał wątpliwości co do nowego okna, ale nie mógł zaprzeczyć, że było to doniosłe wydarzenie historyczne. Skinął służącemu, który entuzjastycznie pociągnął za sznur, zrywając zasłonę. Słońce było jeszcze trochę za wysoko, ale idealnie podświetliło witraż. Patrzyłam na Etana, gdy zobaczył przedstawioną na nim scenę.

– To ty – westchnął.

Skinęłam głową. Tak, to byłam ja. Uwieczniono mnie w czerwonej sukni, z rozwianymi włosami, stojącą przed zamkiem. Ale ten witraż nie był po prostu hołdem dla mojej osoby. W tle widać było zarysy tuzinów zbrojnych w błękicie, a przed nimi...

– A to ja!

Zniżyłam głos.

– Będę cię widzieć codziennie, wszyscy mieszkańcy Koroanii zaś będą wiedzieli, kim jesteś i co dla nas zrobiłeś.

Grdyka Etana poruszyła się w górę i w dół, gdy starał się powstrzymać łzy.

– To za wiele, Hollis.

– Nic więcej nie mogę zrobić. Mam poczucie, że to wszystko nie wystarcza.

Etan przełykał łzy.

– Jest cudowny. Ja... – Spojrzał na mnie, ale nie dokończył zdania.

Byliśmy więźniami naszych tronów, a myśl o tym, że nie możemy nic z tym zrobić, choć tak bardzo się kochamy, przynosiła mi niewyobrażalny ból.

– Proszę o wybaczenie, Wasza Wysokość. Po tak intensywnym dniu czuję się trochę znużony. – Odwrócił się, a jego palce leciutko musnęły moje palce.

Wyszedł z sali. Ayanna poszła w jego ślady, a ja nie umiałam przeniknąć wyrazu jej twarzy. Czy była smutna? Rozczarowana? Z całą pewnością nie było to nic przyjemnego. Kiedy zniknęła za drzwiami, matka i Scarlet podeszły do mnie.

– To prześliczny gest, Wasza Wysokość – pochwaliła matka.

– Czy mogłabym być dla ciebie Hollis? Proszę – powiedziałam, bliska łez.

Scarlet objęła mnie w talii, a matka z czułością pogładziła mnie po włosach.

– Oczywiście. Zawsze będziesz moją Hollis. Ale popatrz tylko, kim się stałaś! I popatrz, co udało ci się osiągnąć. Etan walczył ze wszystkim i wszystkimi. Nie zależało mu na swoim życiu, a ty go uratowałaś. Potem stanęłaś do konfrontacji z potworem, który zniszczył twoje życie, i naprawiłaś wszystkie okropności. Jesteś pierwszą suwerenną królową w historii Koroanii i rozejrzyj się tylko po tej sali!

Zrobiłam to. Przyjrzałam się uważnie.

– Złączyłaś to, co według wielu ludzi nie dałoby się nigdy połączyć. Już samo to jest czynem, którym zapiszesz się w kronikach – powiedziała matka.

Nagle coś przyszło mi do głowy. Coś, co było pewnie głupie i lekkomyślne, a może także niemożliwe. Ale nie miałam nic do stracenia, więc zamierzałam spróbować.

– Zawołajcie Valentinę. Oraz Norę. Potrzebuję was wszystkich. Potrzebuję waszej pomocy.

Rozdział 39

Słońce zaświeciło przez okna, a ja nadal czytałam kodeksy prawne. Matka, Scarlet, Valentina, Nora i ja wymieniałyśmy się co pewien czas księgami, sprawdzając wszystko po kilka razy, a na ciemnym drewnianym blacie stołu trudno byłoby znaleźć skrawek wolnego miejsca.

Valentina ziewnęła szeroko.

– Nie wydaje mi się, żeby to było niezgodne z prawem, ale nie jestem całkiem pewna, czy nikt nie spróbuje podważyć takiej decyzji. Nora?

– Ten język, jakiego używają, jest straszny. Co chwila muszę zaglądać do słownika. Dlaczego nie mogli tego jaśniej napisać? – jęknęła.

Scarlet przetarła oczy.

– Nie widzę niczego, co by tego zabraniało. Ale wiecie, jakieś cztery godziny temu litery zaczęły mi się rozmazywać przed oczami.

– Czuję, że zaraz zasnę – dodała matka.

– Wiem i bardzo was przepraszam – powiedziałam sennie. – Ale wszyscy wyjeżdżają wieczorem, więc jeśli mam zamiar coś zrobić, muszę to zrobić teraz.

Zmęczone, lecz oddane przyjaciółki i członkinie mojej rodziny znowu pochyliły się nad kodeksami prawnymi i traktatami historycznymi rozłożonymi na stole. Miałam poczucie, że to strzał na oślep i szukam czegoś, co być może wcale nie istnieje.

– Hollis... – Valentina spojrzała uważniej i ponownie przeczytała ustęp jednego z praw. – Popatrz na to.

Podała mi jedną z większych ksiąg i wskazała odpowiedni paragraf. Przeczytałam go trzy razy, żeby mieć pewność, że dobrze go zrozumiałam.

– To chyba to... Valentino, znalazłaś to!

– Och, dzięki niebiosom – westchnęła Scarlet. – Czy mogę się teraz przespać?

– Moje łóżko jest tu obok – powiedziałam. – Wy także odpocznijcie. Valentino, poproszę kogoś innego, żeby pomógł mi się ubrać. Ty już i tak za wiele zrobiłaś.

Valentina potrząsnęła głową.

– Jeśli zamierzasz to zrobić, nie mogę powierzyć tego nikomu innemu. Chodź ze mną.

Przeszłam z nią do mojej komnaty, gdzie matka i Scarlet bez ceremonii wyciągnęły się na moim łóżku. Kochana Nora ułożyła się niewygodnie na wielkim fotelu i w następnej chwili już spała. Pomyślałam o bezsennych nocach w moim życiu. Wtedy, gdy szłyśmy do pałacu Varinger. Wtedy, gdy chciałam wrócić do Koroanii, a Etan pojechał za mną. Wtedy, gdy płakałam po przeczytaniu jego listu, który podsumowywał naszą sytuację. A także dzisiaj.

Nie zamierzałam uważać żadnej z tych nocy za zmarnowaną, ale ta ostatnia sprawiła, że wypełniała mnie teraz nadzieja.

Valentina pomogła mi włożyć czerwoną suknię. Miałam ich tak wiele. Ochlapałam twarz wodą, a ona upięła mi włosy, żebym wyglądała stosownie do sytuacji. Popatrzyłam na swoje odbicie w lustrze, starając się przyszykować psychicznie.

– Jaki jest pierwszy krok? – zapytała Valentina.

– Hagan.

Skinęła głową.

– Słusznie. Jak ci się to podoba?

Przyjrzałam się sobie jeszcze raz.

– Wyglądam doskonale. Jak zawsze. Dziękuję.

– Czy chcesz, żebym z tobą poszła?

Roześmiałam się, kiedy spuściła wzrok.

– Nie. Wydaje mi się, że powinnam załatwić to sama.

– Och, dzięki niebiosom – odparła i wyciągnęła się na najbliższej kanapie.

Zostawiłam ją i ruszyłam szybkim krokiem przez nadal pogrążony we śnie zamek. Miałam praktycznie pewność, że Hagan jeszcze śpi i będzie mi zawdzięczać najgorsze przebudzenie w swoim życiu. Służba kłaniała się, kiedy przechodziłam obok, kierując się do jego komnaty. Gdy znalazłam się na miejscu, zatrzymałam się na chwilę i z każdym oddechem powtarzałam sobie, że muszę zapukać. Potrzebowałam kilku minut, zanim w końcu zdołałam to zrobić.

Drzwi otworzył jego kamerdyner, który skłonił się przede mną nisko, wyraźnie bardzo zdenerwowany.

– Laurence, czy mógłbyś powiedzieć sir Haganowi, że przyszłam? Jeśli trzeba, zaczekam, aż się ubierze.

Laurence wyprostował się i podał mi złożony list.

– To nie będzie konieczne, Wasza Wysokość.

Wzięłam od niego pergamin i złamałam pieczęć. List był napisany wyraźnie w pośpiechu.

Hollis!

Przepraszam. Wiem, że pragniesz miłości, podobnie jak ja, ale nie wydaje się, żebyśmy mogli ją znaleźć u siebie nawzajem. Jest mi z całego serca przykro. Być może ktoś lepszy ode mnie mógłby odnieść sukces. Mam nadzieję, że znajdziesz kogoś, kto zajmie miejsce, którego ja nie potrafiłem zająć.

Hagan

Być może ulga nie powinna być moją pierwszą reakcją.

– Czy powiedział, dokąd wyjeżdża?

– Nie, Wasza Wysokość.

Stałam przez chwilę bez ruchu, oszołomiona. Nie byłam zła, tylko… zaskoczona.

– Jeśli się dowiesz, przekaż mi to, żebym mogła mu wysłać moje błogosławieństwo. Dziękuję.

Odwróciłam się i spróbowałam się zastanowić. Chyba troszeczkę mnie zabolało, że mimo perspektywy korony myśl o życiu ze mną okazała się dla Hagana tak nieznośna. Jednocześnie to samo można by powiedzieć o mnie i Jamesonie. Nie, nie zamierzałam mieć do niego pretensji. Pewnego dnia znajdę sposób, żeby mu podziękować. Naprawdę właśnie na to zasługiwał.

Skoro tu nie miałam nic do zrobienia, pozostawało mi iść do Etana.

Wyobrażałam sobie, jak odrzuca ten pomysł. Choćby z lojalności do Izolty, a także dlatego, że jego zasady sprawiały, iż znienawidziłby się, gdyby skrzywdził Ayannę. To mogło się skończyć całkowitą porażką.

Z zaciśniętym gardłem weszłam po schodach do jego komnat. Powtórzyłam tę samą idiotyczną farsę co poprzednio, mówiąc sobie, że muszę przez chwilę pooddychać. Jednak w połowie tego bezużytecznego rytuału usłyszałam głosy zza drzwi.

Zastukałam, a Etan mi otworzył. Trzymał kartkę i wyglądał na kompletnie oszołomionego. Po otwarciu drzwi wolną rękę wepchnął koszulę w spodnie i wygładził kurtkę. Miał potargane włosy, ale było mu z tym do twarzy.

– Hollis, czy wiesz coś o tym? – zapytał, podnosząc kartkę.

– Co to takiego?

– Wsunięto to w nocy pod moje drzwi. Ayanna zniknęła.

Poczułam, że krew odpływa mi z twarzy. Westchnęłam.

– Być może coś wiem. Czy możesz… Czy moglibyśmy poprosić twoją służbę, żeby nas na chwilę zostawiła?

Etan, który nadal wyglądał, jakby kazano mu rozwiązać zagadkę, zanim będzie mógł przekroczyć most, skinął głową, zapatrzony w przestrzeń. Kamerdynerzy i lokaje wyszli, zamykając za sobą drzwi.

– To moja wina – powiedział. – Powinienem był poświęcać jej więcej uwagi. Całkowicie pochłonęła mnie myśl, że nasze pożegnanie powinno być tak niezapomniane, jak to tylko możliwe, i nie sądzę, aby potrafiła mi to wybaczyć. Sam jestem sobie winien.

– Ona… Rozmawiałam z nią. Wiedziała, że twoje uczucia mogą się zmienić, i była pełna nadziei. Nie zrobiłeś nic złego.

Popatrzył na mnie, zaskoczony.

– Rozmawiałaś z nią?

– Tak. Kobiety tak robią. Zdecydowanie ci to polecam. To pozwala rozwiązać wiele problemów.

– Tego nie rozwiązało – zauważył z goryczą i usiadł ciężko na fotelu.

– Rozmawiałyśmy wczoraj po południu – oznajmiłam. – Od tamtego czasu coś się musiało wydarzyć. Podejrzewałabym, że między nią a Haganem nawiązała się nić porozumienia z powodu podobieństwa miejsca, jakie zajmują w naszym życiu.

Etan popatrzył na mnie przez palce dłoni, na których oparł głowę.

– Dlaczego tak uważasz?

– Tak jakoś się domyślam. Ponieważ on także zniknął. – Pokazałam mu mój list.

Etan zerwał się na równe nogi.

– Myślisz, że wyjechali razem?

– Skąd dziewczyna z Izolty wiedziałaby, dokąd ma jechać, gdyby nie było przy niej chłopca z Koroanii?

Ramiona Etana opadły. Zaczął spacerować po komnacie.

– Hollis... Tak mi przykro. To jedna rzecz, że namieszałem w swoim życiu, ale w twoim?

– Przywykłam do tego – oznajmiłam, wzruszając ramionami.

Pomimo rozczarowania samym sobą Etan się roześmiał.

– Jak możesz być tak spokojna? Oboje musimy kogoś poślubić. Musimy przedłużyć dynastię, a najodpowiedniejsi dla nas kandydaci właśnie zniknęli.

Potrząsnęłam głową z uśmiechem, ale łzy napłynęły mi do oczu.

– Wcale nie, Etanie – szepnęłam. – Wcale nie.

Zatrzymał się i popatrzył na mnie, pełen nadziei, ale i niepokoju. Pod tym względem zapewne czuliśmy to samo.

– Hollis? – zapytał.

W jego oczach nadal widziałam wahanie.

Odchrząknęłam.

– Pamiętasz, jak zaproponowałeś zmiany w przebiegu granicy pomiędzy Izoltą a Koroanią?

– Tak, podtrzymuję to. To jedna z rzeczy, na których mi najbardziej zależy.

– W takim razie może po prostu... zlikwidujemy granicę?

Etan zmarszczył czoło ze zdziwieniem.

– Co takiego?

– Co się stanie, jeśli Izolta podaruje Koroanii wszystkie swoje ziemie, a Koroania podaruje wszystkie swoje ziemie Izolcie? Co się stanie... jeśli ciebie i mnie nie będzie dzielić żadna granica?

Jego twarz złagodniała.

– Żadna granica?

– Żadna granica.

– Jeden kraj?

– Jeden kraj.

Widziałam, że trybiki w jego głowie zaczęły się obracać.

– Czyli zamiast dwóch tronów w dwóch zamkach w dwóch krajach... te trony znajdowałyby się w jednym kraju i w jednym zamku?

– Z okrągłą salą tronową – zaproponowałam.

– Oraz oczywiście labiryntem w ogrodzie – dodał Etan.

– Valentina, Nora, matka, Scarlet i ja spędziłyśmy całą noc nad kodeksami prawnymi, analizując wszystkie możliwości. Musimy oczywiście inaczej to sformułować, ale mam całkowite prawo i kompetencje jako królowa, żeby poszerzać moje ziemie i włączać inne kraje w moje granice. Ponieważ Izolta jest krajem prawa, jestem pewna, że ty masz podobne możliwości. Możemy obejść jedno prawo innym. Możemy być razem. – Popatrzyłam na niego. – Co o tym myślisz?

Etan podbiegł i mnie pocałował. Przytuliłam się do niego, pragnąc znaleźć się jeszcze bliżej. Miałam wrażenie, że dzieli nas za wiele powietrza.

– Czy to się może udać? – zapytał szczerze. – To mimo wszystko dwa odrębne narody.

– Nie aż tak podzielone jak dawniej. Uważnie obserwowałam wszystko, co się działo podczas tej wizyty. Czasy się zmieniają. Być może z naszego powodu. Zaskakująco łatwo jest oduczać ludzi nienawiści. Myślę, że nam się uda, Etanie. Naprawdę.

Zmierzył mnie wzrokiem od stóp do głów.

– Będziemy musieli zacząć się ubierać na fioletowo.

– Poradzę sobie. Ja we wszystkim wyglądam dobrze.

– Nie będę się kłócić – odparł żartobliwie, przytulił mnie mocniej i znowu pocałował.

KONIEC